SAS

L'ESPION
DU VATICAN

DU MÊME AUTEUR
AUX PRESSES DE LA CITÉ

Nº 1 S.A.S. A ISTANBUL
Nº 2 S.A.S. CONTRE C.I.A.
Nº 3 S.A.S. OPÉRATION APOCALYPSE
Nº 4 SAMBA POUR S.A.S.
Nº 5 S.A.S. RENDEZ-VOUS A SAN FRANCISCO
Nº 6 S.A.S. DOSSIER KENNEDY
Nº 7 S.A.S. BROIE DU NOIR
Nº 8 S.A.S. AUX CARAIBES
Nº 9 S.A.S. A L'OUEST DE JÉRUSALEM
Nº 10 S.A.S. L'OR DE LA RIVIÈRE KWAI
Nº 11 S.A.S. MAGIE NOIRE A NEW YORK
Nº 12 S.A.S. LES TROIS VEUVES DE HONG KONG
Nº 13 S.A.S. L'ABOMINABLE SIRÈNE
Nº 14 S.A.S. LES PENDUS DE BAGDAD
Nº 15 S.A.S. LA PANTHÈRE D'HOLLYWOOD
Nº 16 S.A.S. ESCALE A PAGO-PAGO
Nº 17 S.A.S. AMOK A BALI
Nº 18 S.A.S. QUE VIVA GUEVARA
Nº 19 S.A.S. CYCLONE A L'ONU
Nº 20 S.A.S. MISSION A SAIGON
Nº 21 S.A.S. LE BAL DE LA COMTESSE ADLER
Nº 22 S.A.S. LES PARIAS DE CEYLAN
Nº 23 S.A.S. MASSACRE A AMMAN
Nº 24 S.A.S. REQUIEM POUR TONTONS MACOUTES
Nº 25 S.A.S. L'HOMME DE KABUL
Nº 26 S.A.S. MORT A BEYROUTH
Nº 27 S.A.S. SAFARI A LA PAZ
Nº 28 S.A.S. L'HÉROINE DE VIENTIANE
Nº 29 S.A.S. BERLIN CHECK POINT CHARLIE
Nº 30 S.A.S. MOURIR POUR ZANZIBAR
Nº 31 S.A.S. L'ANGE DE MONTEVIDEO
Nº 32 S.A.S. MURDER INC. LAS VEGAS
Nº 33 S.A.S. RENDEZ-VOUS A BORIS GLEB
Nº 34 S.A.S. KILL HENRY KISSINGER !
Nº 35 S.A.S. ROULETTE CAMBODGIENNE
Nº 36 S.A.S. FURIE A BELFAST
Nº 37 S.A.S. GUÊPIER EN ANGOLA
Nº 38 S.A.S. LES OTAGES DE TOKYO
Nº 39 S.A.S. L'ORDRE RÈGNE A SANTIAGO
Nº 40 S.A.S. LES SORCIERS DU TAGE
Nº 41 S.A.S. EMBARGO
Nº 42 S.A.S. LE DISPARU DE SINGAPOUR
Nº 43 S.A.S. COMPTE A REBOURS EN RHODÉSIE
Nº 44 S.A.S. MEURTRE A ATHÈNES
Nº 45 S.A.S. LE TRÉSOR DU NÉGUS
Nº 46 S.A.S. PROTECTION POUR TEDDY BEAR
Nº 47 S.A.S. MISSION IMPOSSIBLE EN SOMALIE
Nº 48 S.A.S. MARATHON A SPANISH HARLEM
Nº 49 S.A.S. NAUFRAGE AUX SEYCHELLES
Nº 50 S.A.S. LE PRINTEMPS DE VARSOVIE
Nº 51 S.A.S. LE GARDIEN D'ISRAËL
Nº 52 S.A.S. PANIQUE AU ZAÏRE
Nº 53 S.A.S. CROISADE A MANAGUA
Nº 54 S.A.S. VOIR MALTE ET MOURIR
Nº 55 S.A.S. SHANGHAI EXPRESS
Nº 56 S.A.S. OPÉRATION MATADOR
Nº 57 S.A.S. DUEL A BARRANQUILLA
Nº 58 S.A.S. PIÈGE A BUDAPEST
Nº 59 S.A.S. CARNAGE A ABU DHABI
Nº 60 S.A.S. TERREUR A SAN SALVADOR
Nº 61 S.A.S. LE COMPLOT DU CAIRE
Nº 62 S.A.S. VENGEANCE ROMAINE
Nº 63 S.A.S. DES ARMES POUR KHARTOUM
Nº 64 S.A.S. TORNADE SUR MANILLE
Nº 65 S.A.S. LE FUGITIF DE HAMBOURG
Nº 66 S.A.S. OBJECTIF REAGAN
Nº 67 S.A.S. ROUGE GRENADE
Nº 68 S.A.S. COMMANDO SUR TUNIS
Nº 69 S.A.S. LE TUEUR DE MIAMI
Nº 70 S.A.S. LA FILIÈRE BULGARE
Nº 71 S.A.S. AVENTURE AU SURINAM
Nº 72 S.A.S. EMBUSCADE A LA KHYBER PASS
Nº 73 S.A.S. LE VOL 007 NE RÉPOND PLUS
Nº 74 S.A.S. LES POUS DE BAALBEK

N° 75 S.A.S. LES ENRAGÉS D'AMSTERDAM
N° 76 S.A.S. PUTSCH A OUAGADOUGOU
N° 77 S.A.S. LA BLONDE DE PRÉTORIA
N° 78 S.A.S. LA VEUVE DE L'AYATOLLAH
N° 79 S.A.S. CHASSE A L'HOMME AU PÉROU
N° 80 S.A.S. L'AFFAIRE KIRSANOV
N° 81 S.A.S. MORT A GANDHI
N° 82 S.A.S. DANSE MACABRE A BELGRADE
N° 83 S.A.S. COUP D'ÉTAT AU YEMEN
N° 84 S.A.S. LE PLAN NASSER
N° 85 S.A.S. EMBROUILLES A PANAMA
N° 86 S.A.S. LA MADONE DE STOCKHOLM
N° 87 S.A.S. L'OTAGE D'OMAN
N° 88 S.A.S. ESCALE A GIBRALTAR
L'IRRÉSISTIBLE ASCENSION DE MOHAMMAD REZA, SHAH D'IRAN
LA CHINE S'ÉVEILLE
LA CUISINE APHRODISIAQUE DE S.A.S.
PAPILLON ÉPINGLÉ
LES DOSSIERS SECRETS DE LA BRIGADE MONDAINE
LES DOSSIERS ROSES DE LA BRIGADE MONDAINE

AUX ÉDITIONS DU ROCHER

LA MORT AUX CHATS
LES SOUCIS DE SI-SIOU

AUX ÉDITIONS GÉRARD DE VILLIERS

N° 89 S.A.S. AVENTURE EN SIERRA LEONE
N° 90 S.A.S. LA TAUPE DE LANGLEY
N° 91 S.A.S. LES AMAZONES DE PYONGYANG
N° 92 S.A.S. LES TUEURS DE BRUXELLES
N° 93 S.A.S. VISA POUR CUBA
N° 94 S.A.S. ARNAQUE A BRUNEI
N° 95 S.A.S. LOI MARTIALE A KABOUL
N° 96 S.A.S. L'INCONNU DE LENINGRAD
N° 97 S.A.S. CAUCHEMAR EN COLOMBIE
N° 98 S.A.S. CROISADE EN BIRMANIE
N° 99 S.A.S. MISSION A MOSCOU
N° 100 S.A.S. LES CANONS DE BAGDAD
N° 101 S.A.S. LA PISTE DE BRAZZAVILLE
N° 102 S.A.S. LA SOLUTION ROUGE
N° 103 S.A.S. LA VENGEANCE DE SADDAM HUSSEIN
N° 104 S.A.S. MANIP A ZAGREB
N° 105 S.A.S. KGB CONTRE KGB
N° 106 S.A.S. LE DISPARU DES CANARIES
N° 107 S.A.S. ALERTE AU PLUTONIUM
N° 108 S.A.S. COUP D'ÉTAT A TRIPOLI
N° 109 S.A.S. MISSION SARAJEVO
N° 110 S.A.S. TUEZ RIGOBERTA MENCHU
N° 111 S.A.S. AU NOM D'ALLAH
N° 112 S.A.S. VENGEANCE A BEYROUTH
N° 113 S.A.S. LES TROMPETTES DE JÉRICHO
N° 114 S.A.S. L'OR DE MOSCOU
N° 115 S.A.S. LES CROISÉS DE L'APARTHEID
N° 116 S.A.S. LA TRAQUE CARLOS
N° 117 S.A.S. TUERIE A MARRAKECH
N° 118 S.A.S. L'OTAGE DU TRIANGLE D'OR
N° 119 S.A.S. LE CARTEL DE SÉBASTOPOL
N° 120 S.A.S. RAMENEZ-MOI LA TÊTE D'EL COYOTE
N° 121 S.A.S. LA RÉSOLUTION 687
N° 122 S.A.S. OPÉRATION LUCIFER
N° 123 S.A.S. VENGEANCE TCHÉTCHÈNE
N° 124 S.A.S. TU TUERAS TON PROCHAIN
N° 125 S.A.S. VENGEZ LE VOL 800
N° 126 S.A.S. UNE LETTRE POUR LA MAISON-BLANCHE
N° 127 S.A.S. HONG KONG EXPRESS
N° 128 S.A.S. ZAÏRE ADIEU
LE GUIDE S.A.S. 1989

AUX ÉDITIONS MALKO PRODUCTIONS

N° 129 S.A.S. LA MANIPULATION YGGDRASIL
N° 130 S.A.S. MORTELLE JAMAÏQUE
N° 131 S.A.S. LA PESTE NOIRE DE BAGDAD

GÉRARD DE VILLIERS

L'ESPION
DU VATICAN

Photo de la couverture : Michael Moore.
Arme fournie par : Armurerie Courty et fils, Paris.
Maquillage : Georges Demichelis.

Le Code de la propriété intellectuelle n'autorisant, aux termes de l'article L. 122-5, (2° et 3° a), d'une part, que les « copies ou reproductions strictement réservées à l'usage privé du copiste et non destinées à une utilisation collective » et, d'autre part, que les analyses et les courtes citations dans un but d'exemple et d'illustration, « toute représentation ou reproduction intégrale ou partielle faite sans le consentement de l'auteur ou de ses ayants droit ou ayants cause est illicite » (art. L. 122-4).
Cette représentation ou reproduction, par quelque procédé que ce soit, constituerait donc une contrefaçon sanctionnée par les articles L. 335-2 et suivants du Code de la propriété intellectuelle.

© Malko Productions, 1998.
ISBN 2-84267-048-5

CHAPITRE PREMIER

Stephan Martigny courut jusqu'à sa vieille Alfa 33 blanche garée devant il Torrione, la tour ronde du XVe siècle qui abritait l'IOR [1], la banque du Vatican, juste après les trois corps de bâtiment parallèles où logeaient les Gardes Suisses et leurs officiers. Il garait sa voiture devant les murs épais aux pierres disjointes, comme les autres Gardes suisses possédant un véhicule. Il sauta au volant, si énervé qu'il dut s'y reprendre à trois fois pour mettre en route. Après une marche arrière, il dévala l'allée en pente douce menant à la Porte Sainte-Anne, la seule entrée du Vatican ouverte en permanence, dont la grille était encadrée de sévères colonnades surmontées d'aigles plus guerriers que religieux. Les larmes brouillaient la vue du jeune Garde suisse, ses mains tremblaient sur le volant. Il ne répondit même pas au salut de son collègue en tenue bleue, coiffé d'un énorme béret, qui interdisait aux visiteurs non attendus de s'aventurer au cœur du Saint-Siège.

Le feu à la grille était au rouge, interdisant la sortie, mais Stephan Martigny le grilla et tourna à gauche dans la via di Porta Angelica, le long de la muraille sud du Vatican, en sens unique jusqu'à la piazza del Risorgimento.

Il était un peu plus de sept heures et demie du soir et la circulation était intense dans le Borgo [2] encombré de cars

1. Instituto per le Opere di Religione.
2. Quartier entourant le Vatican.

pleins de touristes harassés et d'innombrables voitures particulières. Stephan Martigny se faufilait comme il le pouvait entre les véhicules, les dents serrées, sans souci des coups de klaxon réprobateurs. Pourtant, à Rome, les conducteurs étaient plutôt « cool », les manœuvres les plus inattendues admises et les feux rouges plus proches de l'indication que de l'interdiction. Dans ce carrousel sans fin, seuls les deux-roues avaient du mal à sauver leur peau.

Arrivé enfin piazza del Risorgimento, le jeune Garde suisse descendit ensuite la via Crescenzio jusqu'à la piazza Cavour, rejoignant le bord du Tibre. Là, on roulait un peu mieux. Il tourna à droite et suivit le Lungotevere jusqu'au pont Sisto, pour ensuite s'enfoncer à droite dans le dédale des ruelles sans trottoir du Trastevere, le vieux quartier de Rome, au sud du Vatican. Miracle : il trouva une place, piazza San Giovanni di Malva, et remonta à pied la via Benedetta jusqu'à l'intersection avec la vicolo del Bologne, une ruelle encore plus étroite. Le numéro 61 était une sorte de décrochement collé à l'immeuble voisin comme une verrue, un minuscule bâtiment de guigois d'un seul étage, desservi par une porte de bois marron en haut de trois marches. Seuls les verrous et l'interphone étaient neufs. Stephan Martigny appuya sur le bouton et, dès qu'on lui répondit, lança d'une voix stressée :

— C'est moi !

Le pêne se déclencha, il poussa la porte et se précipita à l'intérieur, grimpant quatre à quatre les marches d'un escalier raide. A vingt-trois ans, athlétique, il était en pleine forme physique.

Une splendide jeune femme, moulée par une robe noire très fluide découvrant une épaule et fendue très haut sur la cuisse gauche, l'attendait en haut des marches, un verre à la main. La masse de ses cheveux acajou cascadant sur ses épaules contrastait avec d'étonnants yeux bleus.

Elle était pieds nus et le vernis de ses ongles renvoyait à son épaisse bouche pulpeuse dans laquelle on avait envie de mordre.

Stephan Martigny s'immobilisa en face d'elle, essoufflé.

Elle découvrit des dents régulières dans un sourire dévastateur.

— Tu ne me dis pas bonjour ? demanda-t-elle d'une voix douce.

Maladroitement, Stephan enlaça la jeune femme, écrasant sa bouche contre la sienne. C'est pour lui faire plaisir qu'elle l'accueillait pieds nus. Lorsqu'elle portait des escarpins, elle le dominait de ses cent soixante-quinze centimètres, ce qui le vexait.

Leur étreinte se prolongea. Stephan Martigny sentit le corps de la jeune femme se presser contre lui. Pendant quelques secondes, il se sentit merveilleusement bien. La musique sauvage et sacrée de la *Misa Criola* sortant des haut-parleurs invisibles semblait contrebalancer le côté païen de leur étreinte. L'accalmie dura peu, dans la tête de Stephan. Malgré l'appel muet du corps plaqué contre le sien, de la bouche soudée à la sienne, toute sa frustration et sa fureur remontèrent à la surface.

Pesant sur les hanches de la jeune femme, il la repoussa. Surprise, elle leva la tête et vit ses yeux humides de larmes.

— Que se passe-t-il ? demanda-t-elle aussitôt.

La gorge nouée, Stephan Martigny secoua la tête sans pouvoir répondre. C'était la première fois qu'il se sentait comme un petit garçon devant cette femme dont il était éperdument amoureux. Il l'avait rencontrée cinq mois plus tôt. De garde à la Porte Sainte-Anne, il l'avait vue franchir la grille donnant via di Porta Angelica et se diriger aussitôt vers lui. Il faisait froid et elle était enveloppée dans un manteau de fourrure qui ne laissait voir que la masse de ses cheveux acajou et ses superbes yeux bleus.

Avec son immense béret et sa tenue bleue, Stephan Martigny se sentait un peu ridicule. Encore heureux qu'il n'ait pas arboré son grand uniforme, avec le heaume surmonté d'une aigrette rouge, l'armure à mi-corps et l'épée ! Parfaitement adaptée au xve siècle, cette tenue immuable évoquait plutôt un déguisement de théâtre, à la fin du xxe. Dieu merci, les Gardes Suisses ne portaient cet accoutrement que dans les grandes occasions... Le reste du temps, leur travail consistait à garder les six portes du Vatican et celles des appartements privés du pape, dans des tours de garde qui additionnaient jusqu'à soixante-dix heures par semaine. Lorsque Loretta Obinski s'était approchée de lui, ce jour-là, il allait bientôt terminer le sien.

— *Prego* [1]. Où est la pharmacie ? lui demanda-t-elle.

En même temps qu'elle lui mettait sous les yeux une ordonnance pour un antibiotique, elle lui avait expliqué que son pharmacien en ville n'avait pu lui fournir le médicament et lui avait conseillé de s'adresser au Vatican. La pratique était courante, la pharmacie du Saint-Siège étant la mieux achalandée de la capitale et aussi la moins chère, la TVA étant inconnue au Vatican. Par souci humanitaire, les consignes des Gardes suisses étaient de ne jamais refuser l'accès à la pharmacie, située juste au-dessus du bureau de poste du Saint-Siège, mais d'y accompagner les visiteurs. Aussi, Stephan Martigny avait-il guidé l'inconnue jusqu'à l'officine. L'observant tandis qu'elle se faisait servir, il avait pensé qu'à côté de cette rousse resplendissante, sa petite amie Gina lui semblait tout à coup bien fade.

Une fois servie, elle s'était retournée vers lui, avec un sourire éblouissant.

— Merci !

Stephan Martigny, intimidé, avait rougi et il l'avait raccompagnée jusqu'à la grille. Le claquement de ses hauts talons sur les pavés lui avait apporté quelques instants de rêve. La vie de Garde suisse n'était pas drôle, entre les interminables tours de garde, la solde misérable et les multiples brimades infligées par les quatre officiers suisses allemands qui détestaient les francophones.

Juste avant de disparaître dans la via di Porta Angelica, l'inconnue rousse s'était retournée, plongeant ses yeux bleus dans les siens.

— Vous avez de la chance de travailler ici ! avait-elle soupiré. Cela doit être fascinant...

Stephan Martigny avait rougi encore plus, et balbutié :

---

[1]. S'il vous plaît.

— Oh non, pas vraiment...

A brûle-pourpoint, la rousse lui avait soudain demandé :

— Cela vous ennuierait de me parler de la vie au Vatican ?

— Maintenant ?

S'il s'attardait trop avec un visiteur, il risquait d'être puni.

— Non, bien sûr. Quand serez-vous libre ?

Ebloui par sa chance, Stephan Martigny avait lâché rapidement :

— Demain, je suis encore de garde ici et je termine à deux heures. Le temps de me changer, je peux être dehors un quart d'heure plus tard.

— Où cela ?

— Ici, Porte Sainte-Anne.

La belle rousse avait fait la moue.

— Vous connaissez l'hôtel *Columbus*, via della Conciliazione ?

C'était l'avenue monumentale, bordée d'obélisques supportant des lampadaires, qui descendait de la place Saint-Pierre au Tibre.

— Oui, bien sûr.

— Je vous attendrai au bar. C'est très agréable. Vous pouvez venir à pied.

Ne croyant pas à sa chance, Stephan n'avait pas fermé l'œil de la nuit. Le lendemain, Loretta Obinski était au rendez-vous. Il avait tout appris d'elle : d'origine tchèque, elle était mariée à un Italien qui la délaissait, ne pensant qu'à ses affaires. Propriétaire d'un petit chantier naval, il voyageait beaucoup.

Cette première fois, ils avaient beaucoup parlé du Vatican... Puis, au fil de leurs rencontres, l'intérêt de Loretta Obinski pour le Saint-Siège s'était émoussé. Le jour où d'une voix égale elle avait proposé à Stephan d'aller prendre un verre dans le studio qu'elle avait gardé depuis ses premiers jours à Rome, le jeune Garde suisse, qui n'était pas idiot, avait compris que son heure était arrivée.

Il l'avait retrouvée près du Vatican au volant du gros 4X4

noir Subaru qu'elle conduisait et elle l'avait emmené vicolo del Bologne dans la drôle de petite maison. Tandis qu'il se tenait gauchement au milieu de la pièce, examinant les lieux, Loretta avait ouvert une bouteille de Taittinger Comtes de Champagne Blanc de Blancs 1990 et rempli deux coupes.

Stephan Martigny n'avait jamais bu de champagne. Les bulles lui étaient rapidement montées à la tête tandis que Loretta Obinski remplissait sans cesse sa coupe de liquide pétillant. C'était comme dans un rêve. Ils étaient assis sur le même canapé rouge, et Loretta croisait et décroisait ses longues jambes découvertes par la courte jupe de son tailleur vert. Par l'échancrure de la veste, il apercevait le feston de dentelle d'un soutien-gorge noir bien rempli. Et il y avait le regard insistant, amusé et trouble, posé sur lui. Quand il s'était penché, glissant une main maladroite entre les revers de la veste pour saisir un sein lourd et ferme, Loretta s'était simplement penchée et lui avait offert sa bouche et sa langue.

De lui-même, Stephan avait trouvé le chemin de son ventre, alors qu'elle décroisait les jambes pour l'aider. Elle avait gémi, massant son membre raidi à travers son jean. Comme il n'arrivait pas à défaire sa jupe, elle s'était levée et, en quelques gestes, s'était dépouillée de son tailleur, ne gardant qu'un soutien-gorge, une culotte de dentelle noire, et une élégante Breitling Callistino au bracelet de crocodile orange.

Elle l'avait tiré par la main jusqu'au lit, se débarrassant de sa culotte au passage. Bandant comme un cerf, Stephan s'était retrouvé fiché en elle jusqu'à la garde, la martelant comme s'il voulait l'ouvrir en deux. Loretta tanguait sous lui, la bouche ouverte, les traits déformés par le plaisir, ses mains accrochées dans son dos, clouée comme un papillon par son membre puissant qui n'avait jamais été à pareille fête... Loretta haletait, repliée comme une grenouille, ses longs cheveux acajou épars autour d'elle. Lorsque Stephan s'était répandu dans son ventre et qu'elle avait hurlé, il s'était senti le maître du monde.

Ils étaient tous les deux inondés de sueur. Loretta avait les yeux au milieu du visage et les quelques mots qu'elle avait soufflés dans l'oreille de son jeune amant l'avaient propulsé au comble du bonheur.

— Quand je t'ai vu la première fois, je t'ai trouvé très beau et j'ai eu tout de suite envie de toi.

Lorsque Stephan Martigny avait regagné sa chambre, au troisième étage du quartier des Gardes Suisses, il flottait sur un petit nuage rose. Claude, son meilleur copain, l'avait accroché dans le couloir.

— Qu'est-ce que tu as ? Tu as l'air bizarre.

— Rien ! avait juré Stephan, avant de filer dans la chambre qu'il occupait seul grâce à son grade de vice-caporal.

Là, étendu sur son lit, il s'était repassé le film des dernières heures. Dans un état second. Comment une femme aussi belle que Loretta avait-elle pu s'intéresser à un jeune homme un peu fruste déguisé la moitié du temps en soldat d'opérette, pour gagner un million huit cent mille lires[1] par mois ?

Les semaines avaient passé. Ils s'étaient revus régulièrement, pas assez souvent au goût de Stephan. Ils allaient au restaurant, à la plage d'Ostie, dans sa vieille Alfa 33 blanche, dans des trattorias, ou visiter des musées. Le jeune Garde suisse était éperdument amoureux. Loretta était devenue, plus que sa maîtresse, sa confidente, son conseil. Stephan était plus intime avec elle qu'avec sa mère.

Hélas, Loretta ne le voyait qu'au compte-gouttes, lorsque son mari lui en laissait le loisir. Parfois, même lorsqu'ils n'avaient pas rendez-vous, Stephan Martigny venait rôder vicolo del Bologne, flairant les lieux comme un animal.

En dépit de sa liaison, il avait conservé sa « fidanzata », Gina, une brune piquante qui lui reprochait sa nouvelle froideur : il était incapable de tromper Loretta. Avec Gina, il sortait avec ses copains, allait au cinéma, manger des glaces ou faire du roller, mais il taisait jalousement à tous l'exis-

---

[1]. Environ 6 000 francs.

tence de Loretta, qui lui avait fait jurer de garder le silence sur leur liaison. Il n'y avait qu'une exception à cette règle : le Père Hubertus, son confesseur, à qui Stephan avait voulu présenter sa conquête. Même à sa mère, qui vivait en Suisse, il n'en avait pas parlé.

Toutes leurs rencontres se déroulaient de la même façon. Stephan se jetait sur Loretta et lui faisait l'amour avec violence, le plus longtemps possible. Ensuite, nus, ils bavardaient en vidant une bouteille de Taittinger. Une fois, Stephan, qui devait rentrer à une heure, s'était endormi, pour ne se réveiller qu'à sept heures du matin... L'incartade lui avait valu une sévère punition.

Peu à peu, il s'était fait à cette liaison inespérée. Visiblement, Loretta, plus âgée que lui d'une quinzaine d'années, appréciait sa fougue et la puissance sexuelle de ses vingt-trois ans. Ils n'avaient jamais fait de projets d'avenir. Elle ne parlait jamais d'argent, l'invitait quelquefois, mais ils sortaient peu. Stephan la tenait au courant de tous ses petits soucis, et surtout de ses problèmes avec la hiérarchie suisse allemande de la Garde Suisse. Le lieutenant-colonel Hofenberg semblait l'avoir pris en grippe depuis quelque temps, le punissant pour le moindre motif, lui imposant des tours de garde supplémentaires, le brimant.

Loretta Obinski souriait lorsque Stephan lui racontait ses petits malheurs, vite oubliés entre ses cuisses. Ce soir, cela semblait plus grave. Loretta essuya gentiment les yeux de son jeune amant.

— Que se passe-t-il ? répéta-t-elle.

Stephan Martigny explosa d'un coup, incapable de se contenir.

— Ce salaud m'a sucré ma « Benemerenti » ![1] J'y avais droit ! Sans cette médaille, je ne pourrai pas trouver de travail en Suisse... Et maintenant, il va m'en faire baver ! Il a été nommé commandant de la Garde ce matin. Or, j'ai encore huit mois à tirer.

---

1. Décoration pour qui a « bien mérité », normalement attribuée après une période de deux ans.

De nouveau, ses yeux s'emplirent de larmes. Loretta s'approcha et les embrassa, d'un geste plein de tendresse. Puis, calmement, elle commença à défaire les boutons de la chemise de soie noire du jeune Garde suisse. Elle posa ensuite ses mains à plat sur sa poitrine, puis sa bouche. Le massage et les baisers légers apaisèrent Stephan Martigny. Loretta acheva d'écarter sa chemise, tout en continuant son manège. Puis ses ongles entrèrent dans la danse, griffant légèrement les mamelons du jeune homme. Une caresse qui le mettait très vite en transe. Stephan frémit, le sang se rua dans son sexe.

Il n'avait plus envie de parler. Ses soucis qui lui paraissaient énormes en arrivant vicolo del Bologne lui semblaient maintenant futiles. Excité, il glissa la main dans la fente latérale de la robe de Loretta, atteignit son ventre. Il écarta de ses doigts épais de paysan valaisan le triangle de nylon, pour crocher dans la chair tendre. Loretta tituba, excitée par cette caresse brutale. Debout au milieu de la pièce, ils oscillaient comme des ivrognes. Loretta défit la ceinture du jean, le fit tomber sur ses chevilles. Puis elle s'empara de la virilité tendue, la serrant très fort. Sa bouche remonta vers la sienne pour un baiser passionné.

— *Scopami !*[1] souffla-t-elle avant d'écraser sa bouche contre celle de Stephan.

Leur rite amoureux reprenait ses droits. Les chants rauques de la Misa Criola ajoutait une dimension spirituelle à leur étreinte sauvage.

Stephan saisit à pleines mains les seins gonflés, à travers le mince tissu de la robe, et se mit à les malaxer en pinçant les pointes, meurtrissant la chair élastique. Loretta continuait à l'embrasser avidement, entre deux respirations haletantes.

Puis elle se laissa glisser lentement le long du corps de son jeune amant. Agenouillée, elle l'engloutit entièrement dans sa bouche, jusqu'à la racine. Ses mains remontèrent vers la poitrine du jeune homme. Dans cette position, elle

1. Baise-moi !

avait l'air de prier un Dieu invisible. Stephan n'en pouvait plus d'excitation. Très vite, il releva Loretta et la poussa vers le lit, sans même lui ôter sa robe qui remonta d'elle-même.

Lorsque le bassin de Stephan écartela la jeune femme, celle-ci referma les bras sur son dos musclé. Gardant son jean enroulé autour de ses chevilles, Stephan s'enfonça dans le ventre offert d'une poussée sauvage. Le corps mince de Loretta se cabra et elle lança un cri sourd. Déjà, Stephan la martelait avec lenteur, comme elle le lui avait appris. Désormais, il savait se maîtriser. Loretta attira sa tête contre la sienne et, les yeux dans les yeux, dit à voix basse :

— J'aime que tu me baises. Tu es si fort !

Ces simples mots firent perdre tout contrôle à Stephan. Il sentit la sève monter irrésistiblement de ses reins et explosa d'un formidable coup de reins qui propulsa Loretta jusqu'à la tête du lit.

Un peu plus tard, la jeune femme se dégagea avec douceur, jetant un regard admiratif au sexe encore roide de son amant. Comme dégrisé, Stephan renouait avec ses problèmes, au lieu de ne songer qu'à lui refaire l'amour. Elle alla prendre dans le bar l'habituelle bouteille de Taittinger Comtes de Champagne, remplit deux coupes, en tendit une à Stephan et dit :

— Maintenant, raconte-moi ce qui se passe.

Stephan vida machinalement sa coupe de champagne et jeta un coup d'œil à sa Breitling Chronomat flambant neuve, cadeau de Loretta pour son anniversaire, un mois plus tôt — un cadeau attribué à sa mère, pour tous ses amis.

— Il faut que j'y aille, lança-t-il d'un air sombre.

— Tu es de service ?

— Non. Je vais mettre trois balles dans la tête de ce salaud d'Hofenberg !

Loretta Obinski lui mit tendrement un doigt sur les lèvres.

— Ne dis pas de bêtises ! Pourquoi veux-tu faire une chose pareille ?

— Je te l'ai dit ! Ce salaud m'a sucré ma « Benemerenti » ! Alors que j'y avais droit. Maintenant, il faudra que j'attende un an pour l'obtenir. Comme il vient d'être nommé commandant, il va en profiter pour m'en faire baver encore plus.

— Mais pourquoi t'en veut-il tellement ?

— Tu le sais bien ! D'abord parce que je suis Valaisan, et que je ne comprends pas l'allemand. Et puis, il m'a toujours reproché de trop sortir à l'extérieur, d'avoir des amis italiens. Depuis que je te connais, c'est encore pire ! On dirait qu'il a des antennes... Il ne rate pas une occasion de brimade. Et maintenant, la « Benemerenti » ! *Tous* les Gardes l'ont, après deux ans de service. Quand je dirai à mes futurs employeurs, en Suisse, que je ne l'ai pas, ils se demanderont quel crime j'ai commis. Qu'est-ce que je peux faire, sinon me venger ?

Il semblait totalement désemparé. A bout d'arguments, il sortit de sa poche un paquet de Gauloises blondes et en alluma une.

— Calme-toi, suggéra Loretta de sa voix apaisante. Je ne t'ai jamais vu comme ça...

Stephan Martigny se cabra.

— C'est ça ! Pour que ce salaud d'Hofenberg m'en fasse baver encore plus. Non, je vais...

Loretta Obinski posa la main sur son bras.

— J'ai une bien meilleure idée ! dit-elle. Qui arrangerait tout, sans faire de drame.

— Je veux me venger, répéta le jeune homme, buté.

— Tu *vas* te venger, répliqua Loretta Obinski. Mais d'une façon intelligente.

— Comment ?

— Tu veux aller trouver ton chef ?

— Oui, et...

— Tu vas y aller, continua la jeune femme de la même voix douce, et tu vas lui faire la peur de sa vie...

— C'est-à-dire ?

Décontenancé, Stephan ne comprenait plus. Loretta lui adressa un sourire pervers.

— Au lieu de le tuer, tu vas le menacer !

— Et ensuite ?
— Etant donné l'état dans lequel tu te trouves, il aura très peur... Tu as une arme, n'est-ce pas ?
— Oui, mon Sig de service.
— Très bien.

Elle croisa le regard plein d'incompréhension du jeune homme et l'embrassa légèrement avant de continuer :

— Ensuite, tu viendras me rejoindre et nous passerons une soirée merveilleuse. Il y a une discothèque qui ouvre ce soir, à Fregene. Je suis invitée. Je t'y emmènerai.

— Mais ton mari ?

— Il n'est pas à Rome. Et, là-bas, personne ne me connaît.

Stephan Martigny secoua la tête.

— C'est idiot ! Si je fais ça, le commandant Hofenberg va se venger, il me mettra aux arrêts. Je ne pourrai plus sortir, nous ne nous verrons plus.

Un sourire éclatant éclaira les traits de Loretta.

— Non, corrigea-t-elle calmement. Hofenberg te chassera de la Garde Suisse. Il ne pourra pas résister à un tel affront.

— Mais qu'est-ce que je deviendrai ? s'insurgea le jeune homme. Je n'ai pas d'argent, je dépense tout. Et après cette histoire, personne ne me donnera du travail.

— Si, moi.

Estomaqué, il la fixa en silence. Loretta Obinski enchaîna :

— Mon mari cherche un vigile pour le chantier naval. Ce n'est pas loin d'ici. Sur le Lungotevere Dante. Il m'a demandé de m'en occuper. Tu gagneras deux fois plus qu'au Vatican, et tu pourras rester à Rome. Nous continuerons à nous voir. Tu sais bien que je ne peux pas aller vivre en Suisse. Ma vie est ici.

Stephan Martigny s'ébroua, ébahi. Les choses allaient trop vite pour lui. Une heure plus tôt, il était noué par la rage et la déception et voulait vraiment abattre son chef injuste. Et voilà que, brutalement, Loretta lui offrait un avenir radieux. Du travail, et elle.

C'était trop beau.

— Mais ton mari ? objecta-t-il, il ne risque pas de se douter de quelque chose ?

— Non. Je dirai que j'ai répondu à une annonce. Et la Garde Suisse du Vatican, c'est une bonne référence en Italie... Alors, rhabille-toi, va là-bas et reviens vite.

Donnant l'exemple, elle se leva, le tira par le bras et se colla contre lui.

— Je t'attends, fais vite ! Je vais me faire très belle pour toi, dit-elle de sa voix la plus sensuelle.

Elle le regarda se rhabiller et l'embrassa avant qu'il ne dévale l'escalier. Puis, une fois la porte refermée, elle prit un « telefonino »[1] dans son sac, composa un numéro et eut une très brève conversation.

Elle alla ensuite prendre une douche. Tout son corps sentait encore l'amour.

*
* *

Stephan Martigny franchit presque sans ralentir la Porte Sainte-Anne, grimpant l'allée s'enfonçant au cœur du Vatican. Il se gara comme d'habitude devant la tour ronde de l'IOR et passant sous la voûte du bâtiment des officiers, se dirigea à pas pressés vers sa chambre, au troisième étage du bâtiment suivant. Depuis qu'il avait été nommé vice-caporal de la Garde Suisse, il avait le droit d'habiter seul.

Il monta d'un trait les trois étages, alla directement au tiroir de sa table et y prit son Sig 9 mm, un pistolet automatique suisse reçu en dotation par les membres de l'encadrement. Les simples hallebardiers n'en possédaient pas.

L'arme ne contenait que six cartouches dans le chargeur, afin de ne pas trop fatiguer le ressort : au Vatican, on avait rarement l'occasion de se servir d'un pistolet, et les Gardes suisses étaient les seuls à être armés. Stephan Martigny glissa l'arme sous sa chemise, coincée dans sa ceinture, et

---

1. Portable.

consulta le cadran de sa Breitling Chronomat : huit heures cinquante-cinq. Dans une demi-heure, il serait de retour dans le Trastevere, après avoir vidé sa rancœur. La proposition de Loretta résolvait d'un coup tous ses problèmes.

Il redévala les escaliers, traversa la cour puis monta ceux du bâtiment voisin. En débouchant sur le palier du second, à peine essoufflé, il s'arrêta net. Un prêtre en soutane attendait dans le couloir, juste en face de la porte de l'appartement de Ludwig Hofenberg ! Il se retourna et Stephan reconnut son confesseur, le Père Hubertus. Un religieux de trente-cinq ans au front un peu dégarni, au regard intelligent et intense derrière ses lunettes cerclées d'or, le bas du visage très mobile. De stature chétive, il semblait encore plus malingre en soutane.

Le Père Hubertus terminait à Rome des études d'histoire, tout en effectuant de discrets voyages dans le cadre de la diplomatie secrète du Vatican. Grâce à ses relations à la Curie, il avait beaucoup plus de poids qu'un prêtre ordinaire, Stephan avait pu s'en rendre compte à de multiples occasions. Chargé de veiller au moral de la Garde Suisse, en sus de l'aumônier « officiel », il s'était pris d'amitié pour Stephan.

Le Père Hubertus était sans doute venu rendre visite au colonel Ludwig Hofenberg pour le féliciter de sa promotion. Il s'avança vers le jeune garde et avec son habituel sourire onctueux, le détrompa d'un mot.

— Je t'attendais, Stephan.

*
* *

Stephan Martigny s'arrêta net, troublé. Comment le Père Hubertus avait-il pu deviner ? Déjà, le prêtre le prenait par le bras, l'attirant loin de la porte de l'appartement d'Hofenberg.

— Je savais que tu allais venir ici, annonça-t-il de sa voix douce.

— Mais comment ?

— Tu as beaucoup parlé à tes amis, ce soir ! Ils m'ont dit à quel point tu étais bouleversé de ne pas avoir ta médaille. (Il baissa un peu la voix.) On m'a dit aussi ce que tu avais menacé de faire...

Le jeune Garde suisse devint écarlate. Il est vrai qu'avant d'aller retrouver Loretta, il s'était ouvert de sa rancœur auprès de ses meilleurs copains. Cependant, il ne se souvenait pas d'avoir proféré des menaces précises.

Le regard du Père Hubertus s'était fixé sur la bosse que faisait le gros pistolet sous sa chemise. Le prêtre tendit la main, paume ouverte.

— Donne-moi cette arme, Stephan, je ne voudrais pas que tu fasses une bêtise.

Subjugué, sans même chercher à discuter, Stephan Martigny plongea la main sous sa chemise et tendit le Sig à son confesseur en le tenant par le canon. Le Père Hubertus le prit, fit reculer la culasse pour examiner le chargeur et jeta un regard plein de reproche au jeune Garde suisse.

— Mais il est chargé, Stephan !

Il laissa la culasse revenir en arrière, faisant du même coup monter une balle dans le canon. Puis il glissa l'automatique dans la poche de sa soutane.

— Attention, Père Hubertus ! bredouilla Stephan, maintenant, il y a une balle dans le canon.

Le Père Hubertus ne répondit pas, se contentant de lui adresser un sourire apaisant.

— Dieu te pardonnera ta colère ! fit-il. Tu as l'excuse de la jeunesse. Mais je sais que tu as été victime de beaucoup d'injustice. Aussi, pour te soulager de cette rancœur, nous allons rendre visite ensemble au commandant Hofenberg. Je lui parlerai, je plaiderai pour qu'il te traite avec plus d'équité. Viens.

Le cerveau en feu, Stephan Martigny suivit le Père Hubertus. Devant la porte de l'appartement de Ludwig Hofenberg, celui-ci se retourna.

— Avant d'entrer, il faut que tu retrouves ta sérénité. Que tu demandes pardon à Dieu de tes mauvaises intentions. Agenouille-toi.

Docilement, le jeune Garde suisse s'agenouilla dans le couloir, les mains croisées sur la poitrine. Il sentit les doigts affectueux du Père Hubertus effleurer son visage et il entendit sa voix :

— Disons ensemble une prière... *Agnus Dei, qui tollis peccata mundi...*

Stephan Martigny desserra les lèvres pour prier. Il n'eut pas le temps de prononcer un seul mot. Il sentit le froid d'un objet rond forçant sa bouche, en diagonale, ce qui lui arracha un hoquet. Puis tout explosa et il cessa d'exister.

*
* *

Le Père Hubertus laissa retomber son bras le long de son corps, le pouls à 150. Il lui semblait que la détonation s'était entendue jusqu'à la place Saint-Pierre. Le corps de Stephan Martigny gisait à ses pieds, recroquevillé. Comme il était légèrement penché en avant au moment du coup de feu, après que son corps eut été rejeté en arrière par l'énergie cinétique du projectile qui lui avait traversé la tête, il s'était affaissé en avant.

Bouleversé, son meurtrier demanda mentalement pardon à Dieu de l'acte irréparable qu'il venait d'accomplir. Il n'eut pas le temps de se recueillir longtemps. La porte de l'appartement de Ludwig Hofenberg s'ouvrit à la volée sur le commandant des Gardes Suisses.

— *Was ist*...commença-t-il.

Son regard se posa sur le cadavre de Stephan Martigny et il étouffa une exclamation horrifiée. Le Père Hubertus n'avait pas bougé. D'un geste mécanique, il releva alors lentement le bras droit et le commandant des Gardes Suisses aperçut l'arme. Son regard vacilla. Durant quelques secondes, il crut que le religieux avait ramassé le pistolet pour le lui montrer. Puis il croisa le regard fixe, presque halluciné, du Père Hubertus et comprit. Choqué, abasourdi, il recula sans un mot. Le Père Hubertus, le bras tendu à l'horizontale, appuya sur la détente du Sig.

Nouvelle explosion assourdissante. Touché à la joue, sous l'œil gauche, Ludwig Hofenberg s'effondra instantanément dans le petit hall d'entrée de son appartement. Le Père Hubertus abaissa son bras et lui tira une seconde balle alors qu'il était à terre. Mécaniquement. Il entendit alors un hurlement de femme et releva la tête.

Une femme brune en survêtement de sport se tenait dans l'embrasure de la porte du couloir qui desservait les autres pièces de l'appartement. Esmeralda, la femme de Ludwig Hofenberg. D'un coup d'œil, elle photographia la scène, puis elle fit demi-tour et voulut s'enfuir. De nouveau, le bras du Père Hubertus se releva et il tira au jugé. La femme du commandant des Gardes Suisses fut stoppée net et glissa le long du mur, foudroyée par le projectile qui lui avait sectionné la moelle épinière.

Le Père Hubertus demeura quelques fractions de seconde incrédule, réalisant qu'il l'avait tuée sur le coup, puis il s'ébroua. Il ressortit de l'appartement, inspecta le couloir vide. Ludwig Hofenberg était le seul à loger à cet étage, mais les coups de feu allaient attirer les voisins des autres étages. Prenant le Sig par le canon, le prêtre essuya rapidement la crosse avec le bas de sa soutane, puis s'accroupit et plaça l'arme dans la main de Stephan Martigny. Il se redressa, au bord de la nausée, à cause des matières cervicales s'échappant du crâne éclaté de Stephan Martigny, de l'odeur fade du sang et de la cordite.

A partir de cet instant, il ne risquait plus rien.

Si quelqu'un survenait, il ne pourrait que se blâmer d'être arrivé trop tard pour empêcher un drame. Il fila vers l'escalier du fond, moins utilisé, et descendit le plus vite possible.

En bas, son pouls battait encore la chamade... Il contourna la tour de l'IOR, filant vers la Secrétairerie d'Etat, le gouvernement du Saint-Siège. Dès qu'il fut dans le long passage menant à la cour San Damase, il ralentit, laissant se calmer les battements de son cœur. Les quatre détonations résonnaient encore dans ses oreilles.

Lorsqu'il avait prononcé ses vœux, dix ans plus tôt, il n'aurait jamais pensé avoir à accomplir un acte pareil.

Un triple meurtre ! Lui qui avait juré d'aimer son prochain.

Les Voies du Seigneur étaient décidément impénétrables... Arrivé dans la cour San Damase, il revint sur ses pas, descendit l'allée menant à la grille Saint-Anne. Au moment où il pénétrait dans la chapelle Sainte-Anne, juste à gauche de l'entrée, il entrevit une ambulance, descendant du Centre Médical du Vatican.

La pénombre du lieu saint le calma un peu. Sur un prie-Dieu, la tête entre ses mains, il s'abîma en prières, demandant pardon de toutes ses forces au Seigneur. Il était persuadé d'avoir servi le pape et le Saint-Siège, comme « on » le lui avait fait comprendre à mots couverts. Dieu reconnaîtrait les siens, le moment venu. Il s'aperçut que ses mains tremblaient et les croisa pour arrêter leur tremblement.

Il tenta de se persuader que le Seigneur avait guidé sa main, pour qu'il abatte ainsi du premier coup celui qui lui avait été désigné et son épouse. Lui qui n'avait jamais utilisé une arme...

Il continua à prier, se raccrochant à tous les exemples de la Bible et à ce qu'il avait connu au Liban, où les prêtres maronites avaient défendu la foi à la mitrailleuse lourde, sans état d'âme... Pourtant, en dépit de ces références, le Père Hubertus transpirait abondamment. Il se retourna avec l'impression qu'on l'observait, mais la chapelle Sainte-Anne était vide.

Vingt minutes plus tard, il n'avait toujours pas retrouvé son calme. Il se força à sortir de la chapelle, émergeant dans l'allée conduisant au cœur du Vatican. A peine était-il dehors qu'un Garde suisse, le visage bouleversé, se précipita vers lui.

— Père Hubertus ! Vous savez ce qui est arrivé ?
— Non. Quoi donc ?
— Stephan Martigny a tué le commandant Hofenberg et sa femme, puis s'est suicidé ! C'est horrible.

Le Père Hubertus croisa les mains si fort que ses jointures blanchirent.

— Mon Dieu ! fit-il d'une voix bouleversée. Comment est-ce possible !

*
* *

Loretta Obinski était dans sa voiture lorsqu'elle entendit à la radio le flash annonçant le massacre au Vatican.

Elle s'arrêta et composa aussitôt sur son portable un numéro. Elle tomba sur un répondeur sur lequel elle laissa un message neutre, très bref.

*
* *

Dans un immeuble assez lépreux du centre de Rome, au 5 de la via Gaeta, un homme regardait la pluie tomber. Il régnait une chaleur lourde sur la ville et son climatiseur était cassé. Machinalement, il dessinait des bateaux sur son buvard, l'esprit vide. La sonnerie du téléphone le fit sursauter. Il décrocha, écouta son interlocuteur et remercia.

D'un coup, il se sentait dix ans de moins. Il se leva et alla prendre dans un petit meuble fermé à clef une boîte de cigares Coiba — les meilleurs de Cuba — et une bouteille de cognac Otard XO. Il choisit un cigare, versa un peu de cognac dans un verre ballon, remit ses trésors sous clef et alla s'installer sur un canapé de cuir noir devenu verdâtre avec le temps. Là, il alluma le Coiba, souffla la fumée avec volupté et commença à réchauffer le cognac entre ses doigts. Il était content de lui. Les pantins dont il tirait les ficelles s'étaient parfaitement comportés. Comme de bons petits soldats.

Voilà un dossier qu'il allait pouvoir refermer, la conscience tranquille.

CHAPITRE II

Le taxi s'arrêta dans le grand virage de la via Veneto, en face de l'hôtel *Excelsior*. A côté, se dressait la majestueuse ambassade américaine, un palais romain à la façade ocre égayée de volets verts. L'ancienne ambassade, une grosse villa noyée parmi les palmiers, construite à la fin de la guerre, semblait minuscule, à côté... Malko, prudent, avait laissé sa Mercedes de location au *Hilton*. Le centre de Rome, avec les sens uniques, les interdictions de stationner et les zones piétonnes, était impraticable, patrouillé par des hordes de *carabinieri* impitoyables.

Il traversa, se présenta au Marine de garde dans sa cage en verre et attendit sagement. Il n'avait encore jamais rencontré le chef de station de la CIA de Rome, nommé là après les « années de plomb ». Il vit débouler de l'ascenseur un homme de haute taille, blond mais dégarni, athlétique et souriant. Un noiraud trapu et moustachu l'escortait.

— Rick Peretti, annonça le premier en serrant vigoureusement la main de Malko. Mon chauffeur va nous déposer au *Hassler*. Du restaurant du dernier étage, on a une vue superbe et c'est une des meilleures tables de Rome...

Ils s'installèrent dans une Mercedes noire visiblement blindée, garée dans la cour. Avec ses yeux bleus, Rick Peretti ressemblait plus à un Suédois qu'à un Américain d'origine italienne. Il glissa un coup d'œil à Malko.

— Longtemps que vous n'êtes pas venu à Rome ?

— Quelque temps. C'était encore les « années de plomb »...[1]

— Voilà pourquoi je me traîne avec ce char ! répliqua l'Américain. L'administration est toujours en retard d'une guerre. Les Brigades Rouges sont à la retraite et le SISMI[2] veille. *Ma...*

Il eut un geste fataliste. Cinq minutes plus tard, ils étaient via Sistina. L'hôtel *Hassler* avait toujours son charme vieillot, enrichi d'une galerie marchande au rez-de-chaussée offrant une sélection de boutiques de luxe. L'une d'elles exposait un ensemble Art Déco superbe dessiné par le décorateur Claude Dalle. L'ascenseur les mena jusqu'au dernier étage, au restaurant à la magnifique vue panoramique. Un maître d'hôtel compassé les plaça à une table en bordure de la terrasse. Non loin d'eux, cinq hommes en tenue de clergyman, dont un Noir, bavardaient joyeusement devant quelques bouteilles déjà bien entamées. Le chef de station de la CIA se pencha à l'oreille de Malko.

— Son Eminence le cardinal Lazotti est un habitué...

Le Noir racontait une histoire qui se termina dans un éclat de rire général.

— Ce sont tous des ecclésiastiques ? interrogea Malko.

— L'Africain est Monseigneur Emmanuel Milingo, l'archevêque de Zambie, fit à voix basse Rick Peretti ; une des figures les plus pittoresques du Vatican. Il habite via di Porta Angelica et donne dans l'exorcisme, la chanson populaire et la médecine africaine. Il paraît qu'il agace prodigieusement le Saint-Père qui n'a pas vraiment le sens de l'humour... et ne l'a pas reçu en audience privée depuis 1989. Mais Milingo est intouchable...

On leur apporta de minuscules portions de spaghettis aux truffes. Les cinq éminences parlaient désormais à voix basse. Les garçons s'affairaient autour d'eux et Malko ne put s'empêcher de demander :

— Ils gagnent bien leur vie ?

---

1. La période des Brigades Rouges.
2. Services de renseignement italiens.

Rick Peretti eut un sourire indulgent.

— Il y a beaucoup d'argent au Vatican, et toujours quelqu'un pour régler l'addition. A propos, vous ne vous demandez pas pourquoi vous êtes à Rome ?

Malko eut un geste résigné et sourit en goûtant un délicieux Barolo.

— Il y a longtemps que je ne pose plus de questions...

— Vous avez lu les journaux ?

— Oui, le drame du Saint-Siège a fait des vagues jusqu'en Autriche. Ce n'est pas tous les jours qu'un Garde suisse trucide son chef et l'épouse de ce dernier. Ça fait jaser...

Depuis trois jours, les journaux du monde entier étalaient l'histoire du jeune Garde suisse qui, sans explication convaincante, avait abattu, avec son arme de service, le nouveau commandant de la Garde Suisse, nommé le matin même. Le malheureux n'avait exercé ses fonctions qu'une demi-journée.

Malko entama un *prosciutto* fin comme du papier à cigarette. L'Américain lui jeta un regard aigu en lui versant un peu de Barolo. Il leva son verre et dit avec un sourire ambigu :

— Buvons à votre ami Markus Wolf ! [1]

Surpris, Malko protesta.

— Ce n'est pas vraiment mon ami.

— Je sais, admit Rick Peretti, mais disons que vous vous êtes retrouvé sur ses traces, il n'y a pas longtemps. [2]

— Exact.

Markus Wolf, ancien patron du *Haupt Verwaltung Aufklärung*, était sans nul doute un des plus grands espions du siècle. Il était retombé sur ses pattes, après la disparition de l'Allemagne de l'Est, en 1990, en se réfugiant d'abord à Moscou puis en revenant à Berlin. Russophile, russophone, communiste convaincu, il était sûrement l'homme qui,

---

1. Ancien directeur, de 1952 à 1986, du Service de renseignement extérieur de l'Allemagne de l'Est.
2. Voir SAS n° 129, *La Manipulation Yggdrasil*.

durant la Guerre Froide et même après, avait placé le plus de « taupes » à l'Ouest. Et pourtant, il vivait paisiblement sur les bords de la Spree, dans le quartier le plus agréable de Berlin, jouissant d'une retraite en apparence paisible. Malko, lors de la « Manipulation Yggdrasil », l'avait croisé à Berlin, retombant sur ses vieux réseaux qu'animait encore un souffle de vie. Mais que venait-il faire dans la tuerie du Vatican ?

Rick Peretti avalait goulûment ses spaghettis *alle vongole*, spécialité du *Hassler*. Il lança, en gobant les derniers :

— Vous allez vous retrouver en terrain connu...

Malko eut la politesse de le laisser terminer. Une rasade de Barolo acheva de rosir le teint de l'Américain, qui se pencha vers lui.

— Je vais vous raconter une belle histoire, annonça-t-il. Bien qu'elle n'ait peut-être *aucun* lien avec le drame de la semaine dernière. Cela commence le 16 octobre 1978, avec l'élection du pape actuel, Jean-Paul II. Comme vous ne l'ignorez pas, un Polonais.

— Je pense qu'à part les très jeunes mongoliens, tout le monde est au courant, confirma Malko en souriant.

— OK. En apprenant cette élection, Youri Andropov, alors à la tête du KGB, est entré dans une colère folle. Il a fait rappeler à Moscou les *rezidents* du KGB de Varsovie et de Rome, pour leur reprocher d'avoir laissé élire un pape polonais, citoyen d'un pays membre du Pacte de Varsovie bourré de catholiques convaincus et actifs. Le seul qui ne soit pas « aligné », sur le plan religieux, avec ceux du bloc soviétique.

— Ils n'y pouvaient rien, les malheureux, remarqua Malko.

— Evidemment ! Mais à l'époque, les dirigeants soviétiques vivaient dans une tour de verre, coupés des réalités du monde. Bref, pour ne pas être embarqués avec un billet « one-way » sur Air Goulag, les responsables du KGB ont promis de se racheter en bourrant le Vatican d'espions à leur solde.

— Il y en avait toujours eu...remarqua perfidement Malko.

A côté, l'archevêque Milingo racontait une nouvelle histoire drôle. Rick Peretti s'attaqua à ses scaloppine, fines comme de la dentelle.

— Bien sûr, reconnut-il, mais pas assez à leurs yeux. Pour être plus performants, ils ont contacté les différents Services des pays du Pacte de Varsovie. Dont le HVA d'Allemagne de l'Est, dirigé par Markus Wolf. Et c'est ce dernier qui a touché le jackpot. Un « officier traitant » de la DDR basé à Berne a « tamponné », en 1979, un jeune capitaine de l'armée helvétique, Ludwig Hofenberg, qui se préparait à rejoindre la Garde Suisse du Vatican.

Un ange passa, les ailes marquées de la croix rouge.

— On ne peut plus se fier à personne ! soupira Malko. Un Suisse...

— Les Suisses aussi ont besoin d'argent, remarqua finement Rick Peretti. A l'époque, le « traitant » du HVA a offert quatre cents dollars par mois. Bien sûr, Ludwig Hofenberg n'était pas Richard Sorge[1], mais il fallait satisfaire le Centre, à Moscou. L'année suivante, Ludwig Hofenberg était à Rome. On a dû sabler le mousseux de Crimée à Yasnovo.[2]

— Hofenberg a participé à l'attentat contre le pape en 1981 ?

L'Américain eut un geste évasif.

— Honnêtement, on n'en sait rien. Il a pu donner des indications sur les déplacements du Saint-Père, mais une opération comme celle menée par Ali Agça était sûrement très cloisonnée. A mon sens, il n'en savait rien. Son boulot, c'était de transmettre tout ce qu'il pouvait glaner au Vatican, grâce à ses fonctions, ses amitiés ou même ses rares contacts avec le pape. Régulièrement, il se rendait à la Stazione Termini et y rencontrait un agent prenant le train de nuit Rome-Innsbrück, à qui il remettait ses informations.

---

1. Célèbre espion russe de la Deuxième Guerre mondiale.
2. Siège du KGB à Moscou.

— Les Services italiens ne l'avaient pas détecté ?
— Non.
— Comment avez-vous appris tout cela, alors ?

Rick Peretti eut un sourire placide.

— Eternelle histoire. Un défecteur, Victor Sheymov, ancien du KGB puis du SVR, s'est fait virer du Centre, à Moscou, pour d'obscures rivalités. Il a proposé ses services au BND [1] à la fin de l'année dernière.

— Pourquoi au BND ?

— Il avait été en poste à Berlin pour le KGB, assurant la liaison avec le HVA est-allemand. Le BND lui a donné pas mal d'argent et il a déballé tout ce qu'il savait. C'est là qu'on retrouve votre ami Markus Wolf. Vous savez qu'en février 1990, après la chute du Mur de Berlin, il s'est réfugié à Moscou, avec un petit viatique : la liste de deux cents agents du Militar Aufklärung [2] travaillant tous à l'étranger.

— J'en ai rencontré un, confirma Malko. [3]

— Eh bien, Ludwig Hofenberg en était un autre... Victor Sheymov l'a confirmé. Et même qu'après 1990, il a continué à travailler pour le KGB, puis le SVR. Depuis la mort d'Hofenberg, on a eu une preuve supplémentaire, après que le *Berliner Zeitung* a écrit que Hofenberg était un agent du HVA, grâce à des fuites du BND. Markus Wolf, dans une interview, a confirmé qu'Hofenberg avait bien espionné pour le HVA sous le nom de code de « Werder ».

Malko tiqua. Devant son expression, le chef de station de la CIA en oublia d'attaquer son *tiramisu*.

— Qu'est-ce qu'il y a ?

— C'est bizarre, cet empressement de Markus Wolf à confirmer l'existence d'un agent au Vatican. Ce n'est pas dans ses habitudes. Il est toujours muet comme une carpe.

Rick Peretti eut un sourire ironique.

— Ça a dû lui faire plaisir de foutre la merde. Comme Hofenberg est mort, cela n'a pas beaucoup d'importance. A

---

1. Services de renseignement allemands.
2. Département du HVA.
3. Voir SAS n° 129, *La Manipulation Yggdrasil*.

soixante-quatorze ans, Markus Wolf s'ennuie. Comme ça, il existe encore un peu...

Malko trouva l'explication un peu courte, mais n'insista pas. D'habitude, les hommes comme Markus Wolf obéissaient à des règles d'airain. On ne parlait jamais, même des agents morts... Décidément, toutes les traditions se perdaient.

— Dites-moi, demanda Malko, qu'est-ce qu'un homme comme Hofenberg pouvait apporter au SVR, l'ex-KGB ? La Guerre Froide est terminée, Solidarnosc n'est plus qu'un souvenir et la Pologne va bientôt adhérer à l'OTAN.

— C'est une bonne question, reconnut le chef de station de la CIA, mais vous êtes trop versé dans ces problèmes pour ne pas savoir qu'on a souvent des agents qui ne rapportent pas grand-chose. Mais il faut bien remplir des rapports, donner à ses chefs l'impression qu'on travaille. Moi, j'en ai quelques-uns à Rome qui se contentent de lire les journaux ou de ramasser des ragots dans les cocktails diplomatiques... Mais de temps en temps, on trouve une perle...

— C'est vrai, reconnut Malko. Mais ce Hofenberg n'était pas placé à un poste stratégique. Il n'avait pas accès aux véritables informations secrètes, aux rapports des nonciatures [1], à la diplomatie secrète du Vatican, aux entretiens privés du pape.

— En effet, reconnut l'Américain, mais le SVR s'est dit qu'il recueillerait des miettes de la masse d'informations parvenant au Vatican, grâce aux nonciatures présentes dans presque tous les pays. Sans parler des évêques, des prêtres, des missionnaires, des congrégations religieuses. En plus, ils échangent des informations avec des religieux appartenant à d'autres Eglises. En Bosnie, nous avons souvent utilisé des prêtres orthodoxes qui étaient les voisins de prêtres catholiques croates. Pensez à la myriade d'organisations confessionnelles qui couvrent le globe d'une toile d'araignée et qui, toutes, rendent compte au Vatican.

---

1. Ambassades du Vatican.

— Ça fait rêver, conclut Malko. Je comprends que tous les Services du monde salivent sur ce trésor.

— Sans parler des contacts personnels du Saint-Père, continua Rick Peretti. Soit grâce à ses voyages, soit par ses audiences privées. Vous connaissez beaucoup d'hommes qui puissent parler en tête à tête avec Fidel Castro, Yasser Arafat, le Dalaï Lama et Bill Clinton ? Le pape est un formidable homme politique. Il a joué un rôle éminent et en joue encore un, en dépit de son âge et de sa mauvaise santé.

— C'est la raison pour laquelle les Soviétiques ont voulu s'en débarrasser...

Le chef de station alluma une Gauloise blonde avec un Zippo aux armes de la CIA et souffla la fumée vers les baies vitrées.

— C'est vrai, ils ont paniqué quand il a été élu. Un pape polonais venant d'un pays comptant quarante millions de catholiques fervents, n'ayant jamais accepté le communisme, entraînés par un clergé de combat, cela pouvait les effrayer. Cela a donné Solidarnosc, la première brèche dans le communisme. Jean-Paul II leur faisait parvenir tous les mois deux millions de dollars. Les Soviétiques le savaient. C'est pour ça qu'ils ont monté l'attentat de 1981. En sous-traitant avec les Bulgares qui ont eux-mêmes sous-traité avec les Loups Gris turcs et leurs hommes de main.

— On en est sûr ?

— Pratiquement. Le responsable bulgare qui avait piloté l'opération en a parlé à un de nos homologues en 1991. Hélas, quelques mois plus tard, il a été empoisonné à Sofia. Même maintenant, il y a des choses qu'il ne faut pas dire.

— Le Vatican est au courant ?

— Bien sûr, mais le pape a choisi de ne pas faire de vagues. Il a probablement eu raison, puisque le communisme s'est effondré sous son propre poids.

A côté d'eux, les cinq éminences venaient de se faire apporter une bouteille de cognac Otard XO et regardaient avec respect le maître d'hôtel remplir leurs verres.

— Revenons à Hofenberg, dit Malko. Que pense le SISMI de cette affaire ?

— Il reste à l'écart. J'ai déjeuné hier avec le général Pescarini. Il m'a raconté ce qu'il savait. Il y a six mois, quand le BND a été certain de son information, il a prévenu discrètement l'homologue de Pescarini au Vatican, un prélat de la Secrétairerie qui coordonne les questions de sécurité et de contre-espionnage. Le patron actuel de la « Sapinière ».

— La « Sapinière » ?

— C'est le nom qu'avait donné Pie X aux services secrets du Vatican. Parce que les branches des sapins s'étendent horizontalement dans toutes les directions. Evidemment, ce dernier était très embarrassé d'apprendre qu'un homme comme Ludwig Hofenberg travaillait pour le SVR. D'autant que le Saint-Père, qui l'appréciait beaucoup, s'apprêtait à le nommer à la tête de la Garde Suisse.

— Apparemment, ça ne l'a pas empêché de le faire. D'après les journaux, Ludwig Hofenberg a été nommé le matin même du jour où il a été assassiné...

— Exact, confirma Rick Peretti. Le général Pescarini était aussi surpris que vous. Il semble que le problème ait été soumis au pape et que ce dernier, qui croit toujours au bon côté de l'homme, ait décidé de passer outre. Il avait reçu Hofenberg il y a quelques mois, dès que la Curie l'avait mis au courant des accusations portées contre lui. Apparemment, le Suisse lui a juré qu'il ne s'agissait que de calomnies, et le Saint-Père l'a cru.

— Dieu reconnaîtra les siens, conclut Malko en attaquant son *tiramisu*.

— Seuls les gens du BND ne désarmaient pas, continua l'Américain. Eux trouvaient scandaleux que le Vatican donne de l'avancement à un agent de l'Est stipendié. Leur représentant à Rome a fait savoir au Vatican qu'au cas où Ludwig Hofenberg serait nommé commandant de la Garde Suisse, le BND s'arrangerait pour balancer l'histoire « Werder » à la presse... Ce qui causerait évidemment un scandale épouvantable.

— Ils sont teigneux, conclut Malko. Finalement, ce jeune Garde suisse a ôté une épine du pied à tout le monde. D'après ce que j'ai lu, il était persécuté par Hofenberg et s'est vengé dans un coup de folie, un *raptus*, comme dit le Vatican.

— C'est ce qu'on a écrit et c'est ce que laissent apparaître les premières constatations, confirma Rick Peretti. Mais le Vatican a verrouillé tout, tout de suite, interdisant toute enquête indépendante. D'après son porte-parole, le garçon a abattu Hofenberg et sa femme, puis s'est suicidé dans le couloir en se tirant une balle dans la bouche.

Malko achevait son *tiramisu*, léger comme un nuage. Il était heureux de se retrouver à Rome. Il faisait beau, les femmes étaient superbes, la nourriture délicieuse, bref, il avait une légère tendance à l'euphorie. Les « années de plomb », la période où les Italiens donnaient du valium à leurs Ferrari semblaient bien oubliées.

— Finalement, conclut-il, vous pouvez vous réjouir. L'élimination d'un agent de l'Est, même identifié, n'est pas une mauvaise chose...

Le chef de station de la CIA tira pensivement sur sa Gauloise blonde et laissa tomber :

— Malheureusement, il n'y a pas que cela. Dans cette affaire, nous avons aussi perdu un « asset ».

Dans le jargon CIA, un agent.

— Qui donc ? s'étonna Malko.

— La ravissante Esmeralda Gutierrez-Hofenberg, la femme du commandant des Gardes Suisses. Elle avait été recrutée par les Services colombiens, qui nous l'avaient refilée parce qu'ils n'avaient pas de budget pour la payer.

— Vous voulez dire que la femme de Ludwig Hofenberg, agent du SVR, travaillait pour la *Company* ?

— Tout à fait. Et je voudrais être certain qu'il s'agit vraiment d'un drame stupide de la jeunesse, et pas d'autre chose...

CHAPITRE III

Malko était encore sous le coup de la révélation du chef de station de la CIA lorsque le maître d'hôtel déposa devant eux un *ristretto*, expresso super concentré dont les Italiens raffolent et qui multiplie les battements du cœur par deux.

— C'est une histoire étonnante ! reconnut-il.

Rick Peretti but d'un trait son *ristretto*.

— Cette affaire remonte à cinq ans, expliqua-t-il. Au départ, Esmeralda Gutierrez est venue à Rome se perfectionner en italien. Ex-reine de beauté, elle avait commencé une carrière dans la police puis dans les Services colombiens grâce à un de ses amants, haut fonctionnaire. Elle a rencontré Ludwig Hofenberg qui est tombé fou amoureux d'elle. Comme elle hésitait à se marier, les responsables de l'ambassade colombienne l'ont encouragée vivement à dire oui.

— Les Services colombiens doivent être minuscules... Pourquoi envoyer quelqu'un à Rome ?

— A cause de la drogue. Beaucoup de mafiosi italiens opèrent en Colombie. Seulement, les Colombiens sont très pauvres, compléta l'Américain. Ils se sont rendu compte très vite que la señora Hofenberg, « taupe » au Vatican, ne leur rapportait pas grand-chose... Alors, ils nous ont proposé une « reprise ». On réglait ses coûts de fonctionnement — très modestes —, et ils partageaient avec nous ses informations. Nous pouvions même faire des demandes précises.

— Vous avez bien entendu accepté.

Rick Peretti sourit.

— Cela ne coûtait pas plus de mille cinq cents dollars par mois, et je suis sûr que le « traitant » d'Esmeralda Gutierrez en piquait la moitié au passage. Il faut bien qu'il fasse tourner la représentation diplomatique de son pays auprès du Vatican. Esmeralda Gutierrez y était officiellement bibliothécaire...

— Savait-elle que son mari travaillait pour la Russie ?

— Nous ne lui avons pas dit et nous ne savons pas si elle l'avait découvert elle-même. En tout cas, cela n'est jamais apparu dans les notes qu'elle rédigeait pour sa Centrale. Elle passait le plus clair de son temps au Vatican, à prendre le thé avec les autres femmes d'officiers, à faire du sport ou à s'occuper de bonnes œuvres.

— Connaissait-elle le jeune Stephan Martigny ?

— Pas à notre connaissance. Elle avait une vie sentimentale très calme ; pas d'enfant, pas d'amant. C'est du moins ce qu'affirme le SISMI.

— Donc, il n'y a aucune raison qu'on l'ait assassinée, conclut Malko.

— Pourtant, elle est bien morte et son corps est déjà enterré dans son pays, conclut avec une grande logique le chef de station. *Quelqu'un* l'a tuée. En principe, ce jeune Garde suisse qui n'avait *aucune* raison de le faire.

— Qu'attendez-vous de moi ? demanda Malko en regardant les cinq éminences se lever, le ventre plein, et se diriger vers la sortie. Si le SISMI n'a rien trouvé...

— Le SISMI n'a pas été saisi, corrigea l'Américain. Leur contact à la Secrétairerie d'Etat est resté muet comme une carpe.

— Je me vois mal investir le Vatican déguisé en évêque, objecta Malko.

— A 99 pour cent, je pense que tout s'est passé comme l'a dit le *bolletino*[1] officiel, continua Rick Peretti. Mais comme je vous l'ai dit, je ne peux pas éliminer le un pour

---

1. Communiqué.

cent. Quand, sur trois cadavres, il y a deux « agents », on doit se poser des questions...

Malko prit le temps de commander un second *ristretto*. Rick Peretti faisait signe au maître d'hôtel de faire passer la bouteille de cognac Otard XO de la table désertée par les éminences à la leur.

— Je vous comprends, admit-il, mais par où commencer ?

— Il n'y a qu'une piste à explorer : celle de l'assassin présumé, expliqua le chef de station en faisant cliquer son Zippo. Le SISMI m'a préparé une petite fiche avec quelques numéros de téléphone : ses copains de la Garde Suisse, sa mère, qui vit en Suisse, un de ses amis prêtre et surtout sa petite amie, une certaine Gina de la Torre. Il faut aller les voir. Probablement que cela ne donnera rien. Mais au moins, j'en aurai le cœur net. Vous parlez italien ?

— Assez pour survivre, assura Malko, mais c'est un peu limité pour une discussion sérieuse.

— *Bene*. Nous avons un *stringer* qui connaît à merveille le Vatican. Il le couvre pour Reuter depuis une quinzaine d'années. Marcello Boncompagni. Il a un avantage énorme sur beaucoup de ses confrères : c'est un mécréant endurci qui grince des dents dès qu'il voit de l'eau bénite.

— Vous êtes sûr que ce n'est pas le Diable ?

— J'avoue que l'idée m'a parfois effleuré, avoua le chef de station de la CIA, mais il peut vous donner un bon coup de main. Vous verrez, c'est un personnage étonnant qui ne se déplace qu'en mobylette et marche au scotch. C'est un bon type.

Dans le jargon CIA, cela signifiait qu'il était malin, sûr et prêt à égorger sa mère pour l'Agence...

Rick Peretti tendit à Malko une enveloppe fermée.

— Il y a tous les numéros de téléphone, plus quelques photos, là-dedans. Marcello est prévenu. Revoyons-nous dans trois jours, sauf si le ciel voulait que vous fassiez avant une découverte mirobolante.

Eventualité peu probable. L'Américain laissa sur la table

presque un demi-million de lires[1], termina son cognac et ils se retrouvèrent dans la chaleur tropicale de la via Sistina. La Mercedes blindée attendait sur le terre-plein voisin des escaliers de la Trinita dei Monti. Son chauffeur déposa Rick Peretti à l'ambassade et emmena ensuite Malko jusqu'au *Hilton*, qui se trouvait un peu à l'écart, sur le Monte Mario, avec une vue imprenable sur Rome et, au sud, sur les cinquante hectares du Vatican.

Dans sa chambre, Malko ouvrit l'enveloppe de Rick Peretti. Elle contenait trois numéros de téléphone, avec des noms : Gina de la Torre 3053017 ; Claude Fiterman 69892456 ; Père Hubertus 698654498.

Il y avait aussi deux photos. L'une, floue, d'un prêtre en soutane dans la rue. Le front dégarni, des lunettes à monture métallique, portant une grosse serviette de cuir : le Père Hubertus, confident et confesseur de Stephan Martigny. L'autre d'une fille souriante, en T-shirt et jean, dotée d'un nez pointu et d'une poitrine absolument fabuleuse : Gina de la Torre, la fiancée du jeune Garde suisse.

Malko décida de commencer par le Père Hubertus, en utilisant sa bonne vieille couverture de journaliste au *Kurier* de Vienne.

Le numéro mit si longtemps à répondre qu'il allait raccrocher lorsqu'une voix féminine fit enfin :

— *Pronto ?*
— Je voudrais parler au Père Hubertus, demanda Malko.
— *Momentino.*

Il entendit qu'on posait le récepteur. Il y eut un silence interminable, puis la même voix annonça avec indifférence :

— Il n'y a pas de Père Hubertus ici, *signor*.
— C'est un hôtel ?
— Non, la Fondation Peppino et Fiorella Bigoutis. Les sœurs du Bon Secours.

Elle raccrocha, laissant Malko perplexe. Son enquête

---

[1]. Environ 1 800 francs.

commençait mal. Il décida d'appeler le *stringer* de la CIA, Marcello Boncompagni, et le joignit sans mal à Reuter.

— Retrouvons-nous au *Cucurucu*, via Capoprati, suggéra Boncompagni. C'est tranquille au bord du Tibre, et on y mange bien.

*
* *

La table était installée sous une grande tonnelle dominant le Tibre, réduit à cet endroit à un modeste filet d'eau. Le *Cucurucu* se trouvait au pied du Monte Mario, sur la rive ouest du Tibre, celle du Vatican. Sur l'autre rive, se dressaient de hideuses HLM de béton grisâtre, tranchant sur la beauté habituelle des maisons romaines.

A peine était-il assis que Malko vit arriver, chevauchant sa mobylette, le *stringer* de la CIA, casqué, un sac dans le dos. Lunettes carrées, cheveux frisés, pantalon de toile et gilet de photographe, il faisait très juvénile. Sans hésiter, il rejoignit Malko et s'assit en face de lui.

— Marcello Boncompagni, annonça-t-il. Comment va Rick ?

Son regard pétillait d'intelligence. Un petit bonhomme plein d'énergie, dont le premier souci fut de commander un scotch sur de la glace et de soupirer d'aise.

— Quel calme !

Le *Cucurucu* avait peu de clients, le silence était absolu, on ne se serait jamais cru au cœur de Rome. C'est le *stringer* qui composa le menu en attaquant son Defender « Success » : hors-d'œuvre et poissons grillés. Malko lui expliqua ensuite sa mission et sa première déconvenue. L'Italien rit de bon cœur.

— Vous êtes tombé sur une congrégation qui reçoit des hôtes payants. Comme partout à Rome. Je connais un couvent de Franciscains, via Nicolo Quinte, qui est bourré de pèlerins jusqu'à la gueule. Et ils ne sont pas regardant sur leur moralité.

— Ils acceptent aussi des laïcs ? demanda Malko, bluffé.

— N'importe qui, précisa Marcello, du moment qu'on paie. Femmes, enfants, « créatures ». J'ai vu un jour chez les Franciscains une petite en short et T-shirt moulant à mettre un *Monsignor*[1] en transes. Une vraie petite *zozonna*[2] bien bandante. Mais du moment qu'elle payait ses soixante mille lires par jour, on l'accueillait à bras ouverts. Bien sûr, la chambre est plus proche d'une cellule monacale que d'un appartement décoré par Claude Dalle... Votre *Padre* Hubertus doit séjourner parfois dans cette congrégation. Beaucoup d'ecclésiastiques les utilisent quand les maisons d'accueil du Vatican — gratuites — sont pleines.

— Vous savez où le trouver ?

— Non, mais je peux me renseigner.

— Où ?

Marcello eut un sourire mystérieux.

— Le Vatican est une toute petite ville. Quoi d'autre ?

— Un ami de Stephan, dans la Garde lui aussi. J'ai un numéro. J'ai appelé mais cela ne répond pas.

— Faites voir.

Il examina le papier et sourit.

— C'est la cantine des Gardes Suisses. Ils ne répondent que rarement. Il faut aller là-bas, le demander. On peut s'y rendre après le déjeuner...

— Et cette Gina. Vous pourriez l'appeler ?

— Bien sûr.

Il sortait déjà son portable. Malko suivit tant bien que mal la conversation. Marcello Boncompagni referma son « telefonino », visiblement ravi.

— Elle nous attend demain dans le Gianicolo à sept heures ; à la buvette, à côté de la statue de Garibaldi. Vous parlez italien ?

— Un peu.

— Elle ne parle sûrement ni anglais, ni allemand. Il vaut mieux que je vienne. Vous savez à quoi elle ressemble ?

---

1. De nombreux religieux, même simples prêtres, s'ils travaillent quelques années à la Curie du Vatican, reçoivent du pape le titre honorifique de *Monsignor*.
2. Salope.

Malko sortit la photo. Les yeux de Marcello Boncompagni lui sortirent de la tête.

— *Porca Madonna !* Je viens ! Si j'avais ça dans mon lit, je ne me suiciderais pas... A propos, que voulez-vous savoir *exactement* ?

— Si tout s'est bien passé comme le dit la version officielle.

Marcello Boncompagni sourit.

— Joaquim Navarro, le porte-parole du Vatican, pour le bien de l'Eglise, ment comme un arracheur de dents ! Il est capable de prétendre qu'il fait jour en pleine nuit, mais là, je crois qu'il a dit la vérité. Ce Ludwig Hofenberg avait l'air d'un horrible salaud, un vrai fasciste qui en faisait baver aux Gardes suisses qui ne lui plaisaient pas, les francophones surtout... Le *giovanni* Stephan est devenu fou...*matto*.

Malko n'était pas loin de penser comme Marcello Boncompagni.

*
* *

Marcello Boncompagni et Malko franchirent la Porte Sainte-Anne, la plus fréquentée du Vatican, seul moyen de gagner en voiture la cour San Damase, et aussi l'accès aux services du Vatican, l'Annona — un supermarché —, la poste, la pharmacie et l'*Osservatore Romano*, le quotidien du Saint-Siège. Au-delà, l'allée montait en pente douce jusqu'au Belvédère et à la bibliothèque du Vatican, et aux archives secrètes. De là, un tunnel menait à la place San Damase, d'où on accédait aux appartements du Saint-Père et à la Secrétairerie d'Etat. Deux Gardes suisses en tenue bleue, coiffés d'immenses bérets, filtraient les visiteurs. Plus loin, la guérite de la Vigilanzza, les gendarmes du Vatican, constituait un second barrage infranchissable, sauf pour ceux qui étaient attendus.

Marcello Boncompagni échangea quelques mots avec un des gardes et revint vers Malko.

— Claude Fiterman est de garde à la Porte de Bronze. On y va.

Ils ressortirent dans la via di Porta Angelica, gagnèrent la place Saint-Pierre qu'ils contournèrent par la droite. La Porte de Bronze, en contrebas des appartements du pape, ouvrait sur un imposant couloir. Un premier Garde suisse les arrêta. Marcello indiqua qui il cherchait et le garde lui désigna son collègue, figé en haut d'un escalier majestueux donnant sur le couloir monumental, digne du château de Versailles.

— Il est là-bas, annonça le *stringer*. C'est l'entrée des visiteurs officiels à pied. Ça a de la gueule.

Claude Fiterman ne parut pas surpris de voir Malko. Il parlait allemand parfaitement.

— Appelez-moi sur mon portable, proposa-t-il. Je n'ai pas encore mes horaires pour demain.

Malko, qui n'avait que celui donné par Peretti, nota le numéro et ils allaient battre en retraite quand il pensa à demander :

— Connaissez-vous le Père Hubertus ?

— Oui. Je l'ai vu souvent, répondit aussitôt Claude Fiterman. Il était très lié avec Stephan.

— Vous savez où le trouver ?

— Non. Il voyage beaucoup. Mais j'ai son numéro de portable.

— Ici ?

— Non. Dans ma chambre. Je vous le donnerai.

Ils se retrouvèrent sur la place Saint-Pierre écrasée de soleil. Des touristes abrutis de fatigue dormaient un peu partout, appuyés à leur sac à dos. Les murs beiges du Vatican, faits de petites briques bien alignées, semblaient monter jusqu'au ciel. En levant la tête, on apercevait au dernier étage les fenêtres de la chambre du pape, là où il apparaissait régulièrement pour bénir la foule...

— A ce soir, sept heures, dit Marcello. Pour voir Gina. Je crois qu'on aura vite terminé. Rick lit trop de romans d'espionnage.

Il enfourcha sa mobylette et s'éloigna avec un clin d'œil complice.

*
* *

Gina de la Torre ressemblait à sa photo. Malko l'identifia tout de suite, assise sur le socle de la monumentale statue de Garibaldi, fierté du Gianicolo, le parc dominant tout Rome. La fiancée de Stephan Martigny portait le même T-shirt rouge démon échancré profondément, offrant comme un plateau une poitrine opulente sur laquelle on avait envie de mettre la main. Son nez pointu, un peu trop long, n'enlevait rien au charme d'un petit visage sensuel, aux traits encore enfantins.

Malko gara sa Mercedes et gagna la buvette. Le patron, coiffé d'un canotier, moulé dans un T-shirt vert perroquet, s'éventait négligemment avec un éventail. Il devait faire 34 degrés à Rome, même à sept heures du soir... Marcello était en retard. Malko s'approcha de la fille en T-shirt rouge.

— *Signorina. Lei e Gina de la Torre ?*

La fille leva sur lui un regard humide.

— *Si, signor. Lei e...*

— *Signor* Malko Linge, dit-il en tendant une carte du *Kurier* et en s'asseyant.

— C'est vous qui m'avez téléphoné ?

— Non, un collègue journaliste italien. Mon italien n'est pas excellent. Vous parlez allemand ?

— Très peu. Français.

— Parfait, fit Malko, continuant dans cette langue. Je suis content que vous soyez venue. Je cherche à comprendre ce qui s'est passé l'autre jour.

L'éclat dans les yeux de Gina de la Torre s'éteignit brutalement.

— C'est horrible. Je ne comprends pas, moi non plus. Stephan se plaignait souvent de ses chefs et il voulait absolument cette médaille pour l'aider à trouver du travail.

C'était un anxieux, il n'était jamais sûr de lui, mais si gentil...

— Il y a longtemps que vous le connaissiez ?

— Plus d'un an. Nous faisions beaucoup de choses ensemble. Nous allions au cinéma, on se promenait en rollers, on allait à la plage à Ostie, quand il avait le temps. Ou bien on venait ici pour manger des *gelati*.

Malko l'écoutait, perplexe. Une sorte de ronronnement apaisant et frais. Pourtant, le physique provocant de Gina évoquait autre chose que du patin à roulettes... Il l'écouta raconter la vie sans surprise d'un Garde suisse, puis posa une question.

— Stephan était-il très pieux ?

— Très croyant ! Il était très dévoué à Sa Sainteté et à l'Eglise. Il disait toujours qu'il donnerait sa vie pour le pape, s'il le fallait. C'était un garçon très bien... Je ne comprends pas ce qui lui a pris...

Marcello Boncompagni arriva enfin, essoufflé, transpirant.

— Ma mobylette est tombée en panne, expliqua-t-il. J'ai monté la via Vaticano en pédalant...

Pour se remettre, il commanda aussitôt un double Defender « Success » avec très peu de glace.

— Nous arrivons à nous comprendre, affirma Malko. En français.

— Alors, c'est parfait, je vais vous laisser...fit l'Italien, louchant comme un fou sur les seins de Gina de la Torre.

Il prit quand même le temps de déguster une glace pour les contempler un peu plus longtemps... Le vacarme d'un guignol éloigné d'une dizaine de mètres à peine était assourdissant. Il fallait hurler pour se parler. Malko, d'un coup d'œil au cadran bleu de sa Breitling B-1, constata qu'il était presque huit heures et qu'il n'avait aucun projet pour dîner.

— Gina, fit-il, j'aimerais parler encore de Stephan. Pouvez-vous dîner avec nous ?

La jeune femme hésita, regarda Marcello, Malko, et finalement se décida.

— Je veux bien. Mais il faut que je prévienne mon « fidanzato ». Il est là-bas. *Aspetta*.

Elle n'avait pas mis longtemps pour remplacer Stephan.

Malko la suivit des yeux... Ses fesses rondes serrées dans son jean avaient un balancement langoureux et prometteur. Marcello siffla entre ses dents.

— Quelle superbe petite salope ! Quand je pense que je dois dîner avec ma copine !

Déjà, Gina était de retour. Excitante petite Lolita, qui savait très bien l'effet qu'elle faisait sur les hommes. Le « fidanzato » s'éloigna, renfrogné. Un grand garçon avec un bouc noir luciférien et une queue de cheval, la chemise blanche largement ouverte sur un torse concave.

— Où allons-nous dîner ? demanda Gina.

Pris de court, Malko repensa soudain à un endroit étrange qu'il avait fréquenté du temps des « années de plomb ».

— Est-ce que *L'Eau Vive* existe toujours ?

— Vous connaissez *L'Eau Vive* ?

— Oui, pourquoi ?

— Stephan m'y a emmenée plusieurs fois.

— Cela vous gêne d'y aller avec moi ?

— Non, non ! affirma-t-elle, mais il faut que je passe chez moi avant.

L'Eau Vive était un restaurant via Montarone exploité par les Travailleuses missionnaires de l'Immaculée Conception. Un ordre tertiaire — pas totalement religieux ni entièrement laïque — patronné pourtant par un prélat du Saint-Siège, Monseigneur Pilatti. Ces Travailleuses missionnaires faisaient vœu de chasteté et d'obéissance, vivaient en communauté, mais n'étaient pas des religieuses. Certaines, même, finissaient par se marier.

Toutes originaires d'Afrique, d'Océanie ou d'Asie, ces Travailleuses missionnaires surnommées « carmélites ouvertes », souvent ravissantes, traînaient une réputation sulfureuse, leur principale activité consistant à tenir des restaurants un peu partout dans le monde. Celui de Rome n'était pas mauvais, serveuses et clients y chantaient des cantiques, et il était surtout fréquenté par la mouvance vaticane et des touristes pieux.

— Pas de problème, assura Malko. *Andiamo*.

Marcello se leva, déclinant l'invitation.

— *Ciao*, dit-il. Je vous laisse, vous vous débrouillez très bien.

Ils gagnèrent la Mercedes de Malko, où Gina s'installa, pleine de respect. Elle habitait une petite rue près de la via Aurelia, la via Baldo degli Ubaldi. Malko l'attendit au pied d'un immeuble moderne. Quand elle réapparut, elle avait troqué son jean pour une jupe noire et caché son imposante poitrine sous une veste légère. Le coup d'œil incendiaire qu'elle lui adressa lui fit penser que, peut-être, Marcello Boncompagni n'avait pas un mauvais jugement.

*
* *

Le Père Hubertus se repassa une fois de plus le message laissé sur sa messagerie par le jeune Garde suisse ami de Stephan Martigny, Claude Fiterman. En soi, cela n'avait rien d'inquiétant. Un journaliste autrichien souhaitait bavarder avec le confesseur du meurtrier. Beaucoup de journalistes italiens et suisses avaient, eux aussi, tenté d'approcher le Père Hubertus. Plusieurs journaux avaient parlé de lui, il avait même été photographié le jour des obsèques. Pourtant, il se sentait mal à l'aise. Dix jours après le drame, il avait enfoui toute cette séquence au fond de son cerveau.

Comme si cela n'avait jamais eu lieu.

Le Père Hubertus Ramstein était un Fou de Dieu, un être exalté, un apprenti martyr, comme les jeunes musulmans prêts à donner leur vie pour Allah. Lui était né catholique, au fond d'un village de Bavière ultracatholique, Rüpholding ; et, dès son plus jeune âge, il avait rêvé d'être prêtre. Sa foi n'avait fait que s'épanouir avec l'âge. Tout en faisant le Grand Séminaire, il avait poursuivi des études d'histoire. Grâce à un prélat bavarois déjà en poste au Vatican, il avait pu obtenir une bourse d'études à Rome, avec des facilités de logement. Là, son protecteur l'avait introduit à la Curie.

Le Père Hubertus baignait dans le bonheur, il aurait baisé le sol ! Dès qu'il avait une minute, il s'appliquait à rendre de petits services. Peu à peu, il avait fait son trou. Il était toujours prêt à travailler, à voyager, rien n'existait d'autre dans sa vie que la foi. Son seul maître était Dieu et ceux qui le représentaient sur terre. Le jour lointain où il avait été enfin admis, à la suite de diverses recommandations, à baiser l'anneau de Monseigneur Casaroli, alors un des hommes les plus puissants du Vatican, celui qui définissait avec le pape — et parfois contre lui — la politique du Saint-Siège, il en avait tremblé pendant des heures. C'était une consécration comme il n'en avait jamais rêvé dans ses rêves les plus fous.

Une telle fougue, une telle foi, une telle volonté de servir avaient frappé ceux qui le croisaient. On lui avait d'abord confié des tâches sans intérêt, puis des missions plus délicates, plus secrètes. Il brûlait littéralement d'exaltation, parcourant le monde comme un Croisé secret, portant la bonne parole, accomplissant ce qu'on lui demandait de faire. Il vivait frugalement, d'une façon spartiate, alors qu'il aimait la bonne chère. Il avait souvent fréquenté de très belles femmes, mais n'était pas accessible à la Tentation.

Il avait menti, trahi, toujours pour la Cause, toujours pour Dieu. Et maintenant, brutalement, il se demandait s'il n'avait pas perdu son âme, involontairement, en voulant trop bien faire...

Il referma son portable et le glissa dans la poche de son pantalon de toile noire. A Rome, il faisait comme tout le monde, arborant rarement une soutane, se contentant d'un col clergyman signalant son état ecclésiastique. Il sortit dans la rue étroite et mal pavée sur laquelle donnait l'établissement religieux où il couchait ces jours-ci, via Scrofa, et partit à grandes enjambées malgré la pluie tiède. Il avait besoin de marcher. Pour un examen de conscience trop tardif, qui ne pouvait mener qu'au désespoir. Il songea avec tristesse que le seul homme à qui il aurait osé se confesser, le cardinal Casaroli, celui qui lui avait mis le pied à l'étrier, avait été rappelé à Dieu quelques jours plus tôt à l'âge de quatre-vingt-quatre ans. A aucun autre il ne pouvait dire toute la vérité.

Il marcha longtemps, comme un automate, franchissant le Tibre par le pont Principessa Savoia e Aosta, puis ses pas le menèrent au parc Gianicolo, maintenant désert, à part quelques amoureux. Il le traversa de part en part, atteignant la Porta San Pancrazio. Là, il tourna à droite, redescendant la via San Pancrazio pour pénétrer dans la villa Doria Pamphili, un immense parc qui s'étendait au sud de la Cité du Vatican. Un de ses lieux favoris de méditation. Il s'enfonça dans les allées désertes et sombres, gagnant un banc isolé.

Il fit une courte prière et repartit comme il était venu. En face du restaurant *Scapone*, il y avait une cabine téléphonique. Il y donna un coup de fil rapide qu'il ne voulait pas donner de son portable, avant de redescendre vers le centre de Rome.

Il avait vraiment besoin de conseils.

CHAPITRE IV

— Interrompons notre repas, comme tous les soirs, pour chanter l'*Ave Maria* de Gounod. Que Dieu vous bénisse.

La salle lambrissée au plafond voûté de *L'Eau Vive* s'imprégna instantanément d'un religieux silence. Pourtant, il y avait de tout parmi les clients : des Japonais entrés là par hasard, des ecclésiastiques en civil, des couples, des pèlerins venus visiter le Vatican. La Noire sculpturale moulée dans un boubou vert qui servait la table de Malko rejoignit les autres serveuses, regroupées entre les deux salles. Le chœur des Travailleuses Missionnaires de l'Immaculée Conception s'éleva, cristallin, accompagné par une partie de la salle. A côté de Malko, des pèlerins vietnamiens chantaient à gorge déployée.

Gina de la Torre, les yeux baissés, paraissait très émue, mais ne chantait pas. Le cantique terminé, le fond de musique classique reprit en même temps que le service. La Noire s'arrêta à leur table et demanda à Malko :

— Vous êtes prêtre ?

— Non, répondit-il, un peu surpris. Pourquoi ?

La jeune Noire se troubla.

— Il y a beaucoup de prêtres ici. Je croyais vous avoir reconnu...

— D'où êtes-vous ?

— Du Burkina Faso. Je m'appelle Eliane.

Il n'y avait guère que des Africaines ou des Polynésiennes dans les Travailleuses Missionnaires. Au premier étage, se trouvaient des salons où les prélats recevaient discrètement. Les mauvaises langues romaines chuchotaient que les serveuses qui s'occupaient d'eux ne se bornaient pas à passer les plats. En dépit de la présence du Saint-Siège, le climat de Rome n'incitait pas à la chasteté... La voix de Gina arracha Malko à ses pensées.

— Que voulez-vous savoir sur Stephan ? J'ai déjà parlé à plusieurs journalistes et je leur ai dit la même chose : je ne comprends pas.

— Comment il vivait, s'il était heureux, si quelque chose peut expliquer son geste, répliqua Malko.

La jeune Italienne prit une boulette de pain et la roula entre ses ongles rouges, avant de dire d'une voix hésitante :

— Moi, je ne crois pas qu'il ait fait ça...

— Pourquoi ?

Elle secoua ses cheveux bruns.

— Je le connaissais bien. C'était un garçon doux, capable de se mettre en colère, mais pas longtemps. Et puis, même s'il avait voulu tuer Ludwig Hofenberg qui était un salaud, il n'aurait jamais touché à la *donna*...

— Alors, que s'est-il passé ?

— Je ne sais pas ! avoua-t-elle. Mais je dois vous dire une chose : Stephan et moi avions rompu depuis deux semaines quand c'est arrivé...

Malko sursauta.

— Rompu ? Mais pourquoi ? C'est vous qui...

— Non. C'est lui.

— Pourquoi ?

— Je ne sais pas, il ne se sentait pas bien dans sa peau. Il ne m'a pas donné d'explications.

Du coup, Gina perdait beaucoup d'intérêt aux yeux de Malko. Ils terminèrent le repas en parlant de choses et d'autres, sous le regard insistant de la serveuse burkinabé qui avait pris Malko pour un prêtre. Lorsqu'ils émergèrent via Monterone, il faisait encore jour bien que la Breitling B-1 de Malko indique neuf heures trente.

— Vous pourriez me déposer à une station de bus ? demanda timidement Gina.

— Où voulez-vous aller ?

— A Fregene, sur la côte, dans une discothèque où j'ai rendez-vous.

— Mais comment reviendrez-vous ?

— Mes amis sont déjà là-bas. Ils me ramèneront. Je suis restée à Rome pour dîner avec vous.

— Je vais vous conduire ! proposa Malko. C'est la moindre des choses. C'est à quelle distance ?

— A cette heure-ci, quarante minutes environ. Mais vous êtes certain que cela ne vous dérange pas ?

— Pas du tout. *Andiamo*, ajouta-t-il en souriant.

*
* *

— Prenez là, à gauche, indiqua Gina. On rejoindra Fregene en suivant la côte. C'est plus court.

Un panneau indiquait : Passo Oscuro.

Ils roulaient depuis vingt minutes sur la via Aurelia, la SS 1, en direction du nord. Cette fois, la nuit était tombée. Malko s'enfonça sur une route étroite, perpendiculaire à la via Aurelia, après avoir traversé une voie de chemin de fer. Quelques kilomètres plus loin, ils atteignirent une petite agglomération en bordure de mer.

— Tournez à gauche, dit Gina, Fregene est à trois ou quatre kilomètres.

La route suivait la plage, on devinait la mer à quelques centaines de mètres. Au passage, Gina montra à Malko un grand mur blanc, le long de la route.

— C'est là que viennent se baigner les prélats du Vatican, l'été. Ils ont leur plage à eux, mais souvent ils vont sur les autres. En maillot, un cardinal ressemble à n'importe quel homme.

Les phares de la Mercedes éclairèrent une plaque de marbre blanc où était gravé « OPERA DON GUANELLA ». Cent mètres plus loin, le ruban goudronné s'arrêta brusquement, laissant place à un chemin ensablé. Malko freina.

— On peut passer ?

— Oui, oui, affirma Gina, c'est un raccourci.

Le chemin suivait la plage bordée à cet endroit de quelques cabanes. La mer se trouvait à moins de cent mètres. Le sentier montait et descendait, épousant la forme de la dune. La Mercedes plongea dans un creux et, au moment de remonter, se mit à patiner. Malko passa immédiatement au point mort, puis voulut repartir en marche arrière. Le moteur rugit, la voiture trembla mais ne se déplaça pas d'un centimètre. Malko ouvrit la portière et sortit pour examiner l'avant de la voiture. Les roues étaient enfoncées dans le sable jusqu'au moyeu... Gina descendit à son tour et dit timidement :

— Je ne comprends pas, beaucoup de voitures passent par-là.

— Elles doivent être plus légères, dit Malko. Nous sommes ensablés. Il faut une grue pour nous sortir de là.

— Une grue ! Mais où va-t-on trouver ça à cette heure-ci ! Mon Dieu, je suis désolée.

— Ce n'est pas dramatique, relativisa Malko. Tout juste ennuyeux. C'est idiot, j'ai laissé mon portable à l'hôtel.

— Et moi, je n'en ai pas.

— On va aller demander du secours dans le village qu'on a traversé, proposa Malko. Un tracteur ferait l'affaire. Attendez-moi ici.

— Non, non, j'ai peur, je viens avec vous, et puis vous ne parlez pas assez bien l'italien.

Il coupa le moteur et ils repartirent d'où ils étaient venus, s'enfonçant dans le sable, glissant, zigzaguant entre les trous.

*
* *

Passo Oscuro semblait abandonné par ses habitants ! Pas une lumière, pas un café ouvert, pas âme qui vive. Le désert. Après avoir parcouru plus d'un kilomètre, Malko s'arrêta.

— Retournons à la voiture, proposa-t-il. On ne trouvera rien ici à cette heure. Mieux vaut dormir sur place et demain matin, on se fera dépanner. J'espère que vos parents ne seront pas trop inquiets.

— Oh, quand je vais à Fregene, je dors parfois chez une copine, dit aussitôt Gina. Mais pour vous, ce n'est pas embêtant ?

— Il y a pire, sourit Malko.

Vingt minutes plus tard, ils avaient retrouvé la Mercedes. A part le bruit des vagues, le silence était absolu. L'air était tiède et le ciel scintillait d'étoiles.

— Si on dormait sur la plage ? suggéra soudain Gina, on sera mieux que dans la voiture. Il ne fait pas froid.

— Pourquoi pas ? fit Malko.

Ils trouvèrent, à cinquante mètres de la Mercedes, un creux protégé du vent, face à la mer, où le sable semblait propre. Gina ôta sa veste et la plia, la transformant en oreiller. Malko fit de même avec la sienne. Ils s'installèrent, allongés côte à côte. Malko demeura les yeux ouverts, pensant au drame étrange du Vatican. Bientôt, le souffle régulier de Gina lui apprit qu'elle dormait.

*
* *

Gina se tourna sur le côté, se rapprochant de Malko, et dit d'une voix ensommeillée :

— *Ho freddo.*[1]

Elle passa un bras autour de son cou et se blottit contre lui, sa lourde poitrine écrasée contre son torse, une jambe glissée entre les siennes. Elle sembla se rendormir. Malko regarda le cadran lumineux de sa Breitling B-1. Une heure trente-quatre. La nuit était encore jeune. Une lune éclatante s'était levée à l'horizon, baignant la plage d'une lumière froide. Gina bougea un peu et il sentit la masse tiède de ses

---

1. J'ai froid.

seins glisser contre lui. Le T-shirt rouge avait glissé, révélant une bonne partie du soutien-gorge noir.

Soudain, Malko eut l'impression que le sable se creusait sous son corps. Il lui fallut quelques secondes pour réaliser que c'était Gina qui faisait onduler son bassin contre lui, le poussant sournoisement vers un creux. D'abord, il crut qu'elle rêvait. Mais bientôt, il ne put plus avoir de doutes : l'ex-fiancée du Garde suisse se frottait à lui et une de ses cuisses, glissée entre ses jambes, le massait d'une façon très efficace... Si Gina rêvait, c'était un rêve très érotique.

Elle poussa un petit soupir et sa bouche se posa dans le cou de Malko. Incrustée à lui, son bassin continuant ses ondulations, avec de moins en moins de retenue, elle déclencha chez lui une érection qu'elle ne pouvait pas ne pas sentir.

Il baissa les yeux, aperçut la courbe d'un sein épanoui émergeant du T-shirt et y posa la main. Ses doigts descendirent, trouvèrent une pointe dressée. La bouche de Gina remonta et vint se coller à la sienne. Quelques secondes d'immobilité, puis une petite langue acérée se faufila à la rencontre de la sienne. Gina avait toujours les yeux fermés, mais il n'y avait plus aucune équivoque sur ce qu'elle voulait. Il écarta le T-shirt rouge démon et caressa ses seins magnifiques, en grande partie échappés du soutien-gorge.

Le ballet de la langue devint endiablé. Le T-shirt avait glissé, dénudant les épaules, libérant la poitrine. Sous les caresses de Malko, les seins durcissaient, leurs pointes se dressaient vers la lune ; il fit sauter l'agrafe du soutien-gorge pour être plus libre de ses mouvements et, comme à un signal, Gina s'activa aussitôt sur sa ceinture, libérant très vite son membre tendu. Lorsqu'il sentit une petite main se refermer sur sa hampe dénudée, il manqua défaillir de plaisir. Cette étreinte impromptue sur cette plage déserte dégageait un érotisme torride. Lorsqu'il fit glisser sa culotte le long de ses cuisses, Gina l'aida en soulevant les hanches.

Ils bougeaient à peine, ne parlaient pas, concentrés sur le plaisir qu'ils se donnaient mutuellement.

Malko bascula sur Gina dont les cuisses s'ouvrirent docilement et s'enfonça en elle d'un seul élan.

Elle était inondée et il eut l'impression de l'ouvrir en deux. Les reins bien calés dans le sable, elle l'accueillait de tout son corps. Ses deux bras se refermèrent sur lui et elle commença à s'agiter sous lui, comme pour l'exciter encore plus.

A cause du sable qui se dérobait sous eux, ils glissaient sans cesse. Mais dès que Gina le sentait s'échapper d'elle, elle donnait un habile coup de reins pour s'empaler à nouveau. Puis son bassin commença à onduler plus vite et Malko n'eut plus envie de se contenir. Il se déversa en elle avec un cri sourd qui couvrit le bruit des vagues, et arracha un dernier spasme à Gina. Il était encore fiché au creux de son ventre lorsqu'elle dit d'une voix timide :

— *Mi vergogna !*[1] J'ai rêvé que je faisais l'amour et quand je me suis réveillée, j'ai réalisé que j'étais avec vous. J'aurais dû me reprendre mais j'étais très excitée. Il y a si longtemps que je n'ai pas fait l'amour...

— Deux semaines...

— Oh non, beaucoup plus, soupira Gina en remettant sa culotte. Il y a plusieurs mois que nous ne faisions plus rien avec Stephan. Je vous ai menti. C'est *moi* qui ai rompu, deux semaines avant sa mort.

— Il avait quelqu'un d'autre ?

La jeune Italienne se rajusta, replaçant ses seins magnifiques dans son soutien-gorge, puis avoua, embarrassée :

— Je ne sais pas, je n'ai jamais compris. Il a continué à me voir pendant des mois, sans me toucher. Avant, nous faisions tout le temps l'amour. Et puis, bizarrement, il a changé. Il ne me donnait plus rendez-vous que pour aller au cinéma ou sortir avec des copains dans une *gelateria*. C'était incompréhensible. S'il avait une autre femme, il pouvait me quitter. Cependant il insistait pour me voir. Et puis, il s'est mis à me mentir. Il prétendait être en service et je découvrais ensuite qu'il était libre.

---

1. J'ai honte !

Malko écoutait attentivement. Sa brève aventure lui aurait au moins permis de découvrir que Stephan, le jeune Garde suisse, avait une autre femme dans sa vie. Peut-être que cela n'avait aucun rapport avec le drame mais il n'avait rien d'autre à se mettre sous la dent.

— Il fait froid, fit-il, retournons dans la voiture.

Il prit le siège avant, laissant la banquette arrière à Gina. Il eut du mal à trouver le sommeil. Dès que le soleil pointa son nez, il se leva et partit à pied vers Passo Oscuro. Un café était ouvert et il put appeler le numéro d'urgence des *carabinieri*. Une heure plus tard, une énorme dépanneuse jaune apparut sur la piste et, en peu de temps, la Mercedes fut désensablée.

Plus tard, tandis qu'ils roulaient vers Rome, Gina se tourna vers Malko.

— Je voudrais savoir, pour Stephan. Vous me direz ce que vous apprendrez ?

— Promis, affirma Malko. Aujourd'hui, je vais voir son meilleur ami, Claude Fiterman.

*
* *

— Le Père Hubertus ne vous a pas appelé ? demanda Claude Fiterman.

— Pas encore, fit Malko. Vous lui avez donné mon numéro ?

— Oui, au *Hilton*. Je vais vous donner celui de son portable. J'ai oublié l'autre jour.

Il griffonna sur un bout de nappe et le tendit à Malko. Un numéro italien commençant par 0360. Ils étaient attablés dans une petite trattoria du Borgo, le vieux quartier entourant le Vatican. Le jeune Garde suisse avait la carrure d'un boxeur et des yeux pleins d'innocence aussi bleus que bovins. Malgré son physique imposant, il semblait étrangement fragile. Malko l'écouta s'étendre sur les nombreuses brimades dont avait fait l'objet son copain... Sur les horaires décalés, les interminables corvées, les réprimandes.

Il put enfin placer un mot.

— Vous étiez très intimes ?

— Oui, en Suisse, on est allés à l'école ensemble.

— Il s'entendait bien avec Gina, sa fiancée ?

— Bien sûr, c'est une fille adorable et très amoureuse de Stephan.

— Vous saviez qu'ils avaient rompu ?

Le jeune Suisse adressa un regard stupéfait à Malko.

— Rompu ! Quand ?

— Il y a deux semaines.

L'autre secoua la tête.

— Ce n'est pas possible ! Très souvent, quand il pouvait sortir, Stephan passait dans ma chambre m'emprunter de l'eau de toilette. Il allait retrouver Gina. Le jour même du drame, vers sept heures et demie, il a pris sa voiture et il est parti la voir. Il me l'a dit.

Malko écoutait, perplexe. Claude Fiterman semblait tout aussi sincère que Gina. Et pourtant, l'un d'eux mentait ou se trompait. Il avait beau se dire qu'une histoire semblable n'avait guère d'importance, il avait envie de creuser. Revenant à la charge, il insista :

— Si Stephan avait eu une autre femme dans sa vie, il vous l'aurait dit ?

— Bien sûr ! D'ailleurs, il ne le pouvait pas, à cause de ses horaires de travail.

— Pourtant Gina pense que c'était le cas... Vous ne l'avez jamais vu avec une autre femme ?

Claude Fiterman secoua la tête.

— Non. Il ne voyait que Gina, ses copains et son confesseur, le Père Hubertus.

Le jeune Garde suisse jeta soudain un regard inquiet autour de lui, puis s'excusa d'un sourire.

— J'ai toujours peur qu'il y ait des photographes, des paparazzi... Ils sont très excités par cette affaire.

Malko relança l'interrogatoire.

— Où Stephan allait-il dîner d'habitude ?

— Parfois dans les trattorias du Borgo ou à *L'Eau Vive*, parce que ce n'était pas cher. Pour les Gardes suisses, il y a un forfait de vingt-cinq mille lires [1] avec le vin. Il n'avait pas beaucoup d'argent et sa mère ne lui en donnait pas.

— Quand il prétendait aller retrouver Gina, insista-t-il, j'ai l'impression qu'il allait en retrouver une autre. Vous ne voyez *vraiment* pas qui ? Vous n'avez jamais vu de photo de femme dans ses affaires ?

— Non, seulement celle de Gina.

Il regarda sa montre et se leva.

— Il faut que j'y aille, je commence mon service dans une demi-heure. J'espère que vous pourrez parler au Père Hubertus. Stephan lui faisait toutes ses confidences.

*
* *

Il était neuf heures du soir et Malko allait partir retrouver Marcello Boncompagni pour dîner quand le téléphone sonna. C'était Gina. Ils échangèrent quelques banalités puis, tout à trac, l'ex-fiancée de Stephan Martigny lança à Malko :

— Je vous ai menti la nuit dernière, au sujet de Stephan.

— A propos de quoi ? demanda Malko, surpris.

— Stephan m'a quittée pour une autre femme ! Je l'ai même vue une fois...

Le pouls de Malko retomba. La vie sentimentale du jeune Garde suisse était désespérément classique : deux femmes en même temps. Pas de quoi faire avancer son enquête.

— Expliquez-moi.

Gina avoua d'une toute petite voix :

— Quand Stephan a cessé de faire l'amour avec moi, je me suis dit qu'il avait une autre femme... Mais cela m'humiliait de lui demander. Alors, j'ai rusé. Par ses copains, je savais qu'il était libre à sept heures, un certain jour. Je l'ai appelé sur son portable pour savoir si on se voyait. Il m'a menti, prétendant qu'il était puni. Alors, j'ai ravalé ma honte et je suis allée l'attendre Porte Sainte-Anne. C'est

1. Environ 80 francs.

facile, il n'y a qu'une seule sortie. Je l'ai suivi, à bonne distance. Il ne se doutait de rien. Il est monté dans une grosse « Fuori Strada »[1] noire garée via Corridori. La voiture a démarré aussitôt. Quand elle est passée devant moi, comme la glace était baissée, j'ai vu une femme au volant, avec de longs cheveux. Très belle. Et...

Sa voix se brisa.

— Et quoi ? demanda Malko.

— Stephan avait la tête sur son épaule, il était serré contre elle.

La jeune Italienne se tut et il attendit quelques instants pour reprendre :

— Vous n'avez pas vu la plaque de la voiture ?

— Ça commençait par AX. Une voiture de Rome.

— Et la femme, vous la reconnaîtriez ?

— Oh, oui !

C'était parti du cœur.

— C'est la seule fois que vous l'avez vu avec elle ?

— Oui, après, j'avais trop de peine. Je ne lui en ai jamais parlé. J'espérais qu'il allait revenir. Mais elle était trop belle. C'était *una vera donna*[2].

— Vous aussi, vous êtes très belle, Gina, fit Malko pour lui mettre un peu de baume au cœur.

— Merci, dit-elle. Je voulais vous dire cela.

Elle raccrocha brusquement et il resta seul avec ses pensées. Histoire classique. Le beau et jeune Garde suisse avait une maîtresse riche, probablement mariée, qui s'offrait un cataplasme de peau de vingt ans... Pas de quoi fouetter un chat, apparemment...

Avant de redescendre, il composa à nouveau le numéro du Père Hubertus. Autant boucler son enquête rapidement. Cette fois, on décrocha et une voix d'homme fit :

— *Pronto ?*

---

1. 4X4.
2. Une vraie femme.

CHAPITRE V

— Père Hubertus ?
— *Si. Chi parla ?*
— Malko Linge. Journaliste autrichien. Je vous ai déjà appelé. Claude Fiterman m'a donné votre numéro. J'enquête sur la mort de Stephan Martigny.

Il y eut un bref silence, puis le religieux dit d'une voix contenue :

— *Si, si !* C'est une tragédie incompréhensible. Un garçon que j'aimais beaucoup. Très croyant. Malheureusement, il ne m'a pas parlé de son funeste projet. Je suis arrivé trop tard. L'enquête est finie, il n'y a plus qu'à prier. J'ai déjà parlé à plusieurs journalistes, je n'ai rien à dire de plus.

— Mon Père, remarqua Malko, il semble qu'il y avait des zones d'ombre dans la vie de Stephan Martigny. J'aimerais les éclaircir.

Le Père Hubertus demeura quelques secondes silencieux avant de demander d'un ton surpris :

— Des zones d'ombre ? Mais dans quel domaine ?

Sa voix s'était brusquement tendue.

— Oh, rien de grave, précisa aussitôt Malko. Il semble qu'il ait eu plusieurs femmes dans sa vie.

— Des femmes ! Mais il sortait avec la petite Gina de la Torre. Une charmante jeune fille, précisa le Père Hubertus. Je l'ai rencontrée à plusieurs reprises.

— Il n'était plus avec Gina, insista Malko. Il avait une

autre femme dans sa vie. Peut-être ce fait n'a-t-il aucun rapport avec le drame, d'ailleurs.

— Comment savez-vous cela ?

— J'ai longuement parlé avec Gina, précisa Malko. C'est elle qui m'a informé. Elle a même *vu* cette femme, sa rivale.

Le silence du Père Hubertus se prolongea tant qu'il crut que le religieux avait raccroché. Enfin, ce dernier dit, d'un ton presque cassant :

— Cela semble bien invraisemblable. Il m'en aurait parlé. Gina est légitimement bouleversée, elle affabule.

— Comment expliquez-vous ce drame ?

— Il a perdu la tête. Un *raptus*, un moment de folie. Le communiqué du Saint-Siège est très clair. Il faut laisser les morts en paix. Même ce pauvre garçon mérite la paix...

— J'aimerais bien vous rencontrer, mon Père, dit Malko. Pour bavarder de lui.

— Je ne pense pas que ma hiérarchie m'y autorise, dit le prêtre d'une voix douce. J'ai été surpris par des journalistes, mais je n'ai accordé aucun interview, ce n'est pas mon rôle. Cette affaire tragique est terminée. Je vais être obligé de vous laisser. Au revoir, monsieur.

Il coupa la communication.

Malko descendit, déçu. Marcello Boncompagni l'attendait à côté de la Mercedes, les mains pleines de cambouis.

— *Questa merda*[1] est encore tombée en panne, dit-il en montrant sa mobylette.

Décidément, la CIA faisait des économies.

— J'ai retenu chez *Celestina*, annonça le *stringer*. C'est un endroit sympa dans le quartier de Parioli, avec un voiturier...

Chose rarissime à Rome.

*
* *

1. Cette merde.

Le Père Hubertus demeura prostré plusieurs minutes, écoutant les battements sourds de son cœur. Il avait beau se répéter qu'un journaliste fouineur sans information particulière n'était guère dangereux, une voix minuscule, très loin, lui soufflait qu'il ne fallait rien prendre à la légère. Dans la chambre spartiate de cet établissement religieux, il aurait pu se croire dans une cellule de prison, à part le grand crucifix sur le mur.

Il passa ses mains moites de sueur sur son pantalon de toile. Que faire ?

Il maudissait Claude Fiterman d'avoir communiqué le numéro de son portable. Ce journaliste risquait de le rappeler. Il faudrait rester sur « messagerie » durant quelques jours. L'envoyé spécial du *Kurier* ne resterait pas éternellement à Rome. Jamais il n'aurait pensé la jeune Gina aussi jalouse, mais il est vrai qu'il ne connaissait rien aux choses du sexe. Dieu lui avait donné la paix des sens très tôt et il n'avait jamais connu de femme, n'en éprouvant ni le besoin psychologique, ni l'envie physique. Cela lui laissait plus de temps pour se consacrer à l'Eglise.

Il pesa le pour et le contre quelques instants. Sa raison lui disait de ne pas s'affoler, mais une angoisse incœrcible le submergeait. Il avait besoin de parler. Or, il n'y avait pas tellement de gens qui puissent l'écouter, et éventuellement, le conseiller. Son directeur spirituel, l'homme qui, à force de suggestions et de non-dits, lui avait mis dans la tête ce projet monstrueux pour sauver l'honneur du Vatican, n'accepterait plus d'aborder ce sujet, maintenant que les choses étaient en ordre. Il semblait avoir déjà oublié ce qu'il avait soufflé à ce prêtre exalté, prêt à tout pour servir l'Eglise. Or, le Père Hubertus avait assimilé les règles non écrites de ce monde féroce et hypocrite qu'était le Vatican. S'il déplaisait, il risquait de se retrouver dans son diocèse d'origine, où son « telefonino » ne lui servirait plus à rien, et il y croupirait pendant des années, auprès d'ouailles aussi bien pensantes que stupides.

Il avait maintenant l'impression idiote que ce journaliste le soupçonnait ! Ce qui était évidemment impossible. Deux personnes seulement pouvaient deviner le rôle qu'il avait joué dans la tragédie du Vatican. Cependant, il avait besoin de s'entretenir de ce danger illusoire, besoin de se faire rassurer.

Il coupa son portable, remit sa veste, prit la grosse serviette dont il ne se séparait jamais et descendit. La via degli Artisti, en pente, était totalement déserte. Il dut parcourir trois cents mètres avant de trouver une cabine téléphonique. Sa main tremblait quand il composa le numéro. A la troisième sonnerie, une voix de femme très basse dit :

— *Pronto.*

— C'est moi, annonça le prêtre sans donner son nom. J'ai besoin de vous voir de toute urgence.

Son interlocutrice comprenait vite. Après quelques instants de silence, elle dit simplement :

— Il y a une station ERG fermée, au croisement de la via Camilleluccia et de la via Colli della Farnesina. Je serai là dans une demi-heure. Prenez un taxi mais faites-vous déposer beaucoup plus loin.

*
* *

Marcello Boncompagni dégustait gloutonnement ses spaghettis. Son assiette vide, il laissa tomber :

— D'après les photos, Stephan Martigny était un très beau garçon. Il sortait pas mal dans Rome. Il a dû rencontrer une femme mariée qui était mal baisée. Les Romaines ont le feu au cul... Evidemment, elle ne tenait pas à le compromettre. Ici, c'est une petite ville. Les couples illégitimes ne vont pas à l'hôtel.

— Vous avez sûrement raison, fit Malko.

Cela semblait évident. Pourtant, son sixième sens clignotait à l'orange. Pourquoi le jeune Garde suisse avait-il menti à son meilleur ami ? Il aurait plutôt dû se vanter. Et pourquoi l'attitude embarrassée et fuyante de son confesseur ? Il s'ébroua. Le bruit, chez *Celestina*, était assourdissant. C'était le rendez-vous *in* de Rome, où on dégustait un délicieux prosciutto coupé à la main. Marcello Boncompagni conclut avec sagesse :

— De toute façon, Stephan est mort et vous n'avez aucun moyen d'identifier cette salope inconnue. Il y a pas mal de « Fuori Strada » à Rome et vous n'avez même pas la marque, ni le numéro. Il n'y a rien à tirer de cette histoire...

— Je tiens quand même à revoir Gina, dit Malko. Peut-être me donnera-t-elle plus de détails... Et Claude Fiterman aussi.

Marcello Boncompagni termina la carafe de vin blanc et ricana.

— Rick Peretti voit des espions partout. Hofenberg travaillait peut-être jadis pour l'Allemagne de l'Est, mais il n'a pas été tué à cause de cela. L'Allemagne de l'Est n'existe plus. Peut-être la mystérieuse femme brune est-elle *sa* femme, la belle Esmeralda ? Stephan a tué son chef par jalousie... Et s'est suicidé ensuite.

Malko demeura muet. C'était une solution qui expliquait tout. Mais on risquait dans ce cas de ne jamais connaître la vérité. Esmeralda Gutierrez ne se serait pas vantée de ses écarts auprès de ses chefs...

— Vous pouvez savoir si elle disposait d'un 4X4 noir ? demanda Malko.

— Facilement. Je vous le dis demain matin.

*
* *

Loretta Obinski attendait depuis dix minutes, garée sous l'auvent de la station ERG éteinte, regardant distraitement les voitures qui passaient devant elle. Pas trace du Père Hubertus. Elle avait mis de la musique et méditait sur le hasard de la vie qui l'avait fait rencontrer un homme comme le Père Hubertus, à des années-lumière de son univers à elle. Et pourtant, ils étaient, en quelque sorte, embarqués dans la même galère.

Un petit Beretta calibre 32 était coincé sous un journal entre les deux sièges de la voiture, une balle dans le canon.

En dix secondes, elle pouvait mettre une balle dans la tête du religieux. La détonation, glaces fermées, ne s'entendrait pas beaucoup. Cela allait dépendre de lui. Si elle le sentait trop affolé, prêt à craquer, elle prendrait cette initiative, sans en référer à son chef. Mais c'était une solution extrême. La disparition du confesseur de Stephan Martigny risquait de faire des vagues.

C'était cependant moins grave que de voir révéler au grand jour le plan diabolique, méticuleux et complexe qui avait débouché sur la mort de Stephan Martigny, de Ludwig Hofenberg et de son épouse.

Dans cette optique, l'affolement du Père Hubertus signifiait que le religieux représentait un risque sérieux pour elle, même s'il n'était pas au courant de tout... S'il se mettait à déballer tout ce qu'il savait, certains pourraient être tentés de creuser un peu plus. Et là, ce n'était pas bon du tout.

Elle se demanda ce qui pouvait alarmer à ce point le confesseur de Stephan Martigny. Elle avait eu beau lire la presse attentivement, elle n'y avait rien vu d'inquiétant.

Peut-être, tout simplement, avait-il des remords.

Au moment où elle allait allumer une nouvelle Gauloise blonde avec un Zippo enrichi de pierres précieuses par Bucellati, elle aperçut une silhouette qui s'approchait d'un pas rapide, venant de la via Camilleluccia.

Le Père Hubertus marchait la tête baissée, se retournant fréquemment. Il atteignit la grosse Subaru, ouvrit la portière et se hissa sur le siège, essoufflé et visiblement perturbé. Il ôta ses lunettes à monture dorée et les essuya. Avec son crâne déplumé, il faisait plus vieux que son âge. Ensuite, il tourna un regard embué vers Loretta Obinski et dit d'une voix tendue :

— Je suis intrigué par l'attitude d'un journaliste autrichien qui me relance avec insistance.

— Racontez-moi, demanda la jeune femme en démarrant, pour ne pas risquer d'attirer l'attention.

Le Père Hubertus s'exécuta tandis qu'ils roulaient dans les rues désertes des Monti della Farnesina. Loretta Obinski essayait d'évaluer le danger *réel*. Il ne lui paraissait pas énorme. Un journaliste curieux, cela n'avait rien d'extraordinaire. Les choses allaient se tasser d'elles-mêmes. Quand le Père Hubertus se tut, elle lui adressa un magnifique sourire, et décida d'être cruelle.

— Après tout, vous n'avez rien à vous reprocher. Dans très peu de temps, on ne parlera plus de cette affaire.

Le regard du Père Hubertus dérapa et il bredouilla :

— Oui, bien sûr, mais je suis anxieux. Cela m'a fait du bien de parler avec vous.

Loretta Obinski demeura silencieuse. Elle et le Père Hubertus étaient liés par des non-dits glauques, une complicité à contre-cœur. Le Père Hubertus n'avait dû comprendre le rôle qu'on lui avait fait jouer qu'*après* le drame. S'il l'avait compris...

— Ne voyez pas ce journaliste, conseilla-t-elle. Faites le mort. Demandez à vos supérieurs de vous confier une mission loin de Rome.

Elle s'arrêta piazzale Medaglio d'Oro, sur le Monte Mario, et se tourna vers lui.

— Il y a des taxis, ici. Ne vous inquiétez pas.

Elle redémarra aussitôt, après avoir noté le nom du journaliste, pour le transmettre à qui de droit. On ne pouvait jamais écarter une manip.

*
* *

— La femme de Ludwig Hofenberg n'avait pas de « Fuori Strada » affirma Claude Fiterman. Elle avait une voiture allemande, une Polo, je crois.

Une piste qui s'effondrait.

— Voulez-vous déjeuner avec moi ? proposa Malko. A *L'Eau Vive* ?

C'était plus drôle que de déjeuner seul.

Le jeune Garde suisse accepta avec plaisir. Il régnait sur Rome une chaleur écrasante. Malko appela ensuite Gina, mais la jeune femme était absente. Il retrouva Claude Fiterman via Montarone. Au déjeuner, *L'Eau Vive* était plus calme. Il choisit une table servie par Eliane, la Burkinabé en boubou, qui l'accueillit avec un sourire de connivence. Elle connaissait aussi Claude Fiterman et s'attarda quelques instants à leur table.

Le jeune Garde suisse semblait soucieux.

— J'ai repensé à cette histoire de femme cachée, dit-il, je ne comprends vraiment pas. Stephan me disait tout. On se parlait tous les jours.

La jeune Noire s'approchait pour desservir. Malko lui sourit.

— Vous connaissiez le jeune Garde suisse qui est mort ?
— Oh, oui, dit-elle avec tristesse. Il venait souvent ici. Il était toujours souriant et il était vraiment très beau.

Bien que les Travailleuses Missionnaires ne soient que des laïques, Eliane avait dû quand même faire vœu de chasteté et d'obéissance, mais apparemment, elle n'était pas encore fermée aux joies terrestres. Malko insista :

— Il est souvent venu ici avec une jeune fille ?

Eliane parut embarrassée.

— Oui. Je crois que c'était la jeune fille brune avec qui vous étiez l'autre soir.

— Il n'est jamais venu avec une autre femme ?

Malko vit l'hésitation dans le regard de la Noire et sentit qu'elle ne disait pas tout. Il insista avec un sourire :

— Il devait bien avoir d'autres petites amies ?

A regret, la serveuse admit :

— Il est venu ici une fois avec une femme plus âgée que lui ; très belle, on aurait dit une actrice de cinéma, avec de beaux cheveux roux, et puis, elle était habillée...

Elle se troubla.

— C'est-à-dire ?

— Sa robe était très décolletée, vous voyez ce que je veux dire, et très courte aussi. Et elle avait un manteau de fourrure.

— Quand était-ce ?

Elle fronça comiquement les sourcils.

— En hiver, en janvier ou février. Mais je ne l'ai jamais revue. C'était peut-être une amie de sa maman...

Quand on a la foi, on ne voit pas le mal. Malko se retourna vers Claude Fiterman.

— Alors, qu'en dites-vous ?

— Il ne m'en a jamais parlé, reconnut le jeune Garde suisse.

Malko n'insista pas. Certain désormais que Stephan Martigny avait une seconde femme dans sa vie. Ce qui ne l'avançait pas à grand-chose.

— Cette femme doit être mariée, elle lui aura fait jurer le silence, ce n'est pas bien méchant, conclut-il.

Il demanda l'addition. Il n'y avait guère de mystère. En sortant, il avait rendez-vous avec Rick Peretti à l'ambassade pour faire le point. L'Américain allait être déçu.

*
* *

Le chef de station de la CIA écouta le récit de Malko sans l'interrompre, et conclut, détaché :

— Je crois que vous avez fait le tour du problème. Il n'y a rien de ce côté-là. On ne retrouvera probablement jamais cette femme. Mais moi, j'ai découvert quelque chose de troublant. J'ai reçu des documents supplémentaires du BND, concernant l'agent « Werder ». Une liste de documents transmis au SVR en 1991.

— Donc, Ludwig Hofenberg avait bien été récupéré par les Russes.

— Tout à fait. D'après notre défecteur, il y a huit documents concernant des analyses faites par la nonciature du Mozambique, transmis en mars 1991, par une boîte aux lettres morte. Il y en avait plusieurs à Rome, mais notre défecteur ne les connaît pas. Seule la *Rezidentura* de Rome en a la liste.

— Et alors ?

— Ludwig Hofenberg était incapable de se procurer ce genre de documents.

— Donc, il aurait eu un complice, conclut Malko.
— C'est *aussi* ma conclusion, laissa tomber l'Américain. Maintenant que Ludwig Hofenberg est mort, il faudrait trouver ce complice.

CHAPITRE VI

Un silence pesant régna un long moment dans le bureau inondé de soleil. Puis, le chef de station de Rome alluma une Gauloise blonde et reposa son Zippo de table sur son socle. Malko brisa le silence.

— Le prolongement de cette activité peut avoir un rapport avec le drame de l'autre jour, conclut Malko.

— C'est vrai, avoua l'Américain. Cela dépend de ce qu'on découvre.

— Jusqu'ici, je n'ai pas trouvé grand-chose, reconnut Malko. A part une maîtresse secrète.

— Essayer quand même encore de la retrouver, insista l'Américain.

— Je ne sais vraiment pas comment ! Et en ce qui concerne le complice de « Werder », c'est une affaire interne au Vatican. Je n'y ai aucun contact.

— Même le SISMI n'arrive pas à tout savoir, soupira l'Américain. La seule voie d'accès, c'est ce Père Hubertus. Il fait partie du sérail, lui.

— Certes, mais à un niveau subalterne, corrigea Malko. Et il est fuyant comme une anguille.

— Je vais demander au SISMI s'ils ont quelque chose sur lui, conclut Rick Peretti. D'ici là, essayez de le voir et dînons ensemble samedi à la maison. Je vous présenterai mon épouse qui rêve de vous rencontrer. En tout bien tout honneur...

— Hélas, soupira Malko.

L'intermède sulfureux de la plage avec la pulpeuse Gina l'avait un peu laissé sur sa faim. L'air romain semblait avoir un puissant pouvoir aphrodisiaque. Seul, le Vatican paraissait protégé par une bulle invisible.

*
* *

Loretta Obinski eut un petit choc au cœur. L'homme grand et mince au front dégarni, les yeux protégés par des lunettes fumées, qui montait les escaliers de la Trinita dei Monti, noyé au milieu des touristes, était le *rezident* du SVR à Rome, le colonel Boris Sergueïevitch Solomatine, vieux colonel du KGB rescapé de toutes les purges qui s'étaient succédé depuis 1989, dinosaure de l'Union soviétique au cuir tanné par quarante ans de Renseignement.

Rome était son dernier poste et il essayait de partir en beauté.

Son intégrité, sa puissance de travail et son carnet d'adresses le rendaient quasiment irremplaçable. Loretta Obinski ne l'avait rencontré que deux fois, jamais à Rome. Pour qu'il se découvre aujourd'hui, il fallait une raison grave. Pourtant, les éléments qu'elle lui avait transmis grâce à une boîte aux lettres morte du parc de la villa Pamphili n'avaient rien d'explosif. Seulement les coordonnées du journaliste autrichien cherchant à contacter le Père Hubertus, et un résumé des questions qu'il avait posées à ce dernier.

Boris Solomatine passa près d'elle, droit comme un I, et continua en direction de la villa Medicis. Cela signifiait qu'elle devait d'abord s'assurer qu'il n'était pas suivi. Ce qu'elle fit, examinant attentivement ceux qui se trouvaient dans le sillage du Russe. Personne. Prudent comme il l'était, le *rezident* du SVR avait sûrement déjà effectué deux ou trois ruptures de filature depuis son départ de l'ambassade. Loretta Obinski le rejoignit dans la queue pour une exposition à la villa Medicis, et se rapprocha de lui.

Bronzé, le regard dissimulé derrière des lunettes fumées,

vêtu d'un costume de toile froissé, *Il Messagero* sous le bras, le Russe passait complètement inaperçu.

Il dit à voix basse en détachant bien les mots, de façon à ne pouvoir être entendu que de Loretta Obinski :

— Votre journaliste autrichien travaille pour la via Veneto...

Elle eut l'impression de recevoir un coup de pied dans le ventre. La via Veneto, c'était l'ambassade américaine, donc la CIA.

— Vous en êtes certain ? demanda-t-elle bêtement.

Le colonel Solomatine ne répondit même pas, continuant à parler entre ses dents, en regardant devant lui.

— J'ai analysé la situation. Il n'y a que deux passerelles qui peuvent mener à vous : le Père Hubertus et cette fille, Gina, qui vous aurait vue une fois avec Stephan Martigny. Vous étiez venue le chercher dans votre voiture, pas loin de la Porte Saint-Anne. C'est exact ?

Loretta Obinski réfléchit rapidement et revit même la scène.

— Oui, c'est vrai, admit-elle, honteuse.

— C'était une imprudence, lui reprocha d'une voix égale le colonel Solomatine. Heureusement que cette fille n'a pas relevé le numéro de la voiture. Sinon...

Sinon, se dit Loretta Obinski, au lieu de me donner rendez-vous à la villa Medicis, il m'aurait retrouvée dans un parking souterrain et m'aurait mis deux balles dans la tête. Le colonel Solomatine ne prenait aucun risque. Certaines opérations devaient demeurer hermétiques, quel que soit le prix à payer. Et encore Loretta ignorait-elle que c'était le vieux colonel du KGB qui avait dirigé l'élimination de tous ceux qui savaient trop de choses sur l'attentat contre le pape, y compris des patrons des services bulgares. Le seul qui possédait la preuve que les ordres venaient de Moscou. Le colonel Solomatine était un pur.

La queue avançait lentement.

— Que dois-je faire ? demanda Loretta d'une voix blanche.

— Transmettre des instructions au Père Hubertus.

Elle nota mentalement les ordres, posant ensuite une timide question :

— Ça n'est pas trop risqué ?

— Ce serait moins risqué de ne rien faire avec un agent de la CIA en train de vous rechercher, affirma le Russe. Je ne tiens pas à me séparer de vous.

Gentiment dit. Elle avait encore une petite espérance de vie. Le colonel Solomatine jeta un bref coup d'œil à sa montre.

— Ne perdez pas de temps, recommanda-t-il avant de quitter la queue et de s'éloigner sans se presser.

Loretta Obinski resta sous le soleil, le cœur battant. D'un coup de fil, le colonel Solomatine pouvait faire basculer sa vie, tout ce qu'elle avait construit depuis des années, à la sueur de son front et de ses cuisses. Ça, elle ne pouvait pas l'accepter. Quel que soit le prix.

Pour se laver le cerveau, elle descendit les escaliers de la Trinita dei Monti et alla lécher les luxueuses vitrines de la via Condotti, s'attardant devant le hall d'exposition de l'architecte d'intérieur Claude Dalle. Elle avait toujours aimé les beaux meubles.

*
* *

Gina de la Torre allait sortir lorsque le téléphone sonna. Tout de suite, elle reconnut la voix onctueuse du confesseur de Stephan Martigny.

— Ah, *Padre* Hubertus ! s'exclama-t-elle, je suis contente de vous entendre. Où étiez-vous ?

— Je voyage toujours beaucoup, prétendit le prêtre. Mais je voudrais bavarder un peu avec vous. Au sujet de ce journaliste qui nous poursuit. Que faites-vous ce soir ?

— Je sortais, je vais prendre un verre avec des amis à la *gelateria* dans la Circonvallacione Trionfale. Après, je dois aller au cinéma.

— Si vous avez le temps, suggéra le Père Hubertus, pouvez-vous me retrouver viale Vaticano, à la hauteur du premier parking ? Je serai en voiture et ensuite, je vous déposerai au cinéma. A neuf heures ?

— D'accord, *Padre* Hubertus, je suis contente de vous voir.

— A tout à l'heure. Ne parlez de ce rendez-vous à personne, ajouta soudain le Père Hubertus. Cela pourrait être mal interprété.

— Bien sûr, *Padre* Hubertus, acquiesça Gina de la Torre.

Elle raccrocha, intriguée et inquiète. Le Père Hubertus avait-il appris sa brève aventure avec le journaliste dont il voulait lui parler ? Après coup, elle en avait un peu honte, même si cela avait été délicieux sur le moment. On ne fait pas l'amour avec un quasi-inconnu. Elle se promit de confesser ce péché.

*
* *

Le Père Hubertus débarqua un des premiers sur la terrasse de l'hôtel *Atlante*. Le manager avait organisé un cocktail-dîner pour lancer ce nouveau restaurant d'où l'on faisait face au Vatican et aux appartements du Saint-Père. Les garçons vous montraient les fenêtres de sa chambre, de sa salle à manger, de sa bibliothèque. A cette heure, seule celle de la salle à manger était éclairée. Nerveux, le Père Hubertus attrapa sur le buffet une bouteille de Defender « 5 ans d'âge » et s'en servit une généreuse rasade qu'il but d'un trait, sans même y ajouter de la glace.

Depuis son coup de fil à Gina, donné d'une cabine publique, comme Loretta Obinski le lui avait dit, il avait l'estomac noué. Une angoisse que même le scotch ne fit pas disparaître. En apparence, ce qu'il avait fait était pourtant bien anodin : fixer un rendez-vous auquel il ne viendrait pas. Lorsqu'il avait demandé pourquoi, Loretta Obinski l'avait sèchement rembarré et, en un éclair, il avait saisi toute l'ambiguïté de leurs rapports. Lui qui se cabrait facilement, avait passivement accepté de ne pas poser de questions, et fait semblant de croire la fable servie par Loretta Obinski. Celle-ci voulait parler en tête à tête avec Gina ; de Stephan, leur amant commun...

Les invités commençaient à arriver. Pour la plupart, des ecclésiastiques en tenue civile. Pas mal de femmes aussi, belles, apprêtées, maquillées. Le Père Hubertus alla s'accouder dans un coin tranquille. Il fixait la fenêtre de la salle à manger du pape, enviant sa sérénité, en dépit de l'âge, de la maladie et de sa charge écrasante. Il retourna au buffet se verser une nouvelle rasade de Defender, sans glace. La bête qui lui rongeait le ventre ne s'était pas assoupie. Faisant un effort considérable, il alla se mêler aux invités, rejoignit un groupe où il comptait quelques relations. L'archevêque de Zambie, Monseigneur Emmanuel Milingo, venu en voisin et en T-shirt, racontait ses dernières mésaventures.

— Mon ami, disait-il à un cardinal, j'ai encore vu le Diable aujourd'hui !

Le cardinal éclata de rire.

— *Cara Eminenza*, à force de voir le Diable, vous allez sentir le roussi...

Le Père Hubertus se sentit tout à coup couvert de sueur. Il se demandait si *lui* n'avait pas *parlé* au Diable, la veille... Hélas, son cas ne relevait pas l'exorcisme. Dans un flash de lucidité, il se dit qu'en voulant protéger l'Eglise, il était en train de se damner.

*
* *

Gina de la Torre tourna dans la viale Vaticano, une rue sinueuse qui commençait via Leone V et suivait les hauts murs de l'enceinte du Vatican, jusqu'à la via Aurelia. En double sens, elle était très animée dans la journée, beaucoup moins le soir. Les murs de brique marron s'élevaient à quinze mètres de haut, comme des fortifications, protégeant les cinquante hectares du Vatican, son parc et même sa piste d'hélico. A certains endroits, ils s'incurvaient, formant des aires de parking. Le soir, les amoureux s'y garaient, certains d'être tranquilles. Il n'y avait pratiquement pas de piétons et les voitures qui dévalaient la viale Vaticano avaient assez de mal avec la circulation pour ne pas s'intéresser au paysage.

Gina arriva au premier parking, un peu essoufflée. Elle avait quitté dix minutes plus tôt la *gelateria* où elle dégustait des glaces avec ses copains, sans rien leur dire.

Le parking était vide. La jeune Italienne s'appuya au mur de brique encore chaud, songeant à ces derniers jours. Quand elle pensait à sa nuit sur la plage, elle avait encore la sensation d'un sexe fiché au fond de son ventre. Elle avait été très amoureuse du beau Stephan et n'avait plus fait l'amour avec un autre jusqu'à ce jour. Un déclic. Maintenant, elle avait envie de trouver un nouvel amant. Elle était soulagée de rencontrer le *Padre* Hubertus pour parler de Stephan, même si cela ne servait plus à rien.

Une voiture qui venait du haut de la viale Vaticano mit son clignotant et s'arrêta sur le parking. Gina lui jeta un coup d'œil distrait. Il y avait deux hommes à l'intérieur et aucun n'était le Père Hubertus. La portière de droite s'ouvrit et un homme jeune en cravate, blond, l'air avenant, s'approcha de Gina.

— *Signorina de la Torre* ?
— *Si, sono io !*[1] fit Gina, surprise.
— Le Père Hubertus a été retenu. Il nous a envoyés pour vous mener jusqu'à lui, dans le Trastevere... Si vous voulez venir.

Il parlait italien avec un accent indéfinissable. Gina le suivit sans hésiter. Le Père Hubertus connaissait des tas de gens très divers. L'homme blond lui tint la portière ouverte tandis qu'elle s'installait à côté du chauffeur, un homme corpulent, d'âge mûr, qui ne la regarda même pas. Ni l'un ni l'autre n'avait l'air italien. Celui qui l'avait abordée monta à l'arrière. La voiture démarra, remonta la via Aurelia. Gina ne vit rien venir. Brutalement, elle sentit un lacet

1. Oui. C'est moi.

enserrer son cou, lui coupant la respiration. Elle voulut glisser ses doigts entre lui et sa peau, mais n'y parvint pas. Elle poussa un cri étranglé, se débattit, tenta d'ouvrir la portière. Celle-ci était verrouillée. Elle donnait des coups de pied au hasard, se cambrait sur son siège. A côté d'elle, le chauffeur continuait à tenir son volant, impassible, comme si rien ne se passait...

Cela dura moins de deux minutes. Les yeux hors de la tête, asphyxiée, Gina cessa brutalement de respirer, comme ils arrivaient au sommet de la côte se terminant Porta Pertusa.

Morte.

Celui qui l'avait étranglée relâcha sa prise et le corps de la jeune Italienne s'affaissa sur le siège, comme si elle dormait. De l'extérieur, elle semblait appuyée au chauffeur. Ce dernier retrouva l'entrée du Gianicolo, traversa le parc pour ressortir par la Porta San Pancrazio, et descendit ensuite la via San Pancrazio. A l'entrée de la villa Pamphili, il vira à droite et s'arrêta devant un portail fermé. Au numéro 100 de la via Aurelia Antiqua. L'étrangleur descendit et prononça quelques mots dans un interphone, déclenchant l'ouverture du portail télécommandé.

La voiture s'engagea dans une des allées d'un parc immense au fond duquel se trouvait la résidence de l'ambassadeur de Russie, la villa Abamelek. Faute de moyens, le parc de plusieurs hectares était laissé à l'abandon, comme la résidence dont les meubles avaient été vendus par le précédent ambassadeur qui n'avait pas reçu d'émoluments depuis six mois. Sans la générosité intéressée d'un « New Russian » milliardaire qui avait fait livrer à la villa Abamelek un plein container de meubles signés Claude Dalle, l'ambassadeur coucherait dans un hamac. Le conducteur bifurqua très vite pour suivre un sentier longeant un mur d'enceinte, hors de vue de la maison. Il s'arrêta un peu plus bas, en face d'un rectangle herbeux. C'est là qu'on enterrait les animaux domestiques des ambassadeurs successifs. Il y avait des chiens, des chats et même un serpent.

Le chauffeur éteignit ses phares, coupa le moteur et alla

ouvrir le coffre où il prit deux bêches. Son coéquipier traîna le corps de Gina dans l'herbe, détachant le lacet de son cou et le remettant dans sa poche, tout en évitant de regarder le visage cyanosé de la jeune femme. Formé par les *Spetnatz*[1], il avait fait la guerre en Afghanistan et était peu sensible à la mort, mais il avait toujours détesté tuer des femmes. Cependant, chômeur avec une retraite misérable, pour cause de rouble fondant, il avait été bien content de trouver un job au SVR...

En une heure, en se relayant, ils eurent creusé une fosse profonde dans laquelle ils firent basculer le corps. Un quart d'heure plus tard, ils avaient remis les plaques de gazon en place et il ne subsistait pratiquement aucune trace de l'enfouissement. L'ambassadeur en poste ne possédait pas d'animaux, il était encore là pour trois ans au moins, il y avait fort peu de chances qu'on vienne fouiller de ce côté. La propriété étant protégée par l'immunité diplomatique, c'est comme si Gina de la Torre avait été enterrée sur la planète Mars...

Bien entendu, le diplomate n'était pas au courant. Le colonel Solomatine ne s'abaissait pas à ce genre de détail.

Les deux hommes remontèrent en voiture, firent demi-tour et se firent rouvrir le portail.

— On va chez *Rizzoli* ? suggéra le chauffeur.

— *Karacho*. J'ai envie d'une bonne pizza, répliqua son voisin, Vladimir Nokevitch, l'ancien « spetnatz ».

Rizzoli était une pizzéria non loin de la Stazione Termini, en plein cœur de Rome, pas très loin de l'ambassade où ils garaient leur voiture. Celle-là n'était pas en plaques CD. Ils ignoraient d'ailleurs qui ils avaient tué. Chez eux, on obéissait aux ordres. Ils n'avaient jamais entendu parler du Père Hubertus, de Stephan Martigny ou de Ludwig Hofenberg. Ils savaient tout juste qui était le pape.

*
* *

---

1. Troupes de choc soviétiques.

— Venez vite à l'ambassade, réclama Rick Peretti. Il y a du nouveau.

Malko venait juste de terminer son breakfast. Il sauta dans sa voiture et fonça via Veneto dans la circulation infernale du matin. Grâce à Rick Peretti, il disposait désormais d'un « pass » pour se garer dans la cour de l'ambassade. A peine fut-il dans le bureau du chef de station de la CIA que celui-ci lui tendit *Il Messagero*. Une manchette tenait les huit colonnes : *Rapita ! L'ex-fidanzata del caporale Martigny. Chiesto un rizcatto* ![1]

L'article relatait comment le père de Gina de la Torre avait reçu vers minuit un coup de téléphone anonyme d'un homme à l'accent étranger lui disant que sa fille avait été kidnappée et qu'il ne la reverrait que si le Vatican payait une rançon de trois cent millions de lires ! Il n'avait prévenu la police que deux heures plus tard, croyant à une mauvaise plaisanterie. Mais Gina n'était pas revenue. Ses copains savaient qu'elle avait un rendez-vous vers neuf heures, mais elle n'avait pas dit avec qui...

— Qu'est-ce que c'est que cette histoire ? demanda Malko.

L'Américain alluma pensivement une Gauloise blonde et souffla la fumée, jouant avec son Zippo.

— Je n'en sais foutre rien, avoua-t-il. A peine plus que les journaux, grâce à mes homologues. Le coup de fil a été donné d'une cabine publique de la Stazione Termini. Autrement dit, impossible à tracer. Cette fille n'a pas de fortune, pas de problèmes.

— C'est déjà arrivé au Vatican, une histoire similaire ?

— Oui, en 1983. Emmanuella Orlandi, la fille d'un huissier du Vatican, a été enlevée dans des circonstances identiques, le jour de la fin du voyage du pape en Pologne. Il y a eu aussi une demande de rançon. Les ravisseurs ont offert de la rendre si on libérait Ali Agça, ce qui était juridiquement impossible. Là aussi, il s'agissait d'un interlocuteur à l'accent étranger, américain, cette fois-là. Et puis rien...

---

1. Enlevée ! L'ex-fiancée du caporal Martigny. Une rançon est exigée.

— C'est-à-dire ?
— On n'a jamais retrouvé la jeune femme, et les ravisseurs ne se sont plus jamais manifestés...
— C'est peut-être une histoire de droit commun ?
L'Américain fit la moue.
— Pendant les « années de plomb », les Brigades Rouges ont enlevé pas mal de gens. Souvenez-vous d'Aldo Moro... Mais il y avait toujours des raisons et des revendications précises. De nos jours, il y a beaucoup de kidnappings en Calabre et en Sicile, mais ce sont toujours des gens riches. Le père de Gina de la Torre est cadre à la Banca del Lavoro. Il n'a pas de fortune.
— Et le Vatican ?
— Le porte-parole a fait une déclaration ce matin, disant qu'il compatissait à la douleur des parents et qu'il faisait confiance à la police italienne pour résoudre l'affaire. Autrement dit, ils s'en lavent les mains, et ne vont sûrement pas payer...
— Il s'agit peut-être d'amateurs qui se sont trompés et vont la relâcher quand ils se rendront compte qu'elle n'a pas le sou...
— J'en doute, laissa tomber Rick Peretti.
— Vous pensez donc que c'est lié à notre affaire ?
— Je pense que cela fait beaucoup de coïncidences, approuva pensivement l'Américain. Depuis le début. Cette fille vous avait donné des informations sur la mystérieuse maîtresse de Stephan Martigny. Elle savait peut-être d'autres choses.
— Elle avait *vu* cette femme, releva Malko. Cela signifierait donc qu'elle joue un rôle dans le drame...
— En effet, admit l'Américain. C'est drôle, réflexion faite, parce que si ce kidnapping ne s'était pas produit, j'étais prêt à vous dire de laisser tomber l'affaire, faute de piste. Maintenant, cela change tout. Je *sens* quelque chose. Il *faut* retrouver la maîtresse de Stephan Martigny.
— Ça ne va pas être facile, objecta Malko. Il ne me reste que le Père Hubertus et Claude Fiterman.

*
* *

Claude Fiterman, en maillot de corps, était impressionnant comme un lutteur de foire. Lui aussi était perplexe devant le kidnapping.

— La pauvre Gina, dit-il, elle avait tout juste cent mille lires d'argent de poche par mois ! On savait bien qu'elle n'était pas riche...

— Claude, fit Malko, je voudrais que vous m'aidiez. Il n'y a que vous qui puissiez le faire. Interrogez *tous* vos copains de la Garde. Essayez de savoir si personne n'a jamais vu Stephan avec une autre femme que Gina. Je ne sais pas ce que cette liaison cache, mais je veux retrouver cette femme.

— Je vais tâcher, promit le jeune Garde suisse. Dès que j'ai quelque chose, je vous appelle.

Malko regagna son véhicule. Tout en conduisant, il composa le numéro du Père Hubertus. Toujours sur répondeur. Il laissa un message demandant qu'on le rappelle d'urgence.

Plus il y pensait, plus ce kidnapping était étrange. Et il n'était guère encourageant de penser que le précédent n'avait jamais été élucidé, quatorze ans plus tard...

*
* *

Le colonel Boris Solomatine lisait la presse, comme chaque matin. Tout se déroulait comme il l'avait prévu. Il relancerait l'intérêt une ou deux fois en réclamant de l'argent. Les policiers monteraient des souricières et ne verraient rien venir. Ensuite, il ne donnerait plus signe de vie. La police penserait que les ravisseurs, voyant qu'ils n'obtenaient pas d'argent, avaient fini par assassiner leur otage et l'enterrer dans un coin. L'affaire serait classée.

Il avait fait d'une pierre deux coups. Gina était éliminée et l'autre « passerelle » neutralisée, car à cette heure, le Père

Hubertus savait le rôle qu'il avait pris dans la disparition de Gina de la Torre.

Satisfait, il entreprit de rédiger pour Moscou un rapport qu'il enverrait par courrier diplomatique. Il se méfiait des interceptions techniques, connaissant les moyens de la NSA. Ce serait trop bête de se faire prendre de cette façon-là.

*
* *

De guerre lasse, Malko bronzait à la piscine du *Hilton*, en lisant les coupures de presse relatives à l'affaire Emmanuella Orlandi apportées par Marcello Boncompagni. Il cherchait des similitudes.

Il était allé rendre visite aux parents de Gina qui, visiblement, ne comprenaient rien à cette histoire. La fugue avait été écartée. Les copains de Gina, interrogés, n'avaient rien pu éclaircir. On avait vu la jeune fille partir à pied dans la via Leone V et puis, plus rien.

Comme si les murailles massives du Vatican l'avaient avalée. Pas un témoin, pas un indice.

Le Père Hubertus était toujours sur répondeur. Le SISMI n'avait encore rien transmis à son sujet.

La sonnerie de son portable le fit sursauter. C'était Claude Fiterman. Le Garde suisse semblait très excité.

— J'ai trouvé quelque chose ! annonça-t-il à Malko. Je suis de garde Porte Sainte-Anne, venez me voir.

CHAPITRE VII

Avec son immense béret qui le faisait ressembler à un champignon, sa collerette blanche et sa tenue discrète, l'imposant Claude Fiterman était un peu ridicule. Malko dut attendre qu'il ait repoussé une famille suédoise qui voulait aller demander un autographe au pape pour s'approcher de lui. Aussitôt, le Garde suisse l'entraîna dans la pièce sombre qui abritait la salle d'attente et le standard téléphonique des Gardes. Un autre garde répondait aux appels.

— C'est lui qui a vu Stephan avec une femme, expliqua Claude Fiterman. Il s'appelle Stève.

— Racontez-moi, demanda Malko.

— Il y a assez longtemps, dit le garde-standardiste. En janvier, je crois. J'étais de garde un matin avec Stephan ici, Porte Sainte-Anne, quand une femme a demandé à se rendre à la pharmacie. C'est Stephan qui l'a accompagnée.

Malko dissimula sa déception.

— C'est tout ?

— Oui. Elle l'a remercié et ensuite elle est repartie.

— Comment était-elle ?

— On aurait dit une actrice de cinéma. Elle était très belle, avec de longs cheveux roux et un manteau de fourrure. Je ne l'ai jamais revue.

— Et ensuite, Stephan ne vous a rien dit ?

— Non.

Evidemment, ce n'étaient pas des intellectuels. Malko se dit qu'il fallait quand même insister.

— Pouvez-vous vous souvenir du jour *exact* ?
L'autre hésita.
— Il faut que j'aille dans ma chambre. Je marque tout sur un carnet.
— Je te remplace, proposa Claude Fiterman.
Le garçon disparut dans le couloir menant au bâtiment suivant pour réapparaître, un bout de papier à la main, dix minutes plus tard.
— Voilà. C'était le 17 janvier, entre huit heures et une heure. Mais je pense que c'était vers onze heures.
— Merci, dit Malko.
Il repartit, plutôt déçu. Bien sûr, la femme correspondait au signalement de celle que Gina avait aperçue dans le 4X4 noir, mais c'était quand même léger. Et en plus, comment la retrouver ? Marcello Boncompagni aurait peut-être une idée. Il décida d'aller retrouver le journaliste de Reuter à la salle de presse du Vatican, via della Conciliazione. La seule salle de presse du monde gardée comme un coffre-fort...
Après avoir montré patte blanche, il découvrit Marcello Boncompagni dans son « bureau », un box minuscule assez proche d'une cellule de prison. Le Vatican était avare de ses sous... Le journaliste l'écouta religieusement, sortit une bouteille de Defender « Success » de son sac à dos posé par terre et, dans un grand verre, se versa une bonne rasade de scotch, puis demanda avec son habituel sourire rusé :
— Vous voulez donc retrouver cette femme ?
— Oui.
— Pour n'importe qui, je pense que ce serait impossible. Mais moi, je crois que je peux.
— Comment ?
— Ma copine est pharmacienne. Entre pharmaciens, ils s'entr'aident. Je vais lui demander conseil. Mais ce n'est pas sûr que cela marche.

*
* *

Le Père Hubertus avait mal dormi. Depuis quelque temps, il dormait *toujours* mal. Il se réveillait et, agenouillé au pied de son lit, priait. Il avait du mal à se concentrer sur ses tâches habituelles, comme la préparation d'un voyage discret en ex-Yougoslavie. Au Vatican, on ne parlait plus du drame. Comme s'il n'avait jamais eu lieu.

Il se leva et composa le « 123 » pour écouter ses messages. Deux de plus du journaliste autrichien, qu'il effaça aussitôt. Cela lui fit repenser à Gina de la Torre. Lorsqu'il avait découvert la « une » des quotidiens, le lendemain du kidnapping, il avait cru que son cœur s'arrêtait. Il avait eu envie d'aller se cacher dans un trou. Il avait l'impression que tous les gens le regardaient. Pourtant, *personne* ne savait que c'était lui qui avait donné rendez-vous à la jeune femme. Sinon, la police serait déjà là.

Tous ses soupçons étaient désormais confirmés concernant Loretta Obinski, et son rôle dans la vie de Stephan Martigny. Ce qui le laissait avec un énorme point d'interrogation. Car, entre lui et Loretta Obinski, et ce qu'il devinait derrière elle, il y avait un grand trou noir. Inexplicable. La disparition de Gina le révulsait. Et en même temps, elle avait quelque chose d'incompréhensible. Brutalement, il avait eu le sentiment atroce qu'une main invisible avait guidé la sienne, lorsqu'il avait appuyé sur la détente du Sig.

*
* *

— Je vous présente Linda, annonça Marcello Boncompagni. C'est elle qui a fait des miracles. Vous savez comment je l'ai connue ?

— Non, dit Malko en inspectant le petit appartement en désordre dont les murs disparaissaient sous des tableaux qui avaient un point commun : *tous* représentaient Pinocchio, traité de toutes les façons possibles. Et des Pinocchio, il y en avait partout : des poupées, des statues, des bibelots.

— Je venais de divorcer, répliqua le *stringer* de la CIA. Je suis entré dans sa pharmacie et je lui ai dit que j'avais des pellicules et aussi des cornes. Elle m'a dit que pour les pellicules, c'était très difficile, mais que pour les cornes, elle avait un bon traitement...

Linda pouffa. C'était une petite brune mince, aux cheveux frisés, dont les yeux nageaient dans le sperme. Elle servit un Martini à Malko et un Defender « 5 ans d'âge » à Marcello.

— Vous avez de la chance ! lança-t-elle à Malko en lui tendant son Martini.

— Pourquoi ?

— D'abord, parce que le pharmacien qui tient l'officine du Vatican a fait ses études avec moi. Ça a facilité les choses. Et ensuite, parce que le 17 janvier, une seule personne est venue de l'extérieur à la pharmacie du Vatican.

Malko sentit son pouls grimper à la vitesse d'une fusée.

— Vous l'avez identifiée ?

— Oui. Cette personne s'appelle Loretta Obinski. Elle venait chercher un antibiotique assez rare, de l'ampicilline.

— Vous avez son adresse ?

— Oui, elle habite 174 via Colli della Farnesina.

— Ce n'est pas très loin du *Hilton*, précisa Marcello.

Malko avait précieusement noté l'adresse. Enfin, il faisait un pas de géant ! Le reste du dîner se répartit entre les spaghettis, le Defender et le Martini *bianco*, en quantités égales.

Quand Malko se remit au volant de la Mercedes, il avait un peu mal à la tête mais décida quand même d'aller voir où vivait cette mystérieuse inconnue. La via Colli della Farnesina était une voie en pente raide, une succession de virages qui partait du sommet d'une colline pour arriver près du stade. Impossible de s'arrêter devant le 174, situé dans un virage. Les trottoirs étaient étroits et il dut se garer dans une petite impasse voisine, pour revenir ensuite sur ses pas.

Le 174 était un immeuble de six étages avec de grands balcons, plutôt cossu. Un interphone et des numéros d'appartements. Il se dit qu'il se donnait probablement beaucoup de mal pour rien. Rome ne devait pas manquer de femmes esseulées tentées par de la chair fraîche.

*
* *

— Personne n'a rien sur cette Loretta Obinski. Ni nous, ni nos homologues du SISMI, ni la police italienne, lui annonça Rick Peretti le lendemain en fin de matinée.
— Pourtant, elle porte un nom étranger, remarqua Malko.
— C'est vrai, mais tous les étrangers ne sont pas fichés. Je crains que vous soyez obligé d'aller au contact, conclut le chef de station de la CIA. Je ne veux pas sous-traiter avec les Italiens. Ils ignorent pourquoi je m'intéresse à cette femme.
— Obinski, c'est un nom de l'Est, dit Malko. Il faudrait interroger d'autres Services...
— C'est ce qu'on va faire. Mais, pour le moment, c'est à vous de jouer.

Malko le savait. En quittant la via Veneto, il fila directement via Colli della Farnesina. Au moment où il allait se garer dans l'impasse voisine du numéro 174, il eut un choc au cœur : une grosse Subaru 4X4 noire aux vitres teintées était garée au fond du passage !

Il se gara aussitôt et alla y jeter un coup d'œil. Il ne vit qu'un intérieur en cuir rouge et quelques magazines féminins. C'était sûrement la voiture aperçue par Gina de la Torre. Il était risqué de rester là, mais il trouva vite une solution. La via Colli della Farnesina allait, en haut de la colline, de la via Camilleluccia jusqu'au Tibre, devenant la via Olimpica. Entre les deux, aucun embranchement. Il prit son portable et appela Marcello Boncompagni pour lui expliquer le problème. Lui, Malko, planquerait via Camilleluccia, et Marcello via Olimpica. De cette façon, le 4X4 noir ne pouvait pas leur échapper.

Dix minutes plus tard, son portable sonna. Marcello était en place avec sa mobylette. Malko remonta jusqu'à la station service ERG et se gara sur son aire, comme s'il téléphonait.

Une heure dix plus tard, le gros museau noir du 4X4 Subaru se pointa au carrefour. Impossible de voir qui était à l'intérieur. Malko démarra derrière. Le 4X4 filait vers l'ouest, puis il bifurqua pour regagner la via Trionfale. Pour finalement entrer dans le parking du *Hilton* !

A bonne distance, Malko vit deux femmes en sortir et se diriger vers l'hôtel. Une blonde en tenue de tennis et une rousse élégante, en tenue sexy. Elles entrèrent ensemble dans l'hôtel et Malko, obligé de garer sa voiture, ne put les suivre immédiatement.

Lorsqu'il arriva enfin dans le hall, les deux femmes avaient disparu. Il gagna les cours de tennis. La blonde élancée avait déjà commencé sa partie. L'autre avait disparu. Elle pouvait être au fitness club ou à la piscine. Il commença par là et la vit tout de suite. Son maillot vert une pièce tranchait sur ses longs cheveux acajou. Elle était déjà installée sur une chaise longue, à plat ventre, occupée à lire, les jambes un peu écartées, les reins creusés. Il remonta dans sa chambre et de nouveau l'observa, de son balcon. Elle venait d'être rejointe par un homme, qui s'était allongé sur la chaise longue voisine.

Etait-ce Loretta Obinski ?

Certes, il pouvait la faire appeler au téléphone, mais il attirerait son attention.

Il eut soudain une illumination. Il restait une personne à l'avoir vue avec Stephan Martigny : Eliane, la Travailleuse Missionnaire de *L'Eau Vive*. Du portable, il prévint Marcello qu'il n'avait plus besoin de lui et redescendit.

*
* *

Il n'y avait que trois tables occupées à *L'Eau Vive*, en dépit de la fraîcheur délicieuse qui régnait dans la salle. Eliane, toujours en boubou vert, l'accueillit avec un sourire.

— Vous êtes seul, aujourd'hui ?

— Eh oui ! confirma-t-il en s'installant.
Il attendit d'être au café pour lui faire signe.
— Je voudrais vous demander un service, Eliane.
Le visage de la Burkinabé s'illumina.
— Avec plaisir !
— Vous avez le droit de sortir en ville ?
— Bien sûr, fit-elle en riant, en dehors de mes heures de travail. J'ai déjà visité de merveilleuses églises, des musées aussi.
— Vous êtes libre aujourd'hui ?
Elle lui jeta un regard intrigué.
— Après mon travail, oui, jusqu'à six heures. Pourquoi ?
C'était le moment difficile.
— J'ai besoin de vous, avoua Malko. Vous savez que je suis journaliste. Je fais une enquête sur ce pauvre Garde suisse, Stephan Martigny. Vous m'avez dit l'avoir vu ici avec une très belle jeune femme. Je crois l'avoir retrouvée, mais je voudrais en être certain. Or, vous êtes la seule à pouvoir la reconnaître... Je sais où elle se trouve aujourd'hui. Pourriez-vous venir avec moi, que je sois fixé ?
La jeune Travailleuse Missionnaire était figée sur place. Ce que venait de lui dire Malko sembla mettre un certain temps à parvenir à son cerveau. Elle répondit enfin d'une voix mal assurée :
— Je ne sais pas si je pourrais la reconnaître. Il y a longtemps...
— Vous êtes la seule ! insista Malko. C'est important. Il n'y en a pas pour longtemps.
Son regard doré semblait la magnétiser. Il jouait de son charme au maximum. Enfin, la Burkinabé se décida.
— Je vais demander à ma responsable, proposa-t-elle. Si elle me donne l'autorisation, je viendrai.
— Non, contra fermement Malko, ne demandez rien. Si vous pouvez sortir, vous venez. Je vous ramènerai ici ensuite.
Il la sentait partagée et décida de brusquer les choses. Il se leva, posant l'argent de l'addition sur la table.

— Je suis garé piazza Coronari, dit-il, à vingt mètres. Une Mercedes noire. Je vous attends. Essayez de venir.

Il la quitta sur un sourire.

C'était quitte ou double. Il se mit au volant de la Mercedes, régla la clim à fond et commença à compter les minutes. Une demi-heure plus tard, alors qu'il n'y croyait plus, il vit une silhouette surgir de la porte voisine de celle de *L'Eau vive* : Eliane, en T-shirt bleu ciel moulant et en jean. Il attendit qu'elle soit à la hauteur de la voiture pour ouvrir la portière.

— J'espérais que vous seriez parti ! dit-elle en se glissant dans la Mercedes. Oh, mais il fait froid ici ! ajouta-t-elle.

Malko baissa la clim et démarra.

— Pourquoi souhaitiez-vous que je sois parti ?

Eliane baissa la tête, confuse.

— Ce n'est pas bien, j'ai menti. J'ai dit à ma responsable que j'allais visiter une église... Il faudra que je me confesse.

— Ce n'est pas un gros péché, affirma Malko, et vous me rendez un très grand service.

Ils avaient franchi le Tibre et montaient vers le Monte Mario. Eliane semblait un peu plus détendue. Si Malko n'avait pas connu son état, il aurait pu se croire à côté de n'importe quelle jeune fille « normale ». Brusquement, la Burkinabé demanda :

— Où m'emmenez-vous ?

— A l'hôtel *Hilton*.

Elle fit un tel bond qu'il crut qu'elle allait sauter en marche. Les yeux écarquillés, elle le fixait, affolée.

— A l'hôtel ! Mais...

— A la piscine, précisa aussitôt Malko.

Il lui expliqua toute l'affaire et elle se calma, mais remarqua :

— Je n'ai pas de maillot.

— Je ne pense pas en avoir besoin. De ma terrasse, on voit la piscine...

— Il me faudra aller dans votre chambre ?

— Seulement pour inspecter la piscine.

Elle fit un signe de croix rapide et secoua la tête.

— Je suis sûre que vous me mentez. On m'a mise en garde contre les gens comme vous. Mais vous n'obtiendrez rien de moi.

Malko ne put s'empêcher de rire.

— Eliane, je ne suis plus à l'âge où on embrasse les filles de force. Ce que j'attends de vous, c'est seulement que vous identifiiez cette femme.

La jeune carmélite n'ouvrit plus la bouche jusqu'au moment où il pénétra dans le parking du *Hilton*. Elle le suivit docilement, posant sur le hall luxueux des yeux émerveillés. Ce fut plus dur dans le couloir du quatrième étage : elle voulait faire demi-tour, à nouveau prise de panique. Malko la traîna presque jusqu'à sa chambre et ne souffla que la porte fut refermée sur elle.

— Allez sur la terrasse, demanda-t-il.

Elle s'y précipita comme si elle avait le Diable à ses trousses. Malko la rejoignit et baissa les yeux sur la piscine. La fille au maillot vert était toujours à la même place. A côté de lui, Eliane semblait tétanisée. Quand il lui prit le bras, il s'aperçut qu'elle tremblait.

— C'est la fille en maillot vert. Vous la voyez ?
— Oui.
— C'est elle ?
— Je ne sais pas, elle est trop loin.

Il n'avait pas réalisé qu'à cette distance, identifier quelqu'un avec certitude était malaisé. Il ne restait qu'une chose à faire.

— Eliane, dit-il, nous allons prendre un verre à la piscine. Pour ne pas nous faire remarquer, nous irons en maillot.

Elle sursauta.

— Mais je n'ai pas de maillot !
— On va en acheter un en bas, dans la galerie marchande.
— Non, non, je ne veux pas.

Brusquement, il la prit par les coudes et la força à le regarder.

— Eliane, dit-il d'une voix douce, vous êtes une jolie femme, en dépit de votre état, mais je ne vais pas vous violer. Surtout pas au bord d'une piscine, devant cinquante personnes. Il y en a pour une demi-heure, ensuite je vous raccompagne. C'est *très* important.

Subjuguée, elle ne répliqua pas. Ils redescendirent et filèrent à la galerie marchande. Malko choisit pour la jeune carmélite un sage maillot une pièce noir, très classique, et ils remontèrent.

— Allez vous changer dans la salle de bains, lui proposa-t-il. Il y a des peignoirs.

Cinq minutes plus tard, Eliane réapparut, enveloppée dans un peignoir, pieds nus, les yeux baissés, muette de honte.

— A moi ! fit Malko.

Lui aussi ressortit en maillot et en peignoir, pour ne pas l'effaroucher. Il lui sourit.

— Dans un tout petit moment, ce sera fini. Vous savez nager ?

— Oui.

Ils gagnèrent le sous-sol, traversant la zone du fitness club pour gagner la piscine. Malko demanda à un garçon de lui installer deux matelas. Il avait de la chance, un couple venait de plier bagage et deux chaises longues s'étaient libérées, juste à côté de la femme qui l'intéressait, qu'on ne voyait que de dos. Il défit son peignoir, apparaissant en maillot. Eliane s'accrochait au sien.

— Vous aussi, souffla Malko. Même le pape se baigne, vous savez...

A regret, elle consentit enfin à se montrer en maillot. Malko ne put s'empêcher d'admirer la poitrine aiguë, le ventre plat et cette extraordinaire croupe coutumière des Africaines. Il sourit et dit à voix basse :

— Détendez-vous. Personne ne sait que vous êtes ici. Que voulez-vous boire ?

— Un jus d'orange.

Il commanda et l'entraîna au bord de la piscine. La

femme en maillot vert leur tournait le dos, lancée dans une conversation animée avec son voisin.

Ils plongèrent tous les deux. La jeune carmélite nageait parfaitement et finissait par se détendre.

— J'ai l'impression de rêver, dit-elle. Si ma responsable me voyait !

— Vous ne faites rien de mal. Vous ne vous baignez jamais, à Rome ?

— Si, quelquefois. Près d'Ostie, mais nous y allons en groupe. On nous recommande de ne pas nous mêler aux autres gens.

Ils se rapprochèrent du bord et s'y accoudèrent, face à la rousse, dont le regard était toujours dissimulé par ses lunettes noires. Eliane l'examina attentivement.

— Je crois que c'est elle, murmura-t-elle, mais je ne suis pas certaine. A cause des lunettes. Elle a les yeux bleus.

— J'espère qu'elle va les enlever, dit Malko. Venez, on nous a servi à boire.

Ils sortirent de l'eau et Eliane s'enveloppa aussitôt pudiquement dans le peignoir. La femme rousse s'était retournée et Malko eut l'impression qu'elle les observait, à l'abri de ses lunettes noires. Soudain, elle se pencha, prit un paquet de Gauloises blondes dans son grand sac Vuitton et continua à fouiller, y cherchant vraisemblablement du feu.

Malko n'hésita pas une fraction de seconde. Il prit son Zippo armorié dans sa pochette de cuir et se précipita.

— *Prego, signora.*

La flamme du Zippo était déjà à un centimètre de la cigarette. La rousse aspira profondément, souffla la fumée puis retira ses lunettes d'un geste volontairement sensuel. Elle avait de magnifiques yeux bleus, et un sourire de salope en manque. Elle jeta à Malko un regard à enflammer le plus blasé des hommes.

— *Grazie mille, signor.*

Il y avait écrit en lettres de feu sur son front : « Baise-moi ». Son voisin brandit son briquet quelques secondes trop tard et elle se retourna, dans la même position, les jambes un peu plus ouvertes. Malko regagna sa chaise longue. Il entendit Eliane chuchoter :

— C'est elle. Maintenant, j'en suis sûre.

Sa Gauloise blonde à la main, Loretta Obinski se leva et se dirigea vers le fitness club d'une démarche à faire bander tous les mâles présents de sept à soixante-dix-sept ans. Malko la suivit du regard.

Ce n'était pas une épouse esseulée mais une prédatrice qui n'avait pas froid aux yeux. Une grande salope devant l'Eternel. Une femme sûre d'elle et de sa beauté. Que faisait-elle avec un jeune paysan mal dégrossi de vingt-trois ans, même très beau ? Elle devait avoir tous les hommes qu'elle voulait.

Sa liaison avec Stephan Martigny ne pouvait pas avoir que le sexe pour motif. Donc, il y avait autre chose. A Malko de trouver quoi.

CHAPITRE VIII

Malko se retourna vers Eliane, de nouveau drapée dans son peignoir. Il avait besoin d'une certitude.

— Vous êtes *absolument* certaine que c'est cette femme que vous avez vue avec Stephan Martigny à *L'Eau Vive* ?

— Certaine, confirma la Travailleuse Missionnaire. Ses yeux bleus m'avaient frappée. Elle est très belle, mais elle respire le péché. Allons-nous-en, ajouta-t-elle d'un ton suppliant. Je me sens mal ici.

Inutile de la torturer. Elle était déjà debout... De toute façon, l'essentiel était acquis.

Dès qu'ils atteignirent la chambre, Eliane se précipita dans la salle de bains. Elle en ressortit à une vitesse éclair, rhabillée.

— Je m'en vais, dit-elle, je vais revenir à pied.

— Pas question, protesta Malko, je vous raccompagne.

— Non, non.

— Bon, je vais vous mettre dans un taxi. Laissez-moi le temps de me rhabiller.

Il était encore en maillot.

— Non, non, ce n'est pas la peine.

Elle se précipita vers la porte et il lui barra la route en riant. Son élan était tel qu'elle tomba littéralement dans ses bras. Le temps sembla s'arrêter. Malko s'attendait à ce que la jeune fille bondisse en arrière. Il n'avait pas refermé ses bras sur elle. Mais Eliane semblait soudée à lui, des épaules aux genoux, par une force invisible. Il sentait contre sa poitrine nue les pointes aiguës de ses seins. Au bout de quelques secondes, leurs regards se croisèrent. Celui d'Eliane était brouillé, lourd, étrange. Malko vit sa grosse bouche se rapprocher de la sienne, puis s'y écraser maladroitement, avec une sorte de gémissement douloureux. Il eut l'impression qu'une énorme langue envahissait sa bouche. Les yeux fermés, Eliane, oubliant son vœu de chasteté, l'embrassait comme elle avait dû le voir faire au cinéma.

C'était si inattendu qu'il s'embrasa instantanément. Tout en rendant son baiser à Eliane, il effleura les pointes de ses seins à travers le T-shirt. Aussitôt, les ongles de la jeune Burkinabé s'enfoncèrent dans sa nuque, comme les griffes d'un chat dans une souris bien grasse. Soudé à lui, son bassin s'agitait furieusement avec de brusques secousses. Vêtu uniquement de son maillot, il enregistrait avec précision les mouvements de la jeune femme. Chaque fois qu'il effleurait ses seins dardés, elle poussait plus avant sa langue dans sa bouche et ses ongles lui déchiraient la nuque et le dos. Elle était dans un état second, comme possédée.

Il réalisa soudain qu'elle se frottait comme une folle contre le maillot abritant une érection de plus en plus encombrante. Son manège s'accéléra, elle ne se contrôlait plus. Elle lui mordit la lèvre jusqu'au sang. Elle ne cherchait certainement pas à lui donner du plaisir, mais la situation était si excitante qu'il se sentit partir comme un collégien. Eliane était très sûrement vierge, mais son instinct de femme ne la trompa pas. Les palpitations du membre dressé contre son jean déclenchèrent chez elle une série de violentes secousses qui projetaient chaque fois son bassin contre Malko. Elle eut un râle d'agonisante tandis que ses ongles arrachaient la peau du dos de Malko. Quelques instants plus tard, elle se détacha de lui, encore haletante, tremblant de la tête aux pieds, et le fixa d'un regard halluciné.

— Vous êtes le Diable ! murmura-t-elle avant de se ruer vers la porte et de disparaître.

Lorsque Malko arriva aux ascenseurs, elle avait disparu.

En voilà une qui aurait du mal à observer son vœu de chasteté... Malko la sentait encore jouir avec une pulsion sauvage, animale. Sa nuque et son dos le brûlaient. Il s'examina dans la glace : il était zébré de traces sanglantes.

Après avoir changé de maillot, il s'installa au téléphone et appela Rick Peretti. Il avait retrouvé la maîtresse de Stephan Martigny, mais cela posait davantage de questions que cela n'en résolvait.

Le numéro était en train de sonner quand le timbre de sa porte retentit. Eliane devait avoir des remords. Il alla ouvrir.

Loretta Obinski se tenait devant lui, toujours en maillot, les reins ceints d'un paréo jaune, ses magnifiques yeux bleus pleins d'ironie. Elle tenait dans la main droite un petit objet rectangulaire qu'elle lui tendit.

— Vous avez oublié votre Zippo sur votre chaise longue, dit-elle d'une voix suave. Le garçon m'a donné le numéro de votre chambre et j'ai préféré vous le rapporter. C'est un très bel objet, il ne faudrait pas qu'on vous le vole...

Malko prit le Zippo armorié en argent massif.

— Merci beaucoup. Entrez.

Il la précéda, oubliant l'état de son dos. En passant devant la glace, il réalisa. Il avait l'air de s'être battu avec un chat...

Il se retourna et croisa le regard franchement moqueur de Loretta Obinski. Une lueur salace flottait dans ses yeux bleus.

— Votre amie de couleur est une femme comblée, dit-elle en souriant.

Difficile de lui dire qu'il s'agissait d'une quasi-religieuse, et qu'elle était tout, sauf comblée...

— Voulez-vous boire quelque chose ? proposa Malko sans relever.

Il se demandait pourquoi elle était là. Ou elle le draguait sans vergogne, ou il y avait autre chose. Mais comment aurait-elle pu l'identifier ?

— Avec plaisir, accepta-t-elle, si vous avez du champagne...

Il trouva du Taittinger dans le mini-bar et ouvrit la bouteille de Comtes de Champagne Blanc de Blancs 1990. Ils s'installèrent sur la terrasse dominant la piscine. Loretta prit une Gauloise blonde dans son sac Vuitton et Malko la lui alluma avec son Zippo sauvé des eaux.

La jeune femme se conduisait comme s'ils se connaissaient depuis toujours. Le moindre de ses gestes était une provocation. Lorsqu'elle décroisait les jambes avec une lenteur calculée, elle donnait l'impression de s'offrir. Une allumeuse grand style. Elle était couverte de bracelets, colliers, bagues, dont une superbe Breitling Callistino au bracelet de crocodile orange ; maquillée avec soin. Son portable sonna, elle répondit d'une voix enamourée, dit quelques mots en italien puis redemanda du champagne.

Le portable sonna encore trois fois, mais elle ne répondit plus.

— Vous venez souvent au *Hilton* ? demanda Malko.

— Oui, j'aime bien la piscine, je n'habite pas loin et je ne travaille pas. Mon ex-mari subvient à mes besoins... ajouta-t-elle avec un sourire complice.

Le portable se remit à sonner. Cette fois, pratiquement en continu.

— Vous ne répondez pas ?

Elle posa l'appareil sur la table et répliqua avec une moue ambiguë :

— Si, si, je vais répondre...

Elle se leva et, calmement, défit son paréo, son regard vrillé dans celui de Malko.

— Pouvez-vous me rendre un service ?

— Bien sûr.

Elle alla alors s'appuyer à la rambarde de la terrasse, les reins volontairement cambrés, avant de se retourner vers Malko.

— Voulez-vous venir vous placer derrière moi ? Le plus près possible.

Intrigué et étonné, Malko se leva et fit ce qu'elle demandait. Son ventre effleura la croupe de la jeune femme.

— Plus près, ordonna-t-elle. Serrez-vous contre moi.

Cette fois, il se colla à elle, son visage dans les cheveux

acajou. De nouveau, il sentit qu'il ne restait pas indifférent à ce contact...

Loretta Obinski ne sembla s'apercevoir de rien et dit en riant :

— Vous voyez, le type avec le maillot rouge ?

— Oui.

C'était l'homme allongé à côté d'elle auparavant.

— C'est lui qui appelle. J'ai eu l'imprudence d'avoir une aventure avec lui et il ne me lâche plus... Il est de Gênes et fou de jalousie ! Quand je suis partie pour vous rapporter votre Zippo, il était fou furieux. Il m'a dit que j'allais me faire sauter. C'est pour ça qu'il appelle tout le temps. Maintenant, il va en être sûr ! Amusant, n'est-ce pas ?

Cette perversité acheva d'exciter Malko, et il se retrouva comme un singe en rut, appuyé contre la croupe de la jeune femme qui adressait un geste joyeux à son amant de la piscine. Elle se retourna aussitôt avec un sourire carnassier. Sa main fila directement vers le maillot tendu par l'érection qu'elle attrapa à pleine main, avec une surprise feinte.

— Hé ! Je n'ai pas dit que je voulais baiser avec vous. On ne se connaît pas !

Son attitude démentait pourtant ses paroles. Ses doigts restaient serrés autour du membre dressé et elle ne protesta pas quand Malko lui caressa la poitrine. Il se dit qu'elle jouait avec ses nerfs, mais soudain elle le repoussa.

— Non. Pas maintenant ! Ce fou de Maurizio peut venir. Un autre jour.

Aux Olympiades de l'Allumeuse, elle méritait une médaille d'or.

— Vous vous conduisez souvent ainsi ? demanda Malko, vexé.

Avant de répondre, elle prit le temps de se reverser du Taittinger qu'elle but d'un trait.

— Vous m'en voulez ? demanda-t-elle en rentrant dans la chambre.

— Mais non ! protesta Malko, mi-figue mi-raisin.

Aussitôt, elle l'enlaça et l'embrassa avec passion, de tout

son corps. Hélas, cela ne dura que quelques secondes et elle s'écarta aussitôt.

— *Ciao !*

— Quand pourrais-je vous revoir ?

— Je ne sais pas. Appelez-moi. Voilà mon numéro de portable : 03356783221.

Elle était déjà partie, balançant ses hanches mises en valeur par le paréo. Malko termina son champagne, frustré. C'était beaucoup pour une seule journée. Il regarda le Zippo armorié posé sur le lit. Quel jeu jouait Loretta Obinski ? A première vue, c'était une allumeuse extravertie pas farouche. Cette personnalité collait parfaitement avec ce qui s'était passé avec le jeune Garde suisse. Elle ne devait pas cracher sur un peu de chair fraîche...

Il alla au balcon et n'en crut pas ses yeux. Loretta Obinski était allongée avec son Génois sur la même chaise longue et ils faisaient pratiquement l'amour au bord de la piscine. Furieux, Malko composa le numéro du portable, obtenant aussitôt la voix chantante de la jeune femme.

— *Pronto !*

— C'est moi, fit Malko, la chambre 357. Vous voulez dîner avec moi ?

Il entendit un échange furieux en italien, puis la voix de Loretta :

— Bien sûr ! Retrouvons-nous à six heures à la piazza Medaseno di Oro. *Ciao !*

Il raccrocha, stupéfait. Il avait dit « dîner », pas « goûter ». A moins que, contrairement aux usages, elle préfère faire l'amour avant de se restaurer...

Il n'avait plus qu'à rendre compte à Rick Peretti des développements inattendus de son enquête. Sans préciser qu'il avait terni le vœu de chasteté d'une innocente Travailleuse Missionnaire de l'Immaculée Conception...

*
* *

Le chef de station de la CIA ne dissimulait pas sa perplexité. Après avoir écouté le récit de Malko, il tira une longue bouffée de sa Gauloise blonde et conclut :

— Bref, tout ce que vous avez découvert cadre parfaitement avec l'hypothèse d'une liaison « innocente » entre cette Loretta Obinski et Stephan Martigny.

— A un détail près, corrigea Malko. Elle ne semble pas vraiment se cacher. Et elle est divorcée, donc libre.

— C'était peut-être un jeu, avança l'Américain.

— Peut-être, reconnut Malko. Gina de la Torre n'aurait pas disparu, je penserais comme vous. Cette disparition est inexplicable. Si c'était un crime de sadique, on aurait déjà retrouvé le corps. Et puis, il y a cette demande de rançon qui ressemble beaucoup à un leurre. On ne kidnappe pas les pauvres. Et tout le monde sait que le Vatican ne versera pas un sou.

— Quelle est votre explication ?

— Je n'en ai pas. Seulement une hypothèse. On pu faire disparaître Gina pour qu'elle ne puisse pas identifier Loretta.

— Gina de la Torre a disparu et vous l'avez quand même retrouvée...

— Si votre *stringer* Marcello Boncompagni n'avait pas une maîtresse pharmacienne, je ne l'aurais *jamais* retrouvée.

Le silence se prolongea, rompu par Rick Peretti.

— OK, fit l'Américain, admettons que ce soit le cas. *Qui* a fait disparaître Gina de la Torre, et en quoi l'identification de Loretta Obinski est-elle dangereuse pour qui que ce soit ?

— Ou les faits se sont déroulés comme on le croit, conclut Malko, ou il y a autre chose.

— Quoi ?

— Je n'ai pas de boule de cristal, répliqua Malko. Et, à ce stade-là, pas de *hard evidence*. Seulement un sentiment diffus. Si « Werder » avait un complice au Vatican, c'est peut-être de ce côté qu'il faut chercher. Mais ce n'est pas Loretta Obinski qui me mènera au Saint-Siège. Une seule personne parmi celles que nous connaissons peut savoir quelque chose : le confesseur de Stephan, le Père Hubertus, qui reste injoignable.

— J'ai une idée, dit soudain Rick Peretti. Je vais réactiver une « infrastructure » en sommeil.

— Qui donc ?

— Il y a une quinzaine d'années, expliqua l'Américain, nous avons eu l'idée de monter une structure d'accueil pour les gens fuyant l'URSS. Nous l'avons installée à Vienne, en confiant l'organisation à un prêtre « sûr », qui nous était recommandé par nos amis du Vatican. Le Père Guidotti Olizo. Jusqu'en 1990, il a accueilli juifs, catholiques, orthodoxes. Bien sûr, tous n'étaient pas intéressants, mais nous avons glané pas mal d'informations. Avec l'effondrement de l'URSS, ce réseau n'a plus eu de raison d'être. Alors, nous avons aidé à sa reconversion en finançant une boutique où le Père Olizo vend et exporte des icônes. En même temps, cela lui permet de développer pas mal de contacts au Vatican.

— Des icônes ?

— Rassurez-vous, des fausses. Tout est fabriqué ici, en Italie. Mais ça lui permet de vivre pas mal. Et de faire moins appel à nous. Je vais le prévenir. Il peut nous aider, à propos du Père Hubertus et du reste, qui sait ?

*
* *

Le gros 4X4 Subaru noir était garé devant une *tabaccheria*. Sur la place tout en longueur, Malko gara la Mercedes à côté et rejoignit Loretta Obinski. La jeune femme fumait en écoutant de la musique.

— Où voulez-vous aller ? demanda-t-il. Il est un peu tôt pour dîner...

Elle lui offrit un sourire aussi radieux qu'innocent.

— Faire du shopping. Je veux vous faire honneur, ce soir. J'ai vu une petite robe moulante chez Hervé Léger, on a juste le temps d'aller la chercher. On prend ma voiture.

Estomaqué, Malko ne protesta pas. Loretta se conduisait

comme une pute tahitienne. Il fallait un sacré culot pour se faire offrir une robe par un homme qu'on connaissait depuis deux heures... Mais c'était la CIA qui payait.

Elle conduisait comme une brute et ils ne mirent pas plus de vingt minutes pour arriver via del Babouino, en bas de la place d'Espagne. La robe noire et blanche d'Hervé Léger était superbe et ne coûtait que mille dollars. Loretta prit quand même une paire de chaussures pour aller avec... Ensuite, dans la voiture, elle embrassa fougueusement Malko.

— Nous allons passer une *très* bonne soirée, promit-elle. Je connais une gargote sympa près de la piazza del Popolo.

La « gargote » au luxe discret pratiquait des prix à faire dresser les cheveux sur la tête. Loretta commanda d'emblée une bouteille de Taittinger Comtes de Champagne rosé 1993 facturé au prix du diamant. Les pâtes aux truffes blanches valaient un mois de salaire d'un Italien moyen. La soirée serait peut-être très bonne, mais sûrement très chère.

Loretta était comme une pile électrique. Le regard mobile, sans cesse en mouvement, fumant des Gauloises blondes à la chaîne, à tel point que Malko se demanda s'il n'allait pas laisser son Zippo allumé en permanence. Ce n'est qu'à la fin de la première bouteille de Taittinger, l'estomac calé par les spaghettis aux truffes en or, qu'elle se détendit.

— Parlez-moi de vous, demanda Malko.
— Je suis une femme libre, lança Loretta. J'habitais Prague où j'ai grandi. Je voulais faire du cinéma, mais j'ai dû attendre dix-huit ans pour être autorisée à sortir du pays, comme cover-girl. Pendant plusieurs années, j'ai sillonné l'Europe. C'était formidable. J'habitais un peu partout, je gagnais beaucoup d'argent. J'ai offert une boutique de cosmétiques à ma mère... Et moi, j'ai mis de l'argent de côté.

— Vous n'aviez pas de difficultés à sortir de Tchécoslovaquie ?

Loretta hocha la tête affirmativement en avalant une gorgée de champagne rosé.

— Si, bien sûr ! Mais j'avais un amant bien placé dans

le Parti. Il m'obtenait toujours mes visas de sortie. En plus, il était très beau. Malheureusement marié, avec des enfants. Et puis, le monde a changé, je suis devenue citoyenne d'un pays libre. J'ai continué à faire des photos, puis j'ai rencontré mon mari, un Italien charmeur, propriétaire d'un chantier naval, qui est tombé fou amoureux de moi. Nous sommes allés nous marier au Mexique. C'était très romantique. Cela a duré une dizaine d'années ; et puis, nous nous sommes séparés. Je ne voulais plus être en cage. Il m'a laissé l'appartement et me donne pas mal d'argent. Jamais assez à mon goût ! ajouta-t-elle avec un sourire.

Tout en parlant, elle buvait. Ils attaquèrent une seconde bouteille de Comtes de Champagne rosé. Sous son exubérance, son franc-parler, sa gaieté un peu forcée, Malko devinait une angoisse, une tension permanente. Son regard dérapait souvent. Elle alluma une nouvelle Gauloise blonde.

— Détendez-vous, conseilla Malko.

— C'est ce que je fais, répliqua Loretta, en soufflant la fumée de sa cigarette, mais je suis très nerveuse. Je dors très mal. Parfois, je ne m'endors pas avant cinq heures. Alors, je me lève et je fais de la culture physique...

Ses beaux yeux bleus avaient soudain une expression pleine de mélancolie.

— Et vous ? lança-t-elle. Qui êtes-vous ?

Malko s'était préparé à la question.

— Oh moi, je suis autrichien et antiquaire. Je suis venu voir à Rome ce qu'il y a à acheter. Je travaille pour Sotheby's à Vienne.

— Ah bon.

Il eut l'impression qu'elle l'écoutait à peine. Ils terminèrent le repas et au café, elle remarqua :

— Votre amie noire était très belle. Pourquoi n'êtes-vous pas avec elle ce soir ?

— Ce n'est pas mon amie, rétorqua Malko.

Loretta pouffa.

— Et c'est pour rire qu'elle vous a déchiré le dos... C'est bien d'être discret. Moi, ça m'est égal de dire que j'ai connu beaucoup d'hommes. J'ai pris des cours de comédie à

Prague et j'ai couché avec tous les garçons. C'était une sorte de pari. Je tombe souvent amoureuse, mais cela ne dure pas. Faites attention...

Quand ils quittèrent le restaurant, Loretta titubait très légèrement. Elle enlaça Malko dans la ruelle sombre et souffla à son oreille :

— Vous avez toujours envie de coucher avec moi ? Votre amie ne vous a pas épuisé...

Pour lui prouver le contraire, Malko s'arrêta, la plaqua contre un mur et elle se rendit très vite compte qu'il pouvait encore faire face. Loretta lui enfonça une langue hardie jusqu'aux amygdales, puis dit d'un ton comminatoire, adoptant le tutoiement.

— Viens !

Ils retrouvèrent le 4X4 Subaru et retraversèrent le Tibre pour s'arrêter à l'entrée du Trastevere, sur une ravissante piazza. Malko suivit Loretta dans un dédale de ruelles jusqu'à une porte hérissée de serrures, vicolo del Bologne.

— C'est ma garçonnière ! dit-elle en riant. Je n'amène jamais personne chez moi. Mon mari me fait surveiller. Ça, c'est le studio que j'occupais lorsque j'habitais seule à Rome.

Derrière la porte, il y avait un escalier raide qu'elle monta devant lui. Elle alluma, éclairant un studio cossu, bas de plafond. Malko ne vit que le profond canapé rouge où on avait immédiatement envie de bousculer une créature... Un catalogue Roméo posé sur la table basse indiquait sa provenance. Elle mit de la musique classique et enlaça Malko. Avec ses talons, elle était aussi grande que lui. Le ton léger avait disparu. Elle se concentrait sur des baisers et des caresses précises. Il glissa la main sous la robe en strech de Hervé Léger, atteignit son ventre, écartant le nylon qui le protégeait. Mais déjà, Loretta se laissait tomber devant lui. En un clin d'œil, elle eut dégagé son sexe pour l'engloutir sans hésiter dans sa bouche. C'était une fellatrice hors pair, et Malko n'eut très vite qu'une idée : la baiser.

Loretta n'ôta pas sa robe. Sans un mot, elle gagna le lit et s'y plaça à quatre pattes, dans la pose la plus suggestive.

Quand il l'investit dans cette position, elle eut un cri bref, puis se mit à s'agiter furieusement, comme si elle voulait se débarrasser du membre fiché au fond de son ventre.

— Tiens-moi les hanches, gémit-elle.

Pour être sûre d'être obéie, elle plaqua sa main sur celle de Malko. Il explosa peu de temps après dans un éblouissement de plaisir. Loretta était une magnifique baiseuse.

Elle s'allongea et son premier geste fut d'allumer une Gauloise blonde en disant :

— Tu m'as bien fait jouir.

Malko se contenta de sourire. Il avait assez d'expérience des femmes pour savoir que c'était un mensonge. Certes, Loretta était excitée, mais elle n'avait pas eu d'orgasme. Il l'observa. Elle avait un corps puissant, sain, de longues cuisses musclées et un visage de slave, volontaire et sensuel, avec ses hautes pommettes. Apaisé sexuellement, il se remettait à penser. Son enquête avait certes progressé, mais désormais il tournait en rond. La voix de Loretta l'arracha à sa songerie.

— Cela me fait un drôle d'effet de revenir ici...

— Je croyais que tu avais un amant italien, releva Malko.

— Lui, je le vois dans sa chambre, au *Hilton*. Mais j'avais un amant, un jeune garçon très beau que j'aimais ici. Il est mort.

— Mort ?

Le pouls de Malko avait grimpé en flèche.

— Oui, dit-elle, tu ne lis pas les journaux ? Il y a eu un drame au Vatican. Un Garde suisse a tué son chef et sa femme puis s'est suicidé.

— C'était ton amant ?

— Oui. Depuis quelques mois. Je l'avais connu en allant à la pharmacie du Vatican. Il était très beau, très doux et très bien monté. Un véritable étalon.

— Tu l'as vu longtemps avant sa mort ?

— Quelques jours, une semaine peut-être... Je ne me souviens plus.

— Tu crois qu'il a vraiment tué ce couple et s'est suicidé ensuite ?

— Oui, fit Loretta en soufflant la fumée de sa Gauloise blonde. Stephan était un garçon fragile, pris en grippe par son chef. Il m'avait parlé à plusieurs reprises de la médaille qu'il devait recevoir. Cela devenait obsessionnel. Il a dû péter les plombs. Mais c'est triste.

Elle s'étira.

— Je vais aller dormir. Pour une fois, j'ai sommeil. C'est grâce à toi.

*
* *

Le colonel Boris Solomatine contempla avec satisfaction la note remise par un de ses hommes, trouvée dans la boîte aux lettres morte de la villa Doria Pamphili. L'écriture chaotique, pleine de fautes d'orthographe, de Loretta Obinski le faisait toujours sourire. Cependant, le contenu le rassurait. Elle avait pris contact, comme prévu, avec l'agent américain résidant au *Hilton* et l'avait « nourri »...

Solomatine ne s'expliquait toujours pas comment l'homme de la CIA avait pu remonter jusqu'à Loretta, mais c'était un fait. L'élimination de Gina de la Torre n'avait donc servi à rien, mais on ne pouvait, hélas, pas l'exhumer.

Le colonel Solomatine n'était ni sanguinaire ni psychopathe. Il n'aimait pas tuer, c'était un aveu de faiblesse, donc d'échec. Mais sa mission consistait à protéger, *à tout prix*, une source unique.

Satisfait, il classa la note de l'ex-agent tchèque dans un classeur, remit aussitôt celui-ci au coffre et alluma un Coiba.

Cette fois, il espérait bien de plus jamais entendre parler de Stephan Martigny. Les Américains ne devraient plus se poser de questions. Il avait su tirer d'un revers un avantage. La CIA avait recueilli des lèvres de Loretta Obinski ce qu'elle cherchait. Loretta avait reçu l'ordre, sa mission accomplie, de couper avec l'agent américain.

Tout était balisé.

Les marionnettes s'étaient bien conduites.

CHAPITRE IX

Un grand bandeau — lettres noires sur fond blanc — annonçait : « CENTRO RUSSIA CATTOLICA ». La boutique ne payait pas de mine, dans la via Falco, une des petites rues sans trottoir du Borgo. Semblable à des dizaines d'autres, bourrées jusqu'à la gueule de souvenirs pour touristes ou d'accessoires religieux.

Malko poussa la porte, découvrant trois pièces successives. Toutes croulaient sous les icônes flambant neuves ! De toutes les tailles, de toutes les couleurs, à des prix défiant toute concurrence, et visiblement peintes en série. Cela évoquait plus le bazar oriental qu'une infrastructure de la CIA...

Personne dans la première pièce. Dans la seconde, beaucoup plus grande, une blonde tapotait sur un ordinateur. Des cheveux frisés comme un caniche, de grands yeux bleus innocents, une tête de poupée. Elle leva les yeux sur Malko.

— *Prego ? Signor ?*
— Je cherche le Père Guidotti Olizo.
— Vous avez rendez-vous ?
— J'ai un message de la part du Père Andrew.
— Attendez.

Elle se leva et se dirigea vers le fond, où elle disparut dans un petit bureau. On distinguait son soutien-gorge sous son chemisier blanc et sa jupe très courte moulait une croupe un peu forte, mais digne d'attention. Lorsqu'elle revint, Malko la vit de face et son regard s'attarda sur la grosse croix en or qui reposait mollement entre ses seins, trop gros pour être honnêtes.

Fausses icônes mais vraie salope.

— Le Père Olizo vous reçoit tout de suite, annonça-t-elle d'une voix onctueuse.

Le Père Guidotti Olizo ressemblait à un maquereau italien dans un film de Fellini. Beau visage veule, enrichi d'une barbe grise et de Ray-Ban pour faire moderne, regard malin, torse puissant sous de grosses bretelles multicolores. Après avoir serré la main de Malko, il s'installa, les pieds sur son bureau, et demanda avec un clin d'œil :

— Comment va Ricky ? Il y a longtemps que je ne l'ai vu.

— Bien, fit Malko. Il a besoin d'un petit service.

Il lui montra la photo du Père Hubertus publiée dans les journaux. Le Père Olizo caressa sa barbe soyeuse.

— S'il sévit au Vatican, cela ne doit pas être très difficile de savoir *qui* il est. A quel clan il appartient. Les Italiens ne savent rien ?

— Non.

— Donc, ce n'est pas l'Opus Dei. De ce côté-là, ils connaissent tout. Je vais me mettre en campagne. On peut se voir demain ?

— Ici ?

— Non. Retrouvons-nous pour dîner dans un restaurant très agréable, le *Scapone*, via San Pancrazio. Vers neuf heures.

*
* *

Loretta Obinski, moulée cette fois dans un maillot argenté, était plus excitante que jamais. Pourtant, lorsque Malko vint s'installer près d'elle, elle ne tourna même pas la tête... Ou elle avait des trous de mémoire, ou elle était vraiment très changeante...

— Vous ne vous souvenez pas de moi ? demanda ironiquement Malko.

Elle daigna enfin ôter ses lunettes noires et il vit ses yeux battus.

— Excusez-moi, dit-elle, j'ai mal dormi, je me repose.

Plus de tutoiement non plus.

— Nous pouvons dîner ensemble ce soir.

— Non. Mon Génois est là. A la chambre 808. Il me guette. J'ai promis de dîner avec lui. Une autre fois.

Son portable sonna et elle resta vingt minutes au bout du fil, avant de replonger dans sa sieste. Malko avait encore le dos déchiré par les ongles d'Eliane, mais n'avait pas eu le cœur de retourner à *L'Eau Vive*. Il ne voulait pas détourner une âme pure... Apparemment, Loretta Obinski changeait d'homme comme de maillot. Mais, de toute façon, il n'avait plus rien à en tirer. De ce côté-là, tout était clair. Comme on le lui avait demandé, il avait retrouvé la maîtresse secrète de Stephan Martigny et l'histoire s'arrêtait là.

Il n'avait plus qu'à tuer le temps jusqu'au lendemain soir. En souhaitant que le Père Guidotti Olizo lui apprenne quelque chose.

*
* *

La longue terrasse du *Scapone* bruissait de conversations. Il y avait des « civils », mais beaucoup plus d'ecclésiastiques en tenue de clergyman. Depuis qu'ils étaient là, une douzaine au moins étaient venus saluer le Père Olizo.

Celui-ci commanda au garçon un Defender sur de la glace, une vodka pour Malko et poussa un soupir de satisfaction.

— Rome est vraiment une ville agréable.

Il était en « civil », sans même un col clergyman. En polo et pantalon sombre ; il se moquait des directives du Saint-Père qui souhaitait que les prêtres soient toujours « visibles ».

— Vous avez appris quelque chose sur le Père Hubertus ?

L'ecclésiastique sourit dans sa barbe.

— Bien sûr, le Vatican est un univers transparent...
Façon de dire.
— Alors ?
— C'est un jeune prêtre plein d'avenir. Un Bavarois chaudement recommandé par l'évêque de Munich. Très bonne famille catholique. Lui-même très croyant, à la limite de l'intégrisme. Il s'est fait remarquer dans son diocèse et son évêque l'a envoyé au Vatican, pour servir de factotum à un jeune évêque qui venait d'être nommé à la Deuxième Section de la Secrétairerie d'Etat, Monseigneur Volpone.
— Qu'est-ce qu'il fait ?
— Il « faisait ». C'était en 1985. Le cardinal Casaroli, qui vient de mourir, avait monté une petite section de diplomatie parallèle, avec pour but de rechercher le contact avec les égarés de l'Eglise. Pour cela, il fallait des prêtres malins, sûrs et audacieux. Apparemment, le Père Hubertus a donné satisfaction, puisque, lorsque Casaroli a lâché la main, il est entré dans l'équipe du cardinal Gianfranco Galuzzi, à la Deuxième Section de la Secrétairerie. Le cardinal est Secrétaire pour les rapports avec les Etats. Ce sont les services diplomatiques du Vatican. En plus, il appartient à la « Sapinière » et veille aux contacts secrets avec les services de renseignement étrangers désireux de faire passer des messages. On m'a dit qu'il a monté une petite cellule pour suivre de près les progrès de l'Opus Dei dans les rouages du Vatican. Votre Père Hubertus y travaillait.

Malko tiqua.

— Donc, si le Saint-Siège a été prévenu par le BND allemand des activités d'espionnage de Ludwig Hofenberg, c'est le cardinal Galuzzi qui l'a su.
— C'est tout à fait vraisemblable.
— Aurait-il pu en parler au Père Hubertus ?

Le Père Olizo eut un sourire indulgent.

— *Caro* Malko, il y a des années-lumière entre un cardinal et un simple *Monsignor*, même promis à un bel avenir. Je vous ai dit que le Père Hubertus travaillait pour le cardinal, mais il y a des échelons intermédiaires. Je ne sais pas encore qui est son patron direct. Je le trouverai, si cela vous intéresse.

— Ça m'intéresse, confirma Malko, mais il est donc *Monsignor*.

Nouveau sourire de l'auxiliaire de la CIA.

— Tous les prêtres qui travaillent cinq ans à la Curie sont automatiquement nommés « aumôniers de Sa Sainteté ». Ce qui leur donne le titre de *Monsignor*.

— Ça leur rapporte quoi ?

— Pas grand-chose, expliqua, amusé, le père Olizo. Ils ne gagnent pas un sou de plus, mais ont le droit de porter la *talata filetata*, une soutane bordée de rouge, avec une ceinture assortie. Mais sans calotte. Les évêques et les cardinaux, eux, la portent avec une calotte rouge ou violette. Le titre de *Monsignor* est purement honorifique : un garçon comme le Père Hubertus doit gagner à tout casser trois millions de lires par mois[1]. Evidemment, il est nourri et logé. Si on est content de lui, il sera fait « prélat d'honneur ». C'est le grade supérieur des *Monsignori*.

— Ce Père Hubertus n'a pas de bureau ?

— Non, il n'est pas sur la liste *officielle* de la Curie. Il y en a beaucoup comme lui.

— C'est tout ce que vous avez ?

— Oui, et c'est déjà difficile. Tout est secret au Vatican. Mais j'essaierai de savoir avec qui il travaille directement. Demain, il y a une soirée chez Monseigneur Milingo. Il y a toujours des gens intéressants.

Malko réfléchissait aux informations du Père Olizo. Il ne progressait pas beaucoup. En voyant tous les religieux attablés alentour, il se posa soudain une question.

— Père Olizo, demanda-t-il, vous m'avez dit que les salaires au Vatican sont extrêmement modestes. Comment font tous ces gens autour de nous ?

— Ah, *caro* Malko, c'est le miracle de la multiplication des pains... Ils bénéficient tous des cadeaux de leurs congrégations. Sur la fin de sa vie, le cardinal Casaroli — que

---

1. Environ 10 000 francs.

Dieu l'ait en sa Sainte Garde — s'était fait construire un duplex en marbre blanc qui faisait l'admiration de tous. Des dons. Des dons généreux, à des hommes qui ont tout donné à l'Eglise.

Dans la foulée, il murmura quelques mots à l'oreille du garçon qui revint avec une bouteille de cognac Otard XO. Tandis que le Père Olizo réchauffait son verre dans sa main, il dit pensivement :

— Nous autres prêtres nous privons volontairement de beaucoup de joies. Il nous faut bien quelques compensations.

Malko paya l'addition et ils quittèrent le restaurant pour se séparer dans le parking.

— Je continue à travailler pour vous, promit le Père Olizo. Je vous appelle.

Dès qu'il eut regagné sa Mercedes, Malko appela à nouveau le Père Hubertus. Il termina son message par une menace à peine voilée : « Je ne voudrais pas être obligé de passer par le cardinal Galuzzi pour vous parler. »

*
* *

Le Père Hubertus tournait en rond dans sa chambre, l'estomac noué. Il avait eu le message de Malko. La référence au cardinal Galuzzi lui avait fait l'effet d'une douche glaciale. Impossible de dominer sa panique. Comment ce journaliste avait-il appris des choses sur lui ? Et surtout, que savait-il exactement ?

Le cerveau vide, il s'assit sur son lit étroit, essayant de mettre de l'ordre dans ses pensées. Alors que le choc affreux de la disparition de Gina de la Torre commençait à s'estomper lentement, voilà qu'un nouveau coup lui était porté. Si ce journaliste lui parlait de Gina, il avait peur de craquer. Autour de lui, il sentait des forces obscures que sa naïveté lui avait cachées jusqu'alors. Ce journaliste semblait en faire partie. Il croisa les mains, adressant une prière fervente au Ciel, demandant une aide, un conseil.

Loretta Obinski avait été formelle : plus *jamais* de contact avec ce journaliste. Le sort de Gina était là pour donner du poids à ses paroles. Le Père Hubertus ne craignait pas la mort, mais le déshonneur, la honte d'être chassé de l'Eglise. Il respira profondément et décida de passer outre aux ordres de celle qu'il appelait désormais Jezabel. Sans rien lui dire.

Il fallait qu'il soit rassuré.

*
* *

Malko venait de rentrer dans sa chambre lorsque son portable sonna. Il reconnut tout de suite la voix un peu chantante du père Hubertus. Plus tendue qu'à leur dernière conversation. Le religieux se plaignit d'un ton larmoyant.

— Pourquoi me pouchassez-vous ? Je ne suis qu'un petit prêtre de rien du tout. Je ne sais rien. Je connais bien Son Eminence le cardinal mais lui me connaît à peine...

— Je suis désolé, s'excusa Malko, mais mon journal m'a demandé de vous rencontrer. Pour parler de Stephan Martigny. Ensuite, je vous laisserai en paix.

— Bon ! Je veux bien vous voir ! Quand ?

— Demain, au déjeuner, suggéra Malko. Voulez-vous au *Hilton* ?

— Non, non. Je connais une petite trattoria, *Da Vinci*, piazza Ricci, près de la via Giulia, dans le centre. On déjeune dehors. Je serai là à une heure.

*
* *

Loretta Obinski sursauta en entendant un bruit dans son salon. Elle fumait dans sa baignoire, noyée dans la mousse, perdue dans des pensées moroses.

— Qui est là ? s'écria-t-elle.

Pas de réponse.

Son pouls monta à 180. Elle jaillit du bain, s'enveloppa

dans une serviette et traversa l'appartement. Le chat de la voisine était entré sur son balcon et jouait avec la fenêtre entrouverte. Loretta éclata de rire, et tenta de l'attraper.

— *Gattino !*[1]

Le chat s'enfuit : il n'aimait pas la mousse. Loretta se replongea dans son bain. Elle avait beau se répéter qu'elle avait fait *tout* ce qu'il fallait, qu'elle n'avait commis aucune erreur, aucune gaffe, elle avait peur, un poids lui comprimait l'estomac.

Elle avait été au contact des services spéciaux tchèques — le STB[2] — dès son adolescence, ne comprenant que beaucoup plus tard que le bel officier dont elle était tombée amoureuse l'avait tout simplement recrutée. C'était en 1978, dix ans après le Printemps de Prague et la répression communiste qui s'était abattue, féroce, sur la Tchécoslovaquie. La vie était très dure. Aussi avait-elle été folle de joie quand on l'avait autorisée à sortir du pays, pour aller en Autriche.

La première chose qu'elle avait faite, c'était de commander du poisson *frais* dans un restaurant. A Prague, c'était introuvable. Les Tchèques ne disposaient que des produits congelés, insipides, venant du fond de l'Union soviétique.

Elle avait été éblouie de voir comment on vivait à l'Ouest et s'était juré de parvenir à s'y échapper pour de bon. Hélas, le piège du STB s'était refermé peu à peu sur elle. « On » lui avait mis le marché en main. Elle draguait des « cibles », souvent des industriels de passage, les mettait dans son lit, les manipulait, en échange de quoi, elle avait droit à des voyages à l'étranger. Ses premiers « contrats » lui avaient laissé un goût de cendres dans la bouche. Elle n'osait plus regarder sa mère, ni ses copains. Elle avait été obligée de faire l'amour dans une suite de l'hôtel *Praga* avec un industriel allemand qui l'avait violée, maltraitée, humiliée. Tout avait été bien entendu filmé. Par la suite, sa « cible » était devenu un agent très docile...

---

1. Minou !
2. Sprava Statni Bezpecnosti.

Mais depuis ce jour, Loretta n'avait plus jamais joui. Son corps se bloquait à partir d'un certain stade.

Elle s'était inventé un amant dans la police pour justifier ses sorties du pays. Ensuite, elle s'était lancée dans une orgie de sexe comme pour se prouver à elle-même qu'elle était libre. Elle était devenue dure, impitoyable, et aussi très fragile, à la suite d'un drame. Sur ordre du STB, elle avait dragué au bar du *Praga* un important homme d'affaires italien. Il avait plongé comme les autres. Il était revenu ensuite à Prague pour la retrouver, ne s'étonnant pas d'obtenir facilement des visas. Et puis, un jour, à la place de Loretta, il avait trouvé deux officiers du STB qui lui avaient montré toute une série de photos compromettantes — à l'époque, on ne plaisantait pas avec le divorce, en Italie — et des enregistrements prouvant qu'il avait déjà trahi son pays, sans le savoir.

Le choix était simple : continuer ou bien ne plus revoir Loretta et subir le scandale, voir sa vie brisée. On lui avait laissé jusqu'au soir. Il devait donner sa réponse à Loretta. Lorsque celle-ci était arrivée au *Praga* pour dîner avec lui, il venait de se jeter par la fenêtre.

En 1990, Loretta avait pleuré de joie. Son « traitant » au STB l'avait convoquée en lui jurant que tous les documents concernant ses activités avaient été détruits, qu'il ne restait plus rien de son passé. Elle l'avait cru, puis avait quitté Prague définitivement, n'y revenant que pour voir sa mère. Après quelques pérégrinations, le hasard l'avait amenée à Rome où elle avait rencontré celui qui devait devenir son mari.

La partie honteuse de son passé était enfouie très loin au fond de sa mémoire, s'estompant progressivement.

Jusqu'à ce jour de janvier 1998 où un homme l'avait abordée au moment où elle montait dans sa Subaru. Très poli, il lui avait remis une grosse enveloppe sur laquelle était noté un numéro de téléphone. L'enveloppe contenait tout son dossier du STB. Avec l'affaire de l'Italien suicidé, des photos d'eux ensemble, des lettres qu'il lui avait écrites et qu'elle n'avait jamais reçues, interceptées par le STB.

Les documents ne laissaient aucun doute sur le rôle de Loretta.

Elle en avait perdu le sommeil, avait pensé fuir, mais sa vie était à Rome. Une voix anonyme, huit jours plus tard, l'avait relancée. Calmement, s'étonnant de ne pas avoir eu de ses nouvelles. Elle s'était décidée à appeler le numéro, était tombée sur un répondeur. Le lendemain, on la rappelait, lui fixant rendez-vous le long du Tibre, en face du ponte Rossi.

L'homme qui l'avait rencontrée parlait tchèque et s'était excusé de la relancer après tant d'années. Mais elle avait le « profil » pour rendre un petit service. Ensuite, elle n'entendrait plus jamais parler de rien...

Comme Loretta lui demandait qui il était, il s'était présenté sans difficulté : colonel Boris Solomatine, du SVR. Il lui avait expliqué que lors de l'effondrement du bloc de l'Est, des amis du KGB dans différents Services amis avaient transmis à Moscou un certain nombre de dossiers.

Il lui avait ensuite détaillé en quoi consistait le « petit service ». Ce n'était, priori, ni désagréable, ni risqué.

Elle était aisément devenue la maîtresse de Stephan Martigny. Elle lui avait demandé de lui écrire des lettres d'amour qu'elle avait remises à son « traitant », afin d'étudier son caractère. On l'avait téléguidée, lui expliquant dans quelle direction elle devait le pousser. Elle ne comprenait pas. Elle n'avait compris, et encore, partiellement, qu'après leur dernière rencontre le rôle qu'on lui avait fait jouer.

Durant ces mois où elle avait repris son ancien métier, ne communiquant avec ses « employeurs » que par une boîte aux lettres morte située dans la villa Doria Pamphili — une cavité au fond d'une vieille souche, derrière un banc —, elle avait souvent demandé quand sa mission se terminerait. On lui avait toujours répondu : « En mai ».

Elle n'avait compris qu'ensuite.

En revanche, elle n'avait jamais saisi le lien entre le Père Hubertus et ses employeurs à elle. Loretta était *certaine* qu'il y en avait un, car le religieux était la seule personne à connaître son existence. Ils avaient même dîné ensemble, tous les trois, à plusieurs reprises. Loretta avait deviné qu'il ne voyait en elle qu'une femme amoureuse. Et elle avait l'impression d'avoir affaire à un prêtre assez exalté, plein d'affection pour son jeune protégé.

Et pourtant, Loretta était persuadée qu'ils étaient deux marionnettes téléguidées par les mêmes fils...

Sur ordre de ses employeurs, elle avait communiqué son numéro de portable au Père Hubertus, qui lui avait donné le sien. La veille du drame, elle avait trouvé des instructions dans la boîte à lettres morte. Comment *traiter* Stephan Martigny le lendemain, lorsqu'il viendrait la voir. Elle avait fait exactement ce qu'on lui avait ordonné, prévenant le Père Hubertus du retour imminent du jeune Garde suisse au Vatican.

Plus tard, en analysant les faits, elle avait eu la confirmation que le Père Hubertus était lui aussi une marionnette, au service du même maître ; mais totalement inconsciente... Loretta n'avait pas envie de creuser le sujet pour *tout* comprendre, elle n'avait qu'un désir : oublier. D'ailleurs, jusqu'à l'apparition du soi-disant journaliste autrichien, elle n'avait plus entendu parler de rien.

Ensuite, devant l'affolement du Père Hubertus, elle avait dû réactiver la boîte aux lettres morte et repartir dans un nouveau cycle, avec l'élimination de Gina de la Torre et la manipulation de l'agent autrichien de la CIA.

Tout semblait enfin terminé, mais elle réalisait que ce qu'elle savait suffisait à mettre sa vie en danger. Et elle crevait de peur, connaissant la férocité glaciale des Services russes, pour qui la vie humaine ne comptait pas beaucoup.

Dans sa baignoire, elle s'efforça de se détendre. Hélas, la mousse avait refroidi, était devenue gluante et collante. Comme sa vie.

*
* *

Sans son regard fuyant, le Père Hubertus eût été très sympathique. Le front haut, un sourire avenant, plutôt malingre, il flottait dans un pull noir assorti à son ample pantalon de toile, qui contrastait avec l'élégance de la serviette de cuir fauve posée à ses pieds. Il ressemblait à un businessman « moderne », mais la lueur exaltée dans ses yeux frappa Malko. Celui-ci l'avait trouvé déjà installé à la terrasse de la trattoria *Da Vinci* balayée par un vent violent. Ils étaient les seuls clients installés à l'extérieur.

Après avoir commandé les inévitables spaghettis *alle vongole*, le religieux attaqua de sa voix chantante :

— Pourquoi teniez-vous tellement à me voir ?

— Je cherche à comprendre, expliqua Malko. Pourquoi ces trois personnes ont-elles trouvé la mort ?

Le Père Hubertus ouvrit de grands yeux.

— Mais c'est clair ! Stephan a tué le commandant et sa femme. Celle-ci parce qu'elle était là par hasard. Le communiqué du Saint-Siège a tout dit... Il n'y a aucun mystère.

— Les communiqués ne disent jamais tout, remarqua Malko. Vous connaissiez bien Stephan Martigny. Cela vous semble possible ?

Le religieux eut un sourire évasif, en mangeant ses spaghettis.

— Seul Dieu sait ce qu'il y a dans le cœur des hommes. Stephan était un garçon sensible, fragile. Je pense qu'il a grossi de petits incidents. Il se sentait incompris, brimé. Je regrette de ne pas l'avoir suivi de plus près...

— Et Ludwig Hofenberg ?

— Je n'étais pas son confesseur. Je pense que c'était un chef sévère, mais droit.

— Vous connaissiez la maîtresse de Stephan ?

Le religieux fit la moue.

— La maîtresse, c'est beaucoup dire. La petite Gina n'était pas encore une femme. Je pense que leurs relations étaient platoniques...

Il sembla soudain gêné devant l'insistance de Malko et repoussa son assiette encore pleine avec un rire un peu forcé.

— Vous me coupez l'appétit...

— Je suis désolé, protesta Malko. Mais je ne parlais pas de Gina de la Torre. Stephan Martigny était l'amant d'une femme plus âgée, Loretta Obinski.

Le Père Hubertus se figea, et dit d'une voix croassante :
— Non, non, ce n'est pas possible.
— C'est pourtant vrai. Je l'ai retrouvée et elle m'a confirmé cette liaison.
— Je ne sais rien, répéta d'un ton plus sec le Père Hubertus.

Il mentait, Malko en aurait mis sa main à couper. Il décida d'attaquer sur un autre front.

— On m'a dit que l'on vous confiait des missions importantes, dans le cadre de la secrétairie, pour les rapports avec les Etats. Apparemment, vous faites une belle carrière. Vous êtes bien loin de votre diocèse de Rüpholding...

Le Père Hubertus sursauta, visiblement furieux.
— Mais je ne fais pas carrière ! Je sers l'Eglise et le Vatican, et je le ferai jusqu'à mon dernier souffle. C'est ma vocation.

Une lueur messianique flottait dans son regard, un peu trop intense. Sur ce point au moins, il était d'une sincérité totale. De nouveau, Malko bifurqua.

— Vous qui connaissiez Ludwig Hofenberg, pensez-vous qu'il ait été espion ?

Le Père Hubertus écarta l'hypothèse d'un geste tranchant.
— Ce ne sont que des racontars de journaux. D'ailleurs, l'Allemagne de l'Est n'existe plus depuis une dizaine d'années, non ? Le Saint-Siège a eu assez de sagesse pour faire la part des choses.

Il regarda ostensiblement sa montre.
— Je vais être obligé de vous quitter. J'espère que maintenant, vous ne me poursuivrez plus.
— Et Gina de la Torre ? Que pensez-vous de son kidnapping ?
— Je ne comprends pas, avoua le prêtre. Mais il y a tellement d'histoires horribles, de nos jours... Je prie pour elle, comme le Saint-Père. J'espère qu'on la retrouvera.

Il était en train de se lever. Malko porta l'estocade.

— Vous êtes un rouage important de la diplomatie vaticane, remarqua-t-il, vous semblez très intelligent, cultivé, vous rencontrez des gens importants.

— Vous me flattez, fit le religieux, un peu détendu.

— Pourquoi, continua Malko, vous êtes-vous intéressé à Stephan Martigny ? Ses capacités intellectuelles étaient loin de valoir les vôtres et il ne naviguait pas dans la diplomatie, lui. Vous êtes homosexuel ?

Il avait volontairement voulu choquer. Le Père Hubertus se troubla, demeura muet quelques instants avant de protester.

— Non, bien sûr que non ! J'ai fait vœu de chasteté et je m'y suis toujours tenu. Je m'intéressais à Stephan simplement parce qu'il avait besoin d'aide, qu'il était très seul.

Il but son café d'un coup et se leva, serrant la main de Malko. Il s'éloigna, sa grosse serviette à bout de bras.

Malko regarda sa main : le religieux avait la paume moite. La chaleur ou une émotion non expliquée.

*
* *

Rick Peretti était à Naples au QG de l'OTAN pour toute la journée. Après son déjeuner, Malko, plutôt déçu, décida d'aller réfléchir à la piscine du *Hilton*. Avec la chaleur, c'est ce qu'il avait de mieux à faire...

La première personne qu'il vit fut Loretta Obinski, retranchée derrière ses lunettes noires, portable au poing. Une chaise longue était libre à côté de la sienne et Malko s'y installa.

La jeune femme lui adressa un signe joyeux en reposant son portable, quelques instants plus tard.

— Votre amie noire n'est pas là ? lança-t-elle ironiquement.

— Je vous ai dit que ce n'était pas mon amie...

Elle se leva avec un haussement d'épaules.

— Alors, admirez-moi ! Mon ami génois de la chambre 808 veut me voir plonger. Ça l'excite, paraît-il.

Elle gagna le plongeoir d'où elle effectua un impeccable plongeon. Au moment où elle disparaissait sous l'eau, son portable sonna. A la quatrième sonnerie, la messagerie se déclencha automatiquement. Malko regarda l'appareil posé sur la chaise longue. Loretta était encore sous l'eau. Il se pencha, prit l'appareil et se retourna. Même si Loretta regardait dans sa direction, elle ne verrait rien. Il ouvrit l'appareil et composa le « 123 » pour écouter les messages. Après le bla-bla suave de l'opératrice, il entendit une voix d'homme visiblement stressée dire : « Il faut que je vous voie. Rappelez-moi. »

C'était indiscutablement la voix du Père Hubertus.

CHAPITRE X

Lorsque Loretta Obinski regagna sa chaise longue après une éblouissante démonstration de crawl, son portable était à la place exacte où elle l'avait laissé. Malko bronzait à côté, le cerveau en ébullition. Quel était le lien entre le Père Hubertus et la jeune femme ? Le ton du message n'indiquait pas une liaison sentimentale. C'était plutôt un appel à l'aide. Vraisemblablement provoqué par sa rencontre avec Malko. Pourquoi ? Quel secret partageaient-ils ?

Il observa du coin de l'œil Loretta en train d'écouter le message. Elle sembla contrariée, mais n'appela personne.

Le Père Hubertus avait dit : « Il faut que je vous voie. » Donc, ils allaient se rencontrer. Le tout était de les surprendre, pour les mettre face à leur mensonge. Mais suivre Loretta était quasiment impossible pour Malko. Quant au Père Hubertus, il n'avait pas de point fixe. Malko regarda les displays de son chrono Breitling B-1 qui lui rappelèrent qu'il était à Rome depuis déjà une semaine. Sans résultat. Rien ne se ferait aujourd'hui, du moins pas avant la fin de la journée. Il se leva et demanda à Loretta.

— Vous restez encore longtemps ?

— Tant qu'il y a du soleil ! Ensuite, je vais au fitness club. Vous vous ennuyez ?

Malko s'éloigna sur cette pique. Il avait juste le temps de s'organiser.

*
* *

Loretta Obinski attendit d'être dans une cabine pour appeler le numéro de secours qu'elle possédait depuis le début de l'opération. Une voix d'homme inconnue se contenta de répéter le numéro, attendant qu'elle parle. La jeune femme expliqua qu'elle avait besoin d'un contact urgent.

— Parfait, fit son interlocuteur avant de raccrocher.

Elle dut patienter jusqu'à neuf heures du soir pour recevoir un coup de fil. Une voix inconnue lui annonça que sa tante arriverait de Florence par le train de 10 h 44, à la Stazione Termini.

Elle avait juste le temps de traverser Rome. Dans le hall animé de la gare, elle se posta devant le quai où arrivait le train de Florence. Personne ne l'aborda. A onze heures et quart, jugeant qu'il y avait eu un contretemps, elle se dirigea vers le parking. C'est alors qu'un inconnu jeune au physique passe-partout l'aborda. Il parlait parfaitement italien et dit à Loretta qu'il était habilité à l'écouter. Elle expliqua son problème. L'homme semblait très au courant.

— Fixez-lui rendez-vous demain soir vers neuf heures dans la villa Doria Pamphili, dit-il, sur le banc en face de l'endroit habituel.

— Que vais-je lui dire ?

— Vous l'écouterez. Il faut savoir pourquoi il veut vous voir. Ensuite, vous partirez la première. C'est *important* que l'on ne vous voie pas ensemble. Vous rendrez compte de la conversation de la façon habituelle.

Il s'éloigna et se perdit dans la foule de la Stazione Termini. Loretta Obinski regagna sa Subaru. Elle était si perturbée qu'elle ne pensa à rappeler le Père Hubertus que beaucoup plus tard. Il devait guetter son appel, car il répondit à la première sonnerie. D'une voix neutre, Loretta lui fixa le rendez-vous et raccrocha.

*
* *

Malko attendait dans sa chambre en regardant CNN, son portable à côté de lui. Depuis le matin, Marcello Boncompagni ne lâchait pas Loretta d'une semelle. Afin d'éviter tout problème, il s'était fait prêter une moto, plus fiable que sa vieille mobylette. Loretta avait fait des courses le matin, et passé l'après-midi au *Hilton* où Malko prenait la suite de la filature. Mais il y avait peu de chances qu'elle donne rendez-vous au Père Hubertus à l'hôtel. Plus de vingt-quatre heures s'étaient écoulées depuis le coup de fil intercepté par Malko. Il était huit heures et quart du soir. Au moment où les images du Kosovo en guerre surgissaient sur l'écran, le portable sonna. En dépit du son haché, Malko reconnut la voix du *stringer* de la CIA, qui annonçait, sur fond de pétarade :

— Elle vient de partir de chez elle. Elle ne doit pas aller à un dîner parce qu'elle est en pantalon, tenue de sport. Elle se dirige vers le Monte Mario.

Malko sauta dans une veste et descendit ventre à terre. Dans la Mercedes, il reçut le message suivant de Marcello.

— Elle suit le Circonvallacione Trionfale, elle contourne le Vatican par l'ouest.

Malko sortit du parking, rejoignant la via Trionfale. Marcello, qui descendait vers l'avenue Leon V et le Vatican, était tout excité lorsqu'il appela cinq minutes plus tard.

— Elle vient de se garer et est entrée à pied dans la villa Doria Pamphili. Qu'est-ce que je fais ?

— Vous la suivez à bonne distance, j'arrive.

Dix minutes plus tard, Malko se garait dans le parking du restaurant *Scapone* et remontait à pied vers l'entrée du parc qui ne fermait jamais. A peine avait-il franchi la grande arche qu'il se heurta à Marcello. Le *stringer* de la CIA semblait ravi.

— Cette salope a failli me larguer ! dit-il. Elle est partie vers l'allée Mozart, au fond à droite.

Malko aperçut soudain une silhouette dans l'ombre et sursauta. Marcello sourit.

— C'est ma copine ! Je l'ai emmenée, ça l'amusait.

— Bonne idée, fit Malko. Je vais vous l'emprunter.

Un homme seul dans un parc, à neuf heures du soir, se remarque plus qu'un couple. Marcello Boncompagni fit signe à la pharmacienne de les rejoindre et lui expliqua ce qu'on attendait d'elle. Ils s'enfoncèrent ensemble dans la villa Doria Pamphili, comme deux amoureux. La nuit n'était pas encore totalement tombée et quelques centaines de mètres plus loin, Malko repéra Loretta, en train de fumer une cigarette sur un banc.

Elle était seule.

Presque aussitôt, un homme arriva de l'autre bout de l'allée, marchant d'un pas pressé. C'est à sa serviette que Malko le reconnut. C'était le Père Hubertus.

Celui-ci s'assit sur le banc à côté de Loretta. D'après leur attitude, Malko se rendit rapidement compte qu'il n'y avait rien d'équivoque dans leurs relations. Ils ne s'étaient même pas serré la main... Maintenant, ils discutaient, penchés l'un vers l'autre. Malko, enlacé à la pharmacienne, sur un autre banc, à une centaine de mètres, ne pouvait évidemment pas suivre leur conversation, mais cette rencontre à elle seule en disait long. Non seulement ils se connaissaient, contrairement aux dires du Père Hubertus, mais ils partageaient un secret.

Lequel ?

*
* *

— Pourquoi ce journaliste me poursuit-il ? demanda d'un ton plaintif le Père Hubertus. Il a l'air de savoir des tas de choses sur moi.

— Je vous avais interdit de le voir, répliqua sèchement Loretta.

Le Père Hubertus baissa la tête.

— Je sais, mais quand il m'a laissé un message en mentionnant le cardinal Galuzzi, j'ai paniqué. Comment sait-il tant de choses ?

Loretta Obinski lui jeta un regard de commisération. Comment un homme comme lui s'était-il laissé embarquer dans une histoire pareille ? Il n'était pas fait du métal froid des barbouzes.

— Parce que ce n'est pas un journaliste. C'est un agent des Services américains.

Le Père Hubertus devint de la couleur d'un cierge, et son regard chavira.

— Un espion ! balbutia-t-il. Mais pourquoi s'intéresse-t-il à moi ?

Loretta Obinski lui jeta un regard dur, indifférent.

— Devinez ! Ludwig Hofenberg aussi était un espion, mais pas pour le même camp, c'est tout.

— Mais que sait cet homme ?

— Ce que vous avez pu lui dire. Sinon, pas grand-chose. Il cherche.

Le religieux eut un haut-le-corps.

— Mais je n'ai *rien* dit ! Il sait comme tout le monde que j'étais le confesseur de Stephan, c'est tout.

— Vous ne lui avez pas parlé de moi ?

— Jamais !

— C'est bien. Il ne vous a pas questionné sur...le drame ?

— Si. Je lui ai dit que je croyais la version officielle. Que Stephan était un garçon fragile.

Ils se regardèrent un instant, sachant très bien à quoi s'en tenir, puis le Père Hubertus posa la question qui lui brûlait les lèvres.

— Pour qui travaillez-vous ?

Loretta lui jeta un regard pensif, et répliqua par une autre question, avec un brin d'ironie :

— Et vous ? Pour qui travaillez-vous ? Etes-vous sûr de le savoir ? Peut-être travaillons-nous pour les mêmes personnes...

Le sang se retira du visage du Père Hubertus. Il savait que Loretta Obinski avait participé à la mise en scène qui avait coûté la vie à trois personnes. Elle avait forcément deviné le rôle qu'il y avait joué, ou du moins une partie de ce rôle, mais elle semblait s'en moquer. Lui n'arrivait pas à faire le lien entre cette femme qui vivait dans un autre univers, et l'homme qui l'avait poussé, peut-être involontairement, à ce qu'il avait fait.

Par confort intellectuel, il repoussait très loin ces questions. C'était trop dérangeant.

— Qu'est-ce que je dois faire ? demanda-t-il anxieusement.

— Rien, dit-elle en se levant, après avoir jeté sa Gauloise blonde encore allumée dans l'herbe. Vous ne parlez plus à personne et tout se passera bien. Et vous ne m'appelez plus.

Comme il se levait à son tour, elle ajouta :

— Attendez quelques minutes, il ne faut pas qu'on nous voie ensemble. Ne bougez pas avant que je sois sortie du parc.

*
* *

Le Père Hubertus, l'estomac noué, suivait des yeux la silhouette de Loretta qui s'éloignait dans la pénombre. Cette rencontre ne lui avait pas apporté la paix. Au contraire. Comment Loretta Obinski savait-elle que le journaliste autrichien était un agent des Américains ? Ce qu'il subodorait le glaçait d'horreur et il se heurtait toujours au même dilemme. Quel lien abominable pouvait exister entre Loretta et ce qu'il y avait derrière, et quelqu'un qui ne pouvait pas avoir les mêmes motivations ?

Comme il regardait du côté où avait disparu la jeune femme, il aperçut un homme qui venait dans sa direction, tenant un énorme chien en laisse. Pour ne pas le croiser, il décida de prendre l'allée en sens inverse, même si cela faisait un détour. Il vit alors un second homme avec lui aussi un chien en laisse, qui se rapprochait de lui.

Cela ne pouvait pas être une coïncidence...

La disparition de Gina lui revint brutalement en mémoire et il eut l'impression que son corps se liquéfiait. A cette heure, l'immense parc était vide. Il demeura sur place, figé par la terreur. Comprenant soudain que Loretta Obinski l'avait attiré dans un piège. Un piège mortel.

Les deux hommes se rapprochaient en silence. Tout à coup, le premier se baissa et défit la laisse de son chien, murmurant quelques mots à l'oreille de l'animal. Celui-ci démarra comme un lévrier, fonçant vers le Père Hubertus. Avec un hurlement de terreur, celui-ci s'enfuit à travers la pelouse. Tout en courant, il se retourna. Le molosse se rapprochait, la gueule ouverte. Cela lui rappela un vieux film d'horreur, *Le chien des Baskerville*. Il courut de plus belle, mais pas assez vite. Il entendit un grognement sourd et une masse de plusieurs dizaines de kilos sauta sur ses épaules, le faisant rouler à terre. Il se retourna sur le dos et sentit l'haleine chaude du molosse, puis aperçut le blanc de ses crocs.

L'animal cherchait à les lui enfoncer dans la gorge. Instinctivement, le Père Hubertus envoya son bras en avant, et poussa aussitôt un hurlement de douleur. Les crocs du pittbull venaient de se refermer sur son bras. Il sentit les os de son poignet craquer et se dit qu'il allait mourir.

*
* *

De là où il se trouvait, Malko avait assisté à toute la scène, sans voir tout d'abord le danger. Il lança à la pharmacienne.

— Allez chercher Marcello, vite !

Puis il bondit, coupant à travers la pelouse en direction du Père Hubertus toujours à terre, en train de lutter avec le pittbull. Il réalisa qu'il n'avait aucune arme, et, contre lui, deux chiens de combat, capables d'égorger un homme, et leurs maîtres...

Cependant, il *devait* porter secours au Père Hubertus. Et pas par charité chrétienne.

Les deux hommes n'avaient jusque-là prêté aucune attention à ce couple d'amoureux... Mais dès que Malko se mit à courir, le second détacha son pittbull et lui jeta un ordre bref. Le molosse fonça en direction de Malko, comme une mécanique bien réglée. Sans cesser de courir, Malko cherchait désespérément un moyen de se défendre. Il trouva alors que le pittbull n'était plus qu'à quelques mètres. En un clin d'œil, il ôta sa veste et la roula autour de son bras gauche. Il prit dans la main droite son stylo Cross et le serra dans son poing, laissant dépasser la moitié de la longueur terminée par la bille.

Le pittbull s'élança d'une détente puissante, visant sa gorge. Sous le choc, Malko roula à terre, protégeant son visage de son bras gauche autour duquel sa veste était enroulée. Le pittbull referma ses crocs dessus, mais ils mordirent à peine la chair de Malko, grâce à l'épaisseur du tissu. Alors, de toutes ses forces, Malko enfonça la pointe du stylo dans l'oreille droite du pittbull. Quand elle eut pénétré, il donna sur l'extrémité qui dépassait un coup violent avec sa paume. Le stylo disparut en entier dans l'oreille. A la même seconde, le pittbull poussa un jappement horrible. La pointe du Cross lui avait traversé le cerveau. Tout son corps fut secoué d'un spasme violent, sa gueule s'ouvrit, il lâcha le bras de Malko. Il recula, se secouant comme s'il sortait de l'eau, cherchant à se débarrasser du stylo enfoncé dans son cerveau. Il fit quelques mètres, puis tomba sur le côté, claquant des mâchoires comme une machine détraquée. Quelques secondes plus tard, il s'immobilisa, mort.

Malko se releva, le pouls en folie, la gorge serrée. Il l'avait échappé belle.

A distance, le maître du pittbull contemplait la scène, stupéfait. Il était trop éloigné pour comprendre ce qui s'était passé. Le Père Hubertus luttait toujours contre l'autre pittbull. Malko reprit sa course dans sa direction. Il vit les deux hommes se concerter, puis brutalement, le pittbull survivant lâcha le Père Hubertus et fila vers son maître.

Malko n'avait entendu aucun appel : ils utilisaient un sifflet à ultrasons.

Les deux hommes détalèrent dans l'obscurité, en direction de la via Aurelia, le chien sur leurs talons. Malko se lança à leur poursuite. Son bras le brûlait, ses poumons étaient prêts à éclater, mais il voulait absolument en attraper un.

Voyant qu'il se rapprochait, un des deux fuyards se retourna, sortit une arme de sa poche et, posément, visa Malko. La façon dont il tenait son arme, les jambes écartées, la main gauche soutenant la crosse, dénotait un professionnel.

Malko se jeta en avant dans un roulé-boulé au moment où l'autre appuyait sur la détente. Il n'y eut pas de détonation, juste une petite lueur jaune. N'étant pas suicidaire, Malko resta à terre. Ils n'hésiteraient pas à l'abattre. Ils se fondirent sous ses yeux dans l'obscurité, laissant le pittbull mort au milieu de la pelouse. Malko courut vers le Père Hubertus. Celui-ci peinait à se relever. Il faisait peur à voir. Tremblant, hagard, il avait perdu ses lunettes et soutenait de sa main droite son bras blessé à l'intérieur de sa manche en lambeaux. Sa main tremblait comme s'il était atteint de la maladie de Parkinson.

— Ça va ? demanda Malko. Je vais vous emmener à l'hôpital.

Le prêtre leva les yeux vers lui et le reconnut. Sa mâchoire se décrocha.

— Vous ! balbutia-t-il, que faites-vous ici ?

Il semblait voir le Diable en personne. Malko remit sa veste à la manche déchirée et adressa un sourire froid au Père Hubertus.

— Je crois bien que je vous ai sauvé la vie. Vous n'auriez pas pu résister à *deux* pittbulls...

Le prêtre baissa la tête, muet. Malko ramassa sa serviette tombée sur la pelouse. Marcello Boncompagni et sa pharmacienne arrivaient en courant. Ils s'arrêtèrent, médusés, devant le religieux planté au milieu de la pelouse, qui claquait des dents, muet, décomposé. Malko se tourna vers la pharmacienne.

— Je crois que vous allez pouvoir exercer vos talents. Le Père Hubertus a été sérieusement mordu...

— Vous aussi !

— Moi, ce n'est rien.

Il prit le Père Hubertus par son bras valide et l'entraîna.
— Venez, ce n'est pas prudent de rester ici.

Quel secret détenait donc le Père Hubertus pour qu'on ait voulu le faire égorger par des pittbulls, le faisant taire définitivement ?

CHAPITRE XI

Le Père Hubertus, toujours choqué, bredouillait tandis que Malko l'entraînait.

— J'ai très mal au bras.

Malko aussi souffrait de son bras, et du sang coulait le long de son poignet. Mais ses morsures n'étaient guère profondes, grâce à sa veste. L'amie de Marcello lui proposa :

— Je peux vous faire des pansements, j'ai ce qu'il faut à la maison, mais il vaut mieux appeler un médecin pour une piqûre antitétanique.

— Dans ce cas, allons au *Hilton*, décida Malko.

Laissant Marcello et la pharmacienne prendre les devants, il alla examiner le cadavre du pittbull, récupérant au passage son Cross. Le collier de l'animal ne portait aucun signe distinctif et le chien n'était pas tatoué. Aucun moyen de remonter à son propriétaire.

A peine dans la Mercedes, le Père Hubertus s'affaissa, le menton sur la poitrine, et ne dit plus un mot. A la réception du *Hilton*, Malko expliqua qu'ils avaient été attaqués par un chien errant. Un médecin arriva une demi-heure plus tard. La veste d'alpaga de Malko était à jeter... Prostré dans un fauteuil, le religieux ne desserrait pas les lèvres. Malko le fit soigner d'abord. On lui fit une piqûre antitétanique, le médecin lui posa des points de suture, protégés par un gros pansement, et lui conseilla de faire une radio dès le lendemain. Les blessures de Malko étaient bénignes. Badigeonné de mercurochrome, pansé et piqué, il avala coup sur coup deux vodkas glacées et se sentit mieux. Il reverrait longtemps le pittbull foncer, la gueule ouverte, véritable machine à tuer...

Marcello et sa copine repartirent avec le médecin, discrètement.

— Je voudrais boire quelque chose, un whisky, demanda le prêtre d'une voix faible.

Malko alla lui chercher du Defender « Very Classic Pale » dans le mini-bar et le lui tendit. Le Père Hubertus le but d'un trait et retrouva un peu de couleurs. Malko lui laissa reprendre ses esprits et demanda :

— Avez-vous conscience qu'on a essayé de vous tuer, ce soir ?

— Je ne comprends pas, je ne connais pas ces gens...protesta l'ecclésiastique.

— Je vous crois, répliqua Malko. *Eux* vous connaissaient.

Un ange passa, tenant une meute en laisse.

Comme le Père Hubertus n'alimentait pas la conversation, Malko lança :

— Vous m'aviez juré ne pas connaître Loretta Obinski. Ce soir, vous aviez rendez-vous avec elle...

Le religieux mit bien une minute à lâcher :

— Nous avons une relation...euh...amoureuse. C'est la raison...

Malko ne put s'empêcher de sourire.

— Père Hubertus, je vous ai observés. Vous n'aviez pas l'air de deux amoureux. Vous mentez encore.

Le religieux se cabra, posant un regard furibond sur Malko.

— Mais enfin, pourquoi me persécutez-vous ! C'est ma vie privée.

Malko le fixa longuement avant de répondre.

— Exact ! reconnut-il. Mais trois personnes sont mortes et je voudrais comprendre pourquoi... Quelles sont vos relations avec Loretta Obinski ? Pourquoi avez-vous prétendu ne pas la connaître ?

— Je l'ai vue seulement deux ou trois fois, avec Stephan,

reconnut-il de mauvaise grâce. Elle m'avait fait jurer de garder le silence, car elle est mariée.

— Pourquoi ce rendez-vous ce soir ?

Le Père Hubertus regarda ses pieds sans répondre, à court de mensonges.

Malko était sur des charbons ardents. Il sentait la vérité à portée de la main. Il y avait *quelque chose* derrière ce drame. De quel secret le Père Hubertus était-il détenteur, pour qu'on ait voulu le tuer ? Il lui aurait bien cogné la tête contre les murs, mais son éthique le lui interdisait.

— A qui faites-vous peur ? demanda-t-il.

— Je ne sais pas.

Pour la première fois, il avait regardé Malko droit dans les yeux. Il disait la vérité. Enfin, une partie. Mais c'était Loretta Obinski qui avait fixé le rendez-vous... Donc, elle détenait au moins la moitié de la réponse. Et peut-être davantage... Tassé sur son fauteuil, le visage crispé par la douleur, le Père Hubertus faisait pitié.

— Pourquoi fréquentiez-vous Stephan Martigny ?

La question le prit par surprise. Il commença à bredouiller :

— Mais je vous l'ai dit, je...

— *Don't give me that bullshit !*[1] explosa Malko. Si vous continuez, je vais aller trouver la police et raconter ce que j'ai vu. Vous avez été victime d'une tentative de meurtre en plein Rome. Je suis témoin. Le chien est encore là-bas.

Le Père Hubertus sursauta.

— Non, non, ne faites pas ça.

Brutalement, Malko réalisa que son attitude avait changé vis-à-vis de lui. Il semblait le craindre, ne se comportait plus comme face à un simple journaliste obstiné.

Nouveau mystère.

Il sentait le religieux déchiré entre plusieurs fidélités. Le Père Hubertus se pencha en avant, le visage douloureux.

— Je vais vous confier un secret, pour que vous ne pensiez pas des choses folles. C'est vrai, j'avais une raison

1. Ne vous fichez pas de moi !

spéciale de me lier avec Stephan Martigny. Certains de mes supérieurs sont très inquiets de l'influence croissante de l'Opus Dei[1] au Vatican. Ils voulaient savoir ce qu'il en était dans la Garde Suisse. Alors, je me suis servi de la sympathie qu'éprouvait ce jeune garçon à mon égard pour lui demander quelques renseignements.

Encore une miette de vérité. L'homme qui était en face de lui était une barbouze vaticane. Malko objecta :

— L'Opus Dei n'est pas vraiment ennemi de l'Eglise...

— Non, bien sûr, mais ses intérêts ne coïncident pas toujours avec ceux du Saint-Siège.

La vivacité de la réponse démontrait sa bonne foi. Il ne mentait plus. Malko voulut lancer un ballon d'essai.

— Vous pensez que c'est l'Opus Dei qui a failli vous faire assassiner ce soir ?

Le Père Hubertus ne réfléchit que quelques secondes avant de saisir la perche tendue.

— Ce n'est pas impossible, fit-il d'une voix hésitante. Il y a eu des cas semblables. Le banquier qu'on a retrouvé pendu sous le pont des « Black Friars » à Londres. D'autres, tués dans des circonstances mystérieuses.

— Bien sûr, renchérit Malko. Mais pourquoi ? Il faut une raison sérieuse pour tuer quelqu'un.

Silence de plomb. Recroquevillé dans le fauteuil, le Père Hubertus était comme un bernard-l'ermite accroché à sa coquille. On aurait pu lui arracher tous les ongles sans obtenir quoi que ce soit de lui. Il protégeait quelqu'un ou quelque chose. Ce n'était même pas la peur qui lui fermait la bouche.

— Je peux partir ? demanda-t-il soudain.

— Si vous voulez, fit Malko, de guerre lasse. Mais souvenez-vous d'une chose : ceux qui ont essayé de vous tuer ce soir vont recommencer. Pour vous faire taire. Et je ne serai pas toujours là pour vous protéger.

---

1. L'Opus Dei, fondée en Espagne, est une sorte de franc-maçonnerie catholique, très conservatrice, qui cherche à contrôler les rouages de l'Eglise, en infiltrant ses postes clefs.

Il l'accompagna jusqu'à la porte. Au moment de partir, le Père Hubertus se retourna et demanda d'une voix hésitante :

— Vous n'êtes pas journaliste. Qui êtes-vous *vraiment* ?

Les règles sont faites pour être battues en brèche. Malko répondit :

— Je suis un agent de renseignement, je travaille pour la Central Intelligence Agency.

— Mais pourquoi vous intéressez-vous à cette affaire ?

— Parce que Mme Hofenberg était un de nos agents, et que nous aimerions bien savoir pourquoi elle est morte.

Il eut l'impression d'avoir donné au Père Hubertus un coup en plein visage. Ce dernier le fixa avec un regard halluciné, puis s'enfuit littéralement dans le couloir.

Malko referma la porte, perplexe. Il avait appris beaucoup de choses ce soir, mais il ignorait totalement dans quel ordre les ranger. Les deux tueurs aux pittbulls étaient des professionnels. Cela sentait le Grand Service. Sans son intervention, on aurait retrouvé le religieux égorgé et conclu à un accident.

Il restait à faire dire à Loretta Obinski *pourquoi* elle avait attiré le religieux dans ce piège mortel. Ou plutôt pour le compte de qui ? Son breakfast avec Rick Peretti allait être animé.

*
* *

Le colonel Boris Solomatine n'avait pas le cœur d'allumer son Coiba quotidien. Ses deux subordonnés se tenaient au garde-à-vous dans son bureau, le visage fermé, pas rassurés. En d'autres temps, ils auraient été rapatriés par le premier avion de l'Aeroflot et fusillés après un procès secret. Mais tout avait changé. Seuls quelques hommes comme Solomatine continuaient à utiliser les vieilles méthodes et à défendre la *Rodina*[1] par tous les moyens. Il n'avait jamais été vraiment communiste, mais appréciait la

1. Patrie.

force que le communisme avait donnée à sa patrie. Boris Nicolaïevitch, vieil ivrogne trop mou avec les Occidentaux, n'était pas sa tasse de thé, mais, respectueux des institutions, Boris Solomatine s'était rangé sous sa bannière.

Markus Wolf, qu'il avait souvent rencontré à Moscou, était un homme comme il les aimait. N'ayant jamais renié son amour du socialisme, jamais trahi personne et continuant, comme il le pouvait, à soixante-treize ans, à défendre sa seconde patrie, la Russie.

— Racontez-moi exactement tout ce qui s'est passé, ordonna-t-il.

C'était la troisième fois. L'ancien « spetnatz » recommença son récit, sans rien omettre. Le colonel Solomatine essayait de visualiser la scène. Apparemment, ses hommes n'avaient commis aucune faute. Personne ne pouvait prévoir une intervention extérieure, en ce lieu et à cette heure. Mettre Loretta Obinski en cause serait stupide. Maintenant, il fallait gérer les conséquences.

Le pittbull mort ne mènerait nulle part.

Il n'avait laissé aucune autre trace. Par contre, il était à peu près certain que c'était l'agent de la CIA en contact avec Loretta Obinski qui était intervenu. Comment avait-il eu vent de ce rendez-vous ? Il fallait désormais envisager l'hypothèse que Loretta soit sous surveillance constante de la CIA, ce qui expliquait tout et n'était pas un gros travail pour une Centrale de cette importance... Il s'arrêta à cette hypothèse, et se fit un reproche muet. Il aurait dû l'envisager *avant*. Le vieil adage qui recommande de ne pas sous-estimer ses adversaires se vérifiait une fois de plus.

La première conséquence était qu'on ne pouvait plus approcher Loretta.

Et, désormais, le Père Hubertus était, lui aussi, sûrement surveillé. Intouchable. Restait l'agent de la CIA. En d'autres temps, on aurait organisé un « accident ». Ou sous-traité. Mais il n'y avait plus ni Bulgares, ni Brigades Rouges pour ce genre de travail. Et dans le nouvel ordre du monde, le SVR ne tuait pas un agent de la CIA. D'autant qu'il en viendrait d'autres et que celui-là ne savait pas grand-chose.

— Il n'a pas pu vous identifier ? fit-il préciser.
— *Niet*, assurèrent-ils d'une même voix.
— Parfait, fit Boris Solomatine. Piquez immédiatement l'autre chien, et allez le jeter très loin d'ici.

Il fallait au moins éviter tout prolongement fâcheux. Les deux « spetnatz » saluèrent et sortirent, laissant le *rezident* du SVR à son dilemme. Deux personnes, à Rome, détenaient des informations explosives sur son Service, et il ne pouvait plus rien faire pour être certain qu'ils se taisent. C'était la seconde fois que les choses dérapaient. Jamais on n'aurait dû identifier Loretta Obinski. Il y avait pourtant mis le prix... Ce qui l'inquiétait le plus, c'était la pression qu'allait mettre la CIA sur ceux qui savaient.

Le colonel Solomatine était dans la position d'un homme qui voit un barrage se fissurer, sans pouvoir rien faire pour le consolider. Il n'incriminait pas ses subordonnés. C'est *lui* qui avait pris la décision d'éliminer le Père Hubertus, maillon faible de l'opération, trop facilement affolé. Finalement, Loretta, bien qu'elle risque infiniment moins, était plus forte. Elle possédait la « culture » du renseignement et avait connu une époque féroce où la vie humaine ne valait pas cher. Elle en avait gardé une peur qui était en ce moment la meilleure protection du colonel Solomatine. S'il avait cru en Dieu, il aurait prié.

Les prochains jours seraient pénibles pour ses nerfs. Car, s'il était réduit à l'impuissance, ses adversaires n'allaient pas rester les deux pieds dans le même sabot.

Depuis les révélations du transfuge Victor Sheymov, exposant une partie du réseau SVR au Vatican, le colonel Solomatine avait eu un sale pressentiment. Pour sa part, il aurait bien laissé courir. Seulement, les ordres de Yasnovo étaient tombés. Il fallait *tout* faire pour conserver une « taupe » au Vatican. Ukase de Boris Eltsine qui avait là une de ses meilleures sources sur l'évolution de l'Eglise orthodoxe.

*
* *

Rick Peretti faisait tourner son Zippo CIA entre ses doigts, appuyant sur les angles vifs. Lui et Malko prenaient leur petit déjeuner à la terrasse de l'*Excelsior*, voisin de l'ambassade US. Le récit de Malko avait laissé l'Américain perplexe. Celui-ci se pencha en avant.

— Résumons : le Père Hubertus et Loretta Obinski se connaissent ; nous ignorons à quel titre. On a essayé de liquider le religieux. D'après la méthode, il ne peut s'agir que d'un Service. Il n'y en a pas trente-six.

— Le SVR ou le GRU, conclut Malko. L'Opus Dei n'utilise pas de pittbull...

— Je suis d'accord, renchérit l'Américain. La question suivante est : pourquoi ?

— Parce que le Père Hubertus possède des informations dangereuses pour le SVR...

— Comment est-ce possible ?

Un ange passa. Les deux hommes demeurèrent silencieux. Ils butaient sur un mur aussi solide que ceux du Vatican.

— Et si le Père Hubertus travaillait pour le SVR ? Si c'était lui, le complice de « Werder » ?

— Peu probable, rétorqua Malko. Il n'a pas le profil. Non, il a peut-être été utilisé. Je pense qu'il a joué un rôle dans la mort de Ludwig Hofenberg et de sa femme. Quand j'ai mentionné cette dernière, il a eu l'air horrifié de savoir qu'elle travaillait pour la *Compagny*. Comme s'il l'avait tuée de ses mains.

— Ce n'est pas le cas. Mais la personne la plus intéressante, c'est Loretta Obinski. C'est *elle* qui a fixé le rendez-vous. Donc, elle a un contact direct avec le SVR local. Si c'est le SVR.

— Qui est le *rezident* ?

— Un bon professionnel, de l'ancienne équipe : le colonel Boris Solomatine. Je l'ai rencontré. Vieille école. Ne sort pas beaucoup. J'ai l'impression qu'il est sur la touche. Il n'y a pas grand-chose à glaner à Rome.

— Je pense à quelque chose, fit Malko. Le SVR n'avait pas intérêt à ce que Hofenberg meure ? Apparemment, il était sur le point d'être démasqué grâce au défecteur du BND.

L'Américain se permit de sourire.

— Si on devait tuer tous les agents « grillés » ! Le SVR n'aurait certainement pas recruté Hofenberg *aujourd'hui*. C'était une « reprise ». Ils se moquaient qu'il soit viré honteusement de la Garde Suisse. S'il travaillait toujours, ce dont nous ne sommes pas certains.

On tournait en rond.

— Et si vous reveniez à la charge avec Loretta ? suggéra Rick Peretti. Elle sait sûrement beaucoup de choses.

— Mais elle ne les dira pas... Je l'ai côtoyée. Elle a le profil des anciennes « hirondelles » du KGB. Des filles dures comme de l'acier. Je n'ai rien pour lui faire peur. Elle peut prétendre avoir eu rendez-vous avec le Père Hubertus et ne pas savoir ce qui est arrivé après. Elle était partie... Et vous pensez bien que si elle a des contacts avec le SVR, ils sont secrets. Avez-vous obtenu quelque chose du côté tchèque ?

— J'ai demandé. J'attends un rapport. J'attends aussi d'autres documents du BND. Récupérés auprès du HVA ; attribués à la source « Werder ». Ça peut être intéressant.

— Je vais continuer à creuser, conclut Malko. Je dois revoir votre ami le Père Olizo. Il a l'air de connaître tout le monde.

— Il est mouillé dans des tas de combines. Il sait tout ce qui se passe au Vatican.

— Et le SISMI ? Ils ne peuvent pas aider ?

— Ils n'aiment pas quand le Vatican est en cause.

Malko termina son café.

— Peut-être que je reverrai Loretta à la piscine aujourd'hui... Et je vais relancer le Père Olizo.

*
* *

On se serait cru dans une surprise-party ! La musique rythmée, les lumières tamisées, les gens qui buvaient. Une religieuse, les yeux baissés, avait fait entrer Malko dans l'appartement du troisième dès qu'il avait donné son nom.

En rentrant au *Hilton*, il avait trouvé un message du Père Olizo l'invitant à venir le rejoindre à une soirée chez l'archevêque de Zambie.

Il se mêla à la vingtaine d'invités et trouva le Père Olizo en face d'une estrade, où l'archevêque de Zambie, Monseigneur Emmanuel Milingo, magnifique dans sa robe violette, une grosse croix ornée de cabochons roses pendant sur la poitrine, chantait devant un micro, en s'accompagnant sur un tam-tam orné de peaux de panthère.

Le Père Olizo se retourna et souffla à Malko :

— J'ai appris des choses *très* intéressantes sur votre Père Hubertus.

CHAPITRE XII

L'archevêque de Zambie chantant à tue-tête une chanson dont le refrain était « gubudu gubudu » paraissait totalement dans son élément. Les quelques sœurs noires de son staff massées en face de lui éclatèrent en applaudissements bruyants dès qu'il eut fini de chanter. Le visage illuminé d'une joie sincère, il vint se mêler à l'assistance et une des sœurs lui servit un grand verre de vin blanc, qu'il vida d'un trait. Il faut dire qu'il régnait une chaleur de bête dans l'appartement, bien que les fenêtres soient ouvertes. Sa soif étanchée, le prélat noir demanda le silence et annonça d'une voix grave.

— Mes amis, aujourd'hui, j'ai encore vu le Diable ! Comme Dieu m'a aidé, j'ai pu le repousser dans ses ténèbres et lui arracher une âme qu'il tourmentait. La voici.

Il poussa devant lui une jeune Noire aux cheveux tressés en nattes, morte de timidité, qui gardait ostensiblement les yeux baissés. Elle prononça quelques mots dans un dialecte incompréhensible pour Malko. Nouvelle salve d'applaudissements.

— *Brothers !* Restaurons-nous et remercions Dieu ! conclut le prélat.

— *Amen !* répondirent les invités d'une seule voix.

Malko gagna sur les talons du Père Olizo une grande table transformée en buffet, où une religieuse noire comme du charbon leur servit une solide platée de spaghettis. Ils se faufilèrent ensuite jusqu'au balcon donnant sur la via di Porta Angelica, pour bénéficier d'une fraîcheur relative.

L'archevêque zambien, lui, mangeait debout, entouré d'une petite cour. De l'autre côté de la via Porta di Angelica, c'était le Vatican.

— Le Saint-Siège ne se choque pas des activités de cet archevêque ? demanda Malko au Père Olizo.

Ce dernier sourit dans sa barbe.

— Cela agace le Saint-Siège, mais Emmanuel Milingo est un homme de foi, même s'il est un peu original. Et il est noir. Ce qui veut dire des parts de marché pour le Vatican dans le Tiers-Monde. En plus, il ne fait de mal à personne et il est très populaire en Italie. Ça vaut mieux que l'archevêque de Vienne, qui se tapait des séminaristes. Milingo doit bien honorer quelques religieuses de son entourage, mais cela se fait dans la discrétion.

— Qu'avez-vous appris sur le Père Hubertus ? demanda Malko.

— Il est sous la protection d'un *Monsignor* espagnol, le Père Arturo Gonzales y Vilaverde.

— D'où sort-il, celui-là ?

— D'abord, de la Maison militaire du roi d'Espagne. Il fait partie de l'ordre des Légionnaires du Christ. Il a été appelé à la Curie il y a une quinzaine d'années, a travaillé dans diverses nonciatures comme auditeur, puis comme conseiller. Ensuite, il est revenu à Rome, à la Deuxième Section de la Secrétairerie d'Etat, celle qui est chargée des relations extérieures du Saint-Siège. Il est depuis plusieurs années le secrétaire de Monseigneur Gianfranco Galuzzi. Il a été fait prélat d'honneur par Sa Sainteté en 1993.

— Cela correspond à quoi ?

— C'est le grade supérieur des *Monsignori*. Purement honorifique.

— Il a un poste important ?

Le Père Olizo hocha la tête.

— Oui. La plupart des documents importants transitent par le service du cardinal Galuzzi, qui est un des patrons de la « Sapinière ».

— Et à quoi ressemble ce *Padre* Arturo Gonzales y Vilaverde ?

— Il n'est pas beau, fit le Père Olizo avec une grimace et nulle charité chrétienne. Petit, malingre, peu de cheveux, de grosses lunettes, un nez de polichinelle et le menton fuyant. Avec un physique comme cela, il ne fera pas une grande carrière...

— Comment ? fit Malko, suffoqué ; le Vatican, ce n'est pas Hollywood.

— Bien sûr, concéda le Père Olizo, mais le Saint-Père s'est aperçu que la beauté se vendait bien... Vous remarquerez que *tous* les prélats que l'on met en avant ont un physique avantageux. Cela donne une bonne image de notre Sainte-Mère l'Eglise...

— Revenons à Arturo Gonzales y Vilaverde. Où habite-t-il ?

— Au 177 de la via Aurelia, au siège des Légionnaires du Christ. Il prend ses repas là-bas. On travaille de huit heures à deux heures, au Vatican, et on reprend à cinq heures.

— C'est tout ?

— Non, continua le Père Olizo. On m'a dit que le Père Hubertus travaillait sur l'Opus Dei. C'est une des missions secrètes du cardinal Galuzzi. L'archevêque Angelo Sodano veut surveiller son implantation et son recrutement à la Curie.

Sur ce point au moins, le Père Hubertus n'avait pas menti.

— Autrement dit, le Père Hubertus fait du renseignement pour la Secrétairerie d'Etat, conclut Malko.

Une barbouze bénite.

— C'est un peu cela, concéda la Père Olizo, mais tout ceci est très feutré, tout en douceur. On fait des pressions pour certaines nominations, on sape des réputations, mais cela s'arrête là.

Donc, ce n'était pas l'Opus Dei qui avait lâché des pitt-bulls sur le Père Hubertus...

— Encore une question. Ludwig Hofenberg et ce *Monsignor* Gonzales y Vilaverde avaient-ils des contacts ?

Le Père Olizo sourit.

— Aucun. Ils sont sur des planètes différentes. Le *Monsignor* se trouve au « troisième étage », dans le saint des saints, les gens de la Garde ne sont que des gardes du corps.

L'archevêque Milingo claqua dans ses mains, annonçant d'une voix de stentor qu'on allait chanter quelques cantiques. C'était le moment de s'esquiver... Malko se retrouva dans la chaleur moite du Borgo, perplexe. Il continuait à amasser des informations, mais sans progresser vraiment. Tout demeurait flou. Il possédait des morceaux du puzzle, mais sans parvenir à les assembler, parce qu'il en manquait trop. Il avait l'impression de découvrir plusieurs affaires qui se superposaient, sans être forcément liées.

Le Père Hubertus était une barbouze vaticane, ce qui expliquait ses contacts avec un Garde suisse, mais pas avec Loretta Obinski. A moins que la jeune femme ait servi à *d'autres* contacts, plus sulfureux. Pendant des années, le cardinal Casaroli avait prôné le rapprochement avec l'Est. Ludwig Hofenberg semblait être dans un circuit tout à fait différent. Un simple agent stipendié, à un niveau subalterne. Sauf s'il avait un complice plus haut placé. Mais c'était un cas de figure rare.

Et tous ces personnages se connaissaient.

Malko dut descendre du trottoir envahi par un groupe de jeunes agglutinés devant une *gelateria*. Ce qui le fit repenser à Gina de la Torre. Aucune nouvelle demande de rançon n'avait été formulée. Son intuition lui disait qu'on ne la reverrait jamais...

*
* *

Malko pénétra dans le hall du *Hilton*, où grouillaient les invités d'une convention du Lion's Club, et se dirigea vers l'ascenseur. Au moment où il l'atteignait, une silhouette surgit derrière lui. Le Père Hubertus. Le religieux ressemblait à un fantôme, blanc comme un cadavre, les traits tirés, les yeux brillants de fièvre, le bras droit entouré d'un énorme pansement.

— Je voudrais vous parler, dit-il.

— Avec plaisir, fit Malko, plutôt surpris. Venez.

— Non, pas dans votre chambre, j'ai peur qu'il y ait des micros. Allons plutôt dehors.

Derrière le bar, une grande terrasse, généralement déserte, dominait la piscine, avec des sièges confortables. Ils s'installèrent dans un canapé d'osier, face aux lumières de Rome. Le Père Hubertus leva sur Malko un regard brillant, presque halluciné. Ses lèvres tremblaient. Sa pomme d'Adam montait et descendait. Il mit d'interminables secondes avant de pouvoir émettre un son.

— C'est moi qui ai tué Ludwig Hofenberg, sa femme et Stephan Martigny, annonça-t-il d'une voix blanche. Je dois libérer ma conscience. Ensuite, je me retirerai jusqu'à la fin de mes jours dans un couvent pour y expier mes péchés.

Malko n'en croyait pas ses oreilles.

— Expliquez-vous, dit-il. Je ne comprends pas. Je croyais que vous aimiez beaucoup le jeune Stephan Martigny.

Le religieux affronta son regard sans ciller.

— Je l'aimais, confirma-t-il, mais pas autant que notre Sainte-Mère l'Eglise. Et c'est Elle qu'il fallait protéger.

Cela devenait de plus en plus obscur. Heureusement, il continua :

— J'ai appris par quelqu'un qui travaille avec moi que Ludwig Hofenberg était un espion. Bien sûr, cela m'a dégoûté : un homme que je considérais comme un catholique fervent. Mais il paraît que les preuves sont irréfutables.

— Personne n'en avait parlé *avant* sa mort, objecta Malko. Comment l'avez-vous su ?

— C'était un secret de Polichinelle au « troisième étage », rétorqua le Père Hubertus. Depuis plusieurs mois déjà, la Curie avait réussi à bloquer son avancement, il y avait des pressions extérieures pour qu'on le chasse, mais le

Saint-Siège ne s'y résignait pas. Et puis, les derniers jours d'avril, tout a basculé.

— Soyez plus clair.

— J'ai déjeuné avec un prélat pour qui j'ai beaucoup de respect. Il était effondré. Le Saint-Père, qui a le pardon dans le sang, venait de prendre la décision de nommer Ludwig Hofenberg commandant de la Garde pontificale ! Or, dans le même temps, les « gens de l'extérieur » menaçaient, dans ce cas, de rendre publique la trahison d'Hofenberg. Affirmant qu'il avait continué à trahir, après la disparition de l'Allemagne de l'Est, ses informations étant désormais exploitées par le SVR russe. Ce qui aurait porté un coup terrible au Saint-Siège et à l'autorité du pape. Et l'heure de la confrontation approchait. Après ce déjeuner, j'ai longuement réfléchi. Je me suis dit qu'il fallait éviter au Saint-Siège cet abominable scandale. Je voyais souvent Stephan Martigny, il me racontait les potins de la Garde. Il m'avait souvent confié que s'il n'avait pas sa médaille « Benemerenti » à laquelle il avait droit, il tuerait Ludwig Hofenberg. Bien entendu, je l'en avais dissuadé. Tout de suite après avoir vérifié qu'il n'était pas sur la liste, il m'a appelé, bouleversé, me répétant qu'il allait tuer Hofenberg...

Malko fronça les sourcils.

— Pourquoi ne pas l'avoir laissé faire ? Le problème était réglé, de cette façon.

Le Père Hubertus secoua la tête.

— Vous ne comprenez pas ! D'abord, j'ai pensé qu'il était injuste de faire accomplir cette tâche *à son insu* par ce jeune homme. Ensuite, je me suis dit qu'une fois en face de son chef, il se dégonflerait. Ce n'était pas un assassin. Alors, sans rien dire à personne, je suis allé me poster dans le couloir menant à l'appartement de Hofenberg. Priant Dieu pour que Stephan ne change pas d'avis... Je l'ai vu surgir, très excité, et j'ai su, à ce moment, que Dieu approuvait ce que j'allais faire. Stephan, quand il m'a vu, s'est arrêté net. Je lui ai demandé de me remettre son arme. Je l'ai calmé, je l'ai fait mettre à genoux et, comme il ouvrait la bouche pour dire une prière avec moi, je lui ai tiré une balle dans la bouche, avec son propre pistolet. Ensuite, la porte s'est ouverte sur Ludwig Hofenberg, attiré par la détonation. J'ai tiré sur lui. J'ai encore tiré quand il était à terre. Sa femme est arrivée, elle a fait demi-tour en me voyant. J'étais obligé de la tuer, bien entendu. J'ai tiré encore. Je l'ai touchée à la nuque, elle est tombée, foudroyée. Tout cela n'a duré que quelques secondes. J'ai essuyé la crosse du pistolet, je l'ai mis dans la main de Stephan et je suis allé prier à la chapelle Sainte-Anne.

Sa voix était métallique, monocorde, effrayante. Malko scruta son regard : il disait la vérité. C'était incroyable ! Bien sûr, cela n'expliquait pas tout, mais lui donnait de nouvelles bases.

— Comment a réagi le prélat qui vous avait fait part de son inquiétude ?

— Il ne sait rien. Mais il était soulagé, bien sûr.

Un ange traversa silencieusement la terrasse, du sang sur les ailes.

Cette histoire ressemblait à celle de Diana et Dodi Al-Fayed. La Cour d'Angleterre avait dû sabler le champagne en se sachant débarrassée d'un problème épineux. Malko revint à son interrogatoire.

— Pourquoi vouliez-vous rencontrer Loretta Obinski, l'autre soir ?

— J'avais besoin de parler avec quelqu'un qui connaissait Stephan. Je pense sans cesse à lui. J'y penserai jusqu'à mon dernier soupir... Voilà, j'ai voulu soulager ma conscience.

— Ces trois morts ont quand même nui à l'image du Vatican, remarqua Malko.

— Ce n'est pas la même chose ! Bien sûr, c'est ennuyeux, mais le Saint-Siège n'est pas impliqué. Ce ne sont que des laïques.

Malko regarda son regard où brillait la flamme de la folie. Le Père Hubertus était de l'étoffe des moines de l'Inquisition. Seulement, il y avait encore de sacrées zones d'ombre.

— Dans ce cas, qui a voulu vous tuer dans la villa Doria Pamphili ? demanda-t-il.

— Je l'ignore.

— Je pense que vous savez beaucoup de choses sur Loretta Obinski, insista Malko, pourquoi ne les dites-vous pas, pour soulager complètement votre conscience ?

Brutalement, il venait d'avoir une idée qui expliquait tout : le Père Hubertus avait pris, au nom du Vatican, des contacts que certaines personnes craignaient de voir révéler. Loretta Obinski aurait pu servir d'intermédiaire.

— Ma conscience est soulagée, trancha le Père Hubertus en se levant.

Malko ne lui serra pas la main et la porte claqua.

Finalement, le religieux ne risquait pas grand-chose. Le délit avait été commis dans l'enceinte du Vatican, Etat indépendant. La police et la justice italiennes ne pouvaient s'en mêler. Seules les autorités vaticanes avaient l'autorité pour agir. Mais elles ne le feraient sûrement pas. On lavait son linge sale en famille, derrière les hauts murs de brique ocres du Vatican. Au pire, s'il avouait ses crimes à ses supérieurs, le Père Hubertus serait relégué dans un couvent lointain et personne n'en entendrait plus parler.

Ce drame illustrait parfaitement l'atmosphère de mensonges et de violence qui régnait au Saint-Siège, un monde clos, plein de rivalités, de fantasmes et de passions. Le Père Hubertus brûlait d'un feu sacré, il était peut-être fou, mais sincère. Il se considérait comme un Soldat de la Foi. Ce qui justifiait à ses yeux les crimes qu'il avait commis.

Malko n'avait plus qu'à rapporter sa confession à Rick Peretti. L'Américain allait sûrement tomber des nues.

*
* *

Le chef de station de la CIA avait écouté Malko sans l'interrompre, concentré, tendu, sans manifester la moindre émotion. En bras de chemise, bronzé, il ressemblait à un jeune manager dynamique... Lorsque Malko eut terminé, il poussa un profond soupir.

— Vous avez fait un travail formidable. Je crois au récit du Père Hubertus. Mais je pense *aussi* qu'il ne dit pas toute la vérité. Peut-être ne la sait-il pas, d'ailleurs.

— Qu'est-ce qui vous fait dire cela ?

— J'ai reçu un dossier de la station de Prague. Communiqué par nos homologues tchèques. Loretta Obinski a travaillé plusieurs années pour le STB.

Malko se dit que cette affaire était une poupée gigogne. Lorsqu'on pensait avoir tout résolu, cela repartait.

CHAPITRE XIII

Rick Peretti montra une liasse de documents tapés très serrés.

— Voilà ! Loretta Obinski était une « hirondelle » dont le dossier n'a pas été détruit par le STB. Elle a « tamponné » des dizaines de cibles pour le compte du Service tchèque, ce qui lui était facile étant donné son physique. Cela lui a permis de sortir de Tchécoslovaquie à une époque où c'était impossible. Comme tous les autres agents du STB, elle a cessé toute activité en 1990.

Malko hocha la tête.

— Ce sont les Tchèques qui vous ont donné cela ? Ils ont des idées sur ce qu'elle a fait *ensuite* ?

— Non, bien sûr, mais les Russes ont pu la récupérer...

— Quel avantage y trouverait-elle ? objecta Malko. Apparemment, elle n'a pas de problème d'argent. Ce n'est pas une communiste fanatique. Il ne resterait que le chantage. Mais sur quoi ? Son appartenance au STB ? Les Italiens s'en moquent.

— Je vais demander au SISMI de me ressortir leurs vieux dossiers liés à la Tchécoslovaquie, dit l'Américain.

— A propos de dossiers, fit soudain Malko, vous avez les documents de 1991 du Vatican, transmis par le BND ? Ceux qui nous font penser que Ludwig Hofenberg avait un complice.

— Oui, bien sûr, pourquoi ?

— Vous avez bien un contact au Vatican ? Ne serait-ce que pour transmettre des informations « ouvertes ».

— Oui, bien sûr, reconnut l'Américain après une brève hésitation, mais il ne veut pas être mêlé à l'opérationnel. C'est Monseigneur Jackson. Un évêque américain. Il dirige la commission pontificale pour les communications sociales.

— J'aimerais seulement lui montrer les documents transmis par le BND. Il pourra peut-être mieux les situer que nous.

— Où voulez-vous en venir ?

— A boucher les trous de notre affaire, répliqua Malko. J'entrevois une explication globale, mais j'ai besoin de l'étayer sur quelque chose.

Rick Peretti demeura quelques instants silencieux puis décrocha son téléphone pour demander à sa secrétaire d'appeler Monseigneur Jackson. Cinq minutes plus tard, il avait le prélat en ligne. La conversation fut brève.

— Vous avez rendez-vous aujourd'hui à trois heures, à son bureau, annonça l'Américain. Mais, *for Christ's Sake*, ne lui posez pas trop de questions délicates. Il se fermerait comme une huître.

— Je lui demanderai seulement si Dieu existe, promit Malko. Il y a des moments où on peut légitimement en douter.

*
* *

Malko se présenta à trois heures moins cinq pile à la Porte de l'Arc des Cloches, entrée officielle des chefs d'Etat en voiture, sur le côté ouest de la place Saint-Pierre, et annonça au Garde suisse qu'il avait rendez-vous avec Monseigneur Jackson. L'autre alla vérifier dans sa guérite et revint, dégoulinant de respect.

— Si vous voulez me suivre, *Monsignor*.

Malko retint un sourire : à cause de son costume en alpaga noir, on le prenait pour un ecclésiastique.

Il franchit à pied quelques centaines de mètres, passant devant une station d'essence, et le garde le fit entrer dans un bâtiment assez vieillot, l'abandonnant dans une petite entrée meublée sobrement. Il y fut rejoint par un prêtre en tenue grise qui lui annonça que Monseigneur Jackson avait quelques minutes de retard. On lui apporta un café. Le silence était absolu, on se serait cru dans les catacombes.

Son cicérone réapparut et lui demanda de le suivre. Ils montèrent un étage, suivirent un long couloir et il lui ouvrit la porte d'une pièce entièrement vide, à part quelques sièges, une table basse et, bien entendu, l'inévitable crucifix. Les murs étaient tendus de rouge, une carafe d'eau et des verres étaient posés sur la table, à côté de l'*Osservatore Romano* du jour. Par la fenêtre, on apercevait les jardins du Vatican. La porte s'ouvrit sans un grincement sur un religieux en *talata filetata*. Grand, le crâne lisse comme une boule de billard.

— Bienvenue au Vatican ! dit-il d'une voix pleine de chaleur. C'est la première fois que vous y venez ?

— Tout à fait ! assura Malko.

C'était bizarre de se retrouver dans ce bureau impersonnel, vide. Mais, au Vatican, les prélats ne recevaient jamais dans *leur* bureau, par discrétion.

Monseigneur Jackson se plaça dos à la fenêtre et Malko s'assit sur une chaise de bois sombre digne de l'Inquisition. Le silence régna quelques secondes et il comprit que son interlocuteur attendait qu'il se découvre.

— Eminence, dit-il, l'Agence fédérale à laquelle appartiennent monsieur Peretti et moi-même a reçu de la part d'un Service ami des documents supposés venir du Vatican. J'aimerais que vous me disiez ce que vous en pensez.

Il lui tendit la liasse remise par le BND. Monseigneur Jackson tira des lunettes de sa poche, les chaussa et se plongea dans l'étude des documents du BND. Cela dura plus de dix minutes, puis le prélat ôta ses lunettes, les replia soigneusement et rendit les documents à Malko.

— Que voulez-vous savoir ?

— Ces documents vous paraissent-ils authentiques ?

Monseigneur Jackson marqua une imperceptible hésitation avant de dire :

— Si je les avais trouvés à la Secrétairerie, je n'en aurais pas douté un seul instant, mais, vu leur provenance, je pense qu'il s'agit de faux.

— Pourquoi ?

Le prélat se pencha en avant avec un sourire rusé.

— Je crois savoir pourquoi vous me rendez visite. Il a couru des bruits sur le commandant de la Garde Suisse récemment assassiné, Ludwig Hofenberg. Il est présumé avoir travaillé pour des services de renseignement étrangers. Vous supposez donc que ces documents ont été volés par lui et transmis à l'extérieur. Je tiens à vous dire que c'est complètement impossible. Le commandant de la Garde ne peut, en aucune façon, avoir accès à ce genre de pièces. Nous avons au Vatican une classification très stricte des documents. Il y a d'abord le « secret de bureau » qui englobe toute la vie du Vatican. Que cela soit une commande de matériel ou un programme de voyage de sa Sainteté. Bref, des éléments *modérément* secrets. Disons, confidentiels. Un homme comme Hofenberg peut y avoir accès. Soit directement, soit à travers des amis. Et puis, il y a le plus haut degré de secret : le « secret pontifical ». Celui-ci couvre un certain nombre de domaines, surtout religieux. D'abord, la préparation des documents pontificaux, la formation de la doctrine, les dossiers de la Congrégation de la Foi, les dénonciations directes contre la foi — les affaires d'homosexualité en font partie — les confidences recueillies en confession, tout ce qui concerne les nominations des évêques. Et enfin, *tout* ce qui va au service du chiffre. C'est-à-dire les rapports envoyés ou reçus par les nonciatures, les comptes rendus des audiences privées du Saint-Père, les télégrammes secrets adressés par des ambassades. Tout cela ne peut être vu que par très peu de personnes. En aucun cas, le commandant de la Garde Suisse ne peut en avoir connaissance. Donc, ces documents sont des faux. Même si monsieur Hofenberg était un espion.

Le prélat se tut, satisfait de sa démonstration, et regarda

ostensiblement sa montre. Malko accusait le coup. Voyant son vis-à-vis prêt à se lever, il tenta une dernière question.

— Eminence, avez-vous entendu parler d'un *Monsignor* qui se nomme Arturo Gonzales y Vilaverde ?

L'évêque mit quelques secondes à répondre, les sourcils froncés.

— Vilaverde ? Ah oui. Il travaille sous les ordres de Monseigneur Galuzzi, au sous-secrétariat pour les relations avec les Etats.

— Cela veut dire quoi, en clair ? demanda Malko.

— Oh, cela fait partie de la Deuxième Section dirigée par Monseigneur Giovan-Battista Re. Ils s'occupent de toutes les liaisons avec les nonciatures et tout ce qui touche au chiffre. Ils ont beaucoup de travail, parce que seules une douzaine de personnes sont habilitées par Monseigneur Sodano lui-même à accomplir ce travail. Pourquoi me posez-vous cette question ?

— Par simple curiosité, affirma Malko. J'ai entendu parler de ce prélat.

— Si vous souhaitiez le rencontrer, je crains que ce soit très difficile. Les gens du « troisième étage » ne parlent à des laïcs qu'avec l'autorisation du Substitut. Et ce dernier l'accorde très rarement.

— Non, je n'y pensais même pas, affirma Malko.

— Dans ce cas, je vais vous faire raccompagner. Saluez de ma part Rick Peretti, et assurez-le de mon dévouement.

En regagnant sa Mercedes, Malko avait envie de danser. Les choses venaient de s'éclairer d'un seul coup. Il tenait enfin une hypothèse logique, intégrant les morceaux du puzzle laissés de côté, et avait hâte de la soumettre à Rick Peretti.

*
***

Rick Peretti suçait la pointe de son crayon, fasciné par le récit de Malko.

— Nous nous sommes trompés depuis le début, en nous

focalisant sur Ludwig Hofenberg, expliqua ce dernier. C'est vrai qu'il travaillait pour l'Est, mais il n'avait plus d'importance. « Werder », ce n'est pas lui. Il y a un autre espion au Vatican, le véritable « Werder ». Bien plus haut placé, qui, lui, continue à « produire ». Nous avons eu tout faux en pensant que Ludwig Hofenberg avait un complice. Les documents que j'ai montrés à Monseigneur Jackson ne provenaient pas de Ludwig Hofenberg, mais du vrai « Werder ». Peut-être Hofenberg était-il utilisé pour leur transmission, ce qui expliquerait qu'on ait voulu le faire taire, parce qu'il était susceptible de révéler l'identité du véritable « Werder », s'il était accusé.

Rick Peretti s'ébroua.

— Attendez ! Pourquoi le Père Hubertus, qui a avoué le crime, aurait-il voulu protéger « Werder » ?

Malko eut un sourire ambigu.

— Et si le Père Hubertus n'avait pas dit toute la vérité ? Ou s'il avait été manipulé... Il est si exalté que c'est relativement facile. A condition que ce soit pour la bonne cause.

— C'est-à-dire ?

Malko porta son estocade :

— Imaginez que le Père Hubertus ait cru servir l'Eglise et qu'il ait servi, en réalité, d'autres intérêts.

— Comment cela peut-il se faire ?

— Supposez que « Werder », l'espion travaillant pour le SVR, et celui qui a manipulé le Père Hubertus, et qui ne peut être qu'un prélat de la Curie, soient une seule et même personne.

— C'est le lien que nous cherchons depuis le début...

Le chef de station de la CIA respira profondément.

— Et vous avez une idée de *qui* cela peut être ?

— Il faut que je creuse, avoua Malko. Pour l'instant, ce n'est qu'une construction intellectuelle.

— Vous voyez un prélat trahir au profit du SVR ?

Malko adressa à l'Américain un sourire angélique.

— Qui aurait pu croire que Aldrich Ames, vétéran de la *Company*, avait trahi pendant douze ans ?

Un ange passa, agitant des chaînes et des menottes... Poussant son avantage, Malko enchaîna :

— Dans ce schéma, on comprend pourquoi Markus Wolf, ex-patron du HVA, s'est empressé de confirmer les accusations portées contre Ludwig Hofenberg.

— Pourquoi ?

— Il fallait attirer l'attention sur Hofenberg qui, mort, ne pouvait plus servir. Que tout le monde soit persuadé qu'il était bien la source « Werder ». Nous aurions dû nous méfier en voyant ce chantre du communisme, jamais repenti, cet enfant du KGB voler à notre secours. Depuis 1989, il n'a jamais rien fait qui puisse nuire à son camp. N'oubliez pas qu'il était en contact permanent avec le KGB, qu'il se trouvait à Moscou en 1990, que le dernier patron du KGB, avant la période Eltsine, était un de ses intimes. Lui doit savoir qui est « Werder ». Et à soixante-treize ans, il a voulu rendre un dernier service... Si ma théorie est exacte, cela expliquerait que la *rezidentura* de Rome soit intervenue dans cette affaire et ait réactivé Loretta Obinski.

— Dans quel but ?

— Le jour où nous le saurons, soupira Malko, le puzzle sera complet. Il faut désormais faire porter les efforts sur elle, qui est le maillon faible. Le Vatican est une coquille impénétrable. Nous ne pourrons accéder à « Werder » que par une autre voie. Surtout qu'en ce moment, il doit se tenir coi. Je suis désormais sûr que Gina de la Torre a été kidnappée et tuée parce qu'elle était susceptible de nous mener à Loretta Obinski. Donc, de tirer un fil explosif.

En sortant de l'ambassade, Malko repartit directement dans le Borgo. Il n'avait pas dit tout ce qu'il savait au chef de station de la CIA.

Le Père Olizo était à son bureau, les pieds sur la table, en manches de chemise, avec de superbes bretelles mauves. Il accueillit Malko avec un large sourire.

— Vous auriez dû rester, hier soir. Millingo a encore chanté, avec les religieuses qui dansaient à l'africaine.

— C'était sûrement magnifique, reconnut Malko. J'ai encore besoin de vous. Je veux tout savoir de la vie de

Monsignor Arturo Gonzales y Vilaverde. *Tout*. Ses vices, s'il est homosexuel, s'il boit, s'il a de gros besoins d'argent. C'est possible ?

Le religieux sourit.

— *Tout* est possible, avec du temps et de l'argent. J'ai un ami qui tient une librairie non loin d'ici, La Uniana. Il connaît tous les potins du Saint-Siège et il est très gourmand. Si vous l'invitez à dîner, je pense qu'il bavardera.

— Invitez-le, le plus vite possible.

*
* *

Il régnait dans le bureau du colonel Solomatine une température caniculaire, moite, en dépit des volets fermés. Les climatiseurs avaient vingt ans et Moscou pas un sou pour les changer. En chemisette, le colonel s'essuyait le front toutes les cinq minutes. Il but un peu de son thé glacé, très noir.

Il était assez content des contre-mesures qu'il avait mises en place.

En plus, sa source au sein du SISMI n'indiquait rien d'alarmant. Pour l'instant, les Italiens ne regardaient pas de son côté. Finalement, les contre-mesures avaient fonctionné parfaitement. La CIA devait s'arrêter là.

Evidemment, il y avait toujours les impondérables, mais personne n'irait chercher le corps de Gina de la Torre où il se trouvait et Loretta Obinski, même si elle avait envie de trahir, ne tenait pas à gâcher sa vie pour faire plaisir aux Américains. Lui-même partait dans quinze jours en vacances sur la mer Noire et espérait bien que les choses seraient tassées définitivement d'ici là. Quant au Père Hubertus, dans quelques semaines, il serait dans un couvent au bout du monde, hors d'état de nuire. Finalement, la casse avait été limitée. Il se reprochait l'affaire Gina de la Torre. Avec le recul, cela avait été une erreur.

Il estimait avoir fait tout ce qui était utile pour protéger une « source » extrêmement importante pour le Kremlin.

Même si c'était par des méthodes désormais moins pratiquées. Il se reprochait cependant d'avoir sous-estimé la capacité de réaction de ses adversaires. Et ne voyait toujours pas *où* se localisait la première faille. Comment les Américains avaient-ils pu remonter jusqu'à Loretta Obinski ?

*
* *

— J'ai retenu une table à l'*Hosteria del Papa Giovanni*, à côté du Sénat, annonça le Père Olizo. Nous serons quatre. Mon ami libraire, un jésuite, le Père Georgio, qui travaille à Radio-Vatican et moi-même. Je vous présenterai comme un membre du clergé autrichien. Ils ne parleraient pas devant un laïc.

— Mais on va s'apercevoir que je ne suis pas prêtre, protesta Malko, embarrassé.

— Mais non, affirma le Père Olizo. Arborez une croix discrète au revers de votre costume noir. Je leur dirai, hors de votre présence, que vous êtes un *missi dominici* du nouvel archevêque de Vienne. Et faites-les parler. Vous connaissez quelques détails sur le clergé autrichien ?

— Pas beaucoup.

— Soyez mystérieux. Et laissez-moi mener la conversation...

Malko avait juste le temps d'aller faire son shopping dans une des innombrables boutiques de colifichets religieux du Borgo. Lorsqu'il arriva à l'*Hosteria del Papa Giovanni*, il arborait discrètement une petite croix d'argent au revers de son veston d'alpaga noir, porté sur un T-shirt noir également. Il avait laissé au coffre du *Hilton* sa Breitling B-1, merveille de technologie ultramoderne, donnant simultanément l'heure de deux fuseaux horaires, mais peu compatible avec sa qualité de modeste prêtre séculier. Le Père Olizo et les deux autres étaient déjà là, à une table de coin, devant une bouteille de Defender « 5 ans d'âge » et trois verres. On fit les présentations. Malko était l'abbé Helmut, prêtre séculier. Le jésuite, d'une maigreur prodigieuse, avait la voix sifflante, un crâne d'oiseau avec des yeux très enfoncés, l'air intelligent. Le « libraire » avait la main moite et le regard fuyant.

Tout le personnel de l'*Hosteria del Papa Giovanni* semblait s'être rassemblé autour de leur table...

Quand Malko déplia la carte, il comprit pourquoi le restaurant avait été choisi. Le menu était à cent quatre-vingt mille lires, ce qui était tout à fait impensable pour l'Italie. Les trois religieux le fixaient avec concupiscence. Le choix fut vite fait : spaghettis aux truffes blanches, ensuite des viandes et du gibier. Et du Barolo comme s'il en pleuvait. C'est le Père Olizo qui dirigeait, après avoir expliqué à Malko qu'il ne connaissait pas toutes les subtilités de la cuisine italienne...

Pendant la première heure du repas, ils ne firent que manger. Malgré sa maigreur, le jésuite avait un sacré coup de fourchette. Des garçons empressés versaient le Barolo comme de l'eau bénite.

La fin du *secundo piatto* donna le signal de la conversation. D'abord sur la politique en Autriche, et celle du Vatican. Les trois pères ne tarissaient pas d'éloges sur Jean-Paul II, un pape à poigne, qui avait renvoyé aux ténèbres extérieures les partisans de Casaroli, les mous, les tièdes.

— Hélas, soupira le libraire, que nous réserve l'avenir ? Qui sera le prochain pape ?

— L'évêque nigérien ? hasarda Malko.

Moue d'horreur.

— *Caro Reverendo*, les évêques ne le permettront pas. On a déjà Gantin et Moroni. Ça suffit, coupa le jésuite.

Le Père Olizo ricana.

— Evidemment, vous, les jezes, vous faites peur, il n'y aura jamais de pape jésuite.

— Ce sera Ruini, trancha le libraire. Mes amis m'ont dit qu'il fallait un Italien... Assez d'étrangers.

On en était à la troisième bouteille de Barolo et l'atmosphère était nettement plus détendue...

— En tout cas, relança le libraire, ce ne sera pas un Autrichien...

Malko baissa la tête, faussement gêné. Le jésuite vola à son secours.

— L'archevêque de Vienne est sûrement un bon catholique. Même si ses pulsions l'ont égaré. Les plus à blâmer, ce sont ceux qui l'accablent, qui ont juré fidélité à l'Eglise.

Le Père Olizo remarqua :

— Ici, nous sommes plus discrets.

— Vous déplorez beaucoup d'errements semblables ? demanda prudemment Malko.

Les trois prêtres se regardèrent, amusés, puis le libraire laissa tomber :

— La chair est faible. Il y a bien ce grand fou de cardinal Saintoni, mais il reste avec de jeunes *Monsignori* qui n'osent pas refuser son onction. Jamais on ne l'a vu hors du Vatican.

— Il y a eu aussi ce chevalier du pape qu'on a retrouvé la tête fracassée dans son appartement, renchérit le Père Georgio. Dieu merci, c'était un laïc !

— Et Monseigneur Monsanto avec ses petites Noires, ajouta le libraire... Mais là non plus, cela ne va pas bien loin. Vous vous souvenez de ce prélat qu'il a fallu exiler loin de Rome ? Il était atteint de priapisme et se jetait sur toutes les femmes qui venaient se confesser à lui. Comme il était très beau, elles ne se plaignaient pas toutes...

Un ange passa, la soutane entre les dents.

Visiblement, le péché de chair n'était pas un péché mortel pour tous ces religieux. Au moment où Malko allait s'aventurer en terrain miné, posant des questions sur le Père Arturo Gonzales y Vilaverde, le jésuite reprit insidieusement :

— Certains cas sont beaucoup plus proches de nous...

— Ah bon ? fit Malko.

Tous les yeux s'étaient tournés vers le Père Georgio. Celui-ci prit le temps de vider son assiette et finit par lâcher :

— Je vois souvent à Radio-Vatican un prélat que sa charge ne prédispose pas spécialement à ces visites.

— Il y a des femmes à Radio-Vatican ? demanda Malko, aussitôt rappelé à l'ordre par un coup de coude discret du Père Olizo.

— Bien sûr, fit celui-ci. La station émet dans une dizaine de langues. Il y a des laïcs dans les studios et les bureaux d'émission.

— Ce prélat veille avec beaucoup de sollicitude sur l'âme d'une de nos responsables, fit le Père Georgio, les yeux baissés. Depuis fort longtemps déjà.

— *Caro Padre*, dites-nous son nom, supplia le Père Olizo. Que le *Reverendo* Helmut puisse repartir à Vienne avec quelques potins...

— C'est un Espagnol très laid.

Il y eut quelques secondes de silence, puis le libraire avança, cachant mal sa curiosité :

— *Monsignor* Arturo Gonzales y Vilaverde ?

Le jésuite baissa modestement les yeux.

— C'est vous qui le dites, *caro Padre*.

Le pouls de Malko monta au plafond, et ce n'était pas le Barolo. Le mentor du Père Hubertus avait une maîtresse. Donc, une faille.

— Et qui est l'heureuse élue de ce bel Espagnol ? ricana le libraire.

Les yeux profondément enfoncés du jésuite brillaient d'une lueur ravie.

— *Caro Padre*, même soumis à la Sainte Question, je ne le révélerais pas.

Le Père Olizo embraya à son tour.

— *Padre* Georgio, vous protégez des amours coupables.

Le jésuite leva les yeux vers le plafond rose.

— Je n'ai pas dit qu'elles étaient coupables. Secrètes, seulement. C'est vrai, il me semble qu'il y a une forte inclination entre ces deux êtres. Mais Dieu seul peut les juger.

— Elle est comment ? demanda brutalement le libraire.

Le jésuite eut un geste onctueux.

— Je ne suis pas à même d'en juger, n'ayant jamais

connu de femme moi-même. Elle est de bonne tenue et semble une bonne chrétienne.

— Ce ne doit pas être très facile de poursuivre une idylle. Rome est une toute petite ville, remarqua Malko.

Le père Georgio sourit, vipérin.

— On arrive toujours à se débrouiller. Les employées laïques de Radio-Vatican vivent en ville, dans des appartements. Mais finissons cet excellent repas. Je dois repasser au bureau.

Avec le *tiramisu*, Malko commanda un magnum de Taittinger Comtes de Champagne Blanc de Blancs 1991, que les ecclésiastiques apprécièrent à sa juste valeur, le vidant comme si c'était de l'eau bénite.

Tout le monde baissa pudiquement les yeux quand Malko réclama l'addition monstrueuse... Ils se séparèrent à la sortie. Avant de le quitter, le Père Olizo souffla à l'oreille de Malko :

— Demain, j'aurai le nom de cette femme !

— Comment ?

— Le Père Lucio Pacinotti est furieux de n'avoir pas été au courant de ce potin. Il va mettre les bouchées doubles. On peut lui faire confiance.

Malko remercia. Le fait que *Monsignor* Arturo Gonzales y Vilaverde ait une maîtresse allait-il le faire déboucher sur quelque chose en rapport avec sa mission ?

CHAPITRE XIV

La chaleur moite qui pesait sur Rome comme un couvercle rendait tout poisseux. Aussi le bureau climatisé de Rick Peretti semblait-il une oasis de fraîcheur inespérée. Malko but son thé glacé avec délice, la chemise de voile trempée de transpiration. Son dîner de la veille lui avait peut-être apporté une nouvelle pièce du puzzle. Il résuma. Le chef de station de la CIA ne semblait pas convaincu.

— Quelle importance que ce *Monsignor* ait une maîtresse ?

— Le père Hubertus m'a avoué avoir tué Stephane Martigny, Ludwig Hofenberg et sa femme, expliqua Malko. Or, il est très proche de ce prélat espagnol, qui a pu le manipuler. Mon hypothèse est que cet Arturo Gonzales y Vilaverde serait « Werder ». Mais pour espionner au profit de l'Est, il lui faut un motif. L'argent ? Peu probable. La conviction ? Encore moins. Alors reste le chantage, ou l'amour. Ou une combinaison des deux. Mais peut-être que tout cela va s'effondrer comme un château de cartes et qu'il faudra chercher « Werder » ailleurs.

— Selon votre raisonnement, le Père Hubertus travaillerait aussi pour les Russes ?

— Je ne crois pas, fit Malko, et c'est là que le bât blesse. Prise isolément, sa version est plausible, mais pas dans le contexte. Ce serait une coïncidence trop extraordinaire que, *justement*, il ait décidé de tuer un homme que les Russes voulaient liquider.

— Je vais apporter de l'eau à votre moulin, annonça le chef de station. Je viens d'avoir un coup de fil du général Pescarini, le patron du SISMI. Ils ont trouvé dans leurs archives quelque chose qui concerne Loretta Obinski.

— Elle a été mêlée à une sale histoire. A cause d'elle, un industriel italien, Vittorio Lorenzi, s'est suicidé, en 1980. Elle l'avait embobiné pour le compte du STB.

— Il y a prescription, remarqua Malko.

— C'est vrai, mais cela m'a donné une idée : les Italiens sont furieux. Comme Loretta Obinski n'est pas italienne, elle est susceptible d'être expulsée de ce pays, d'être déclarée « persona non grata ». J'en ai parlé avec Pescarini. Il ne faudrait pas beaucoup le pousser...

Malko sentit ses poils se hérisser devant l'air faussement candide du chef de station de la CIA.

— Autrement dit, vous voulez mettre le marché en main à Loretta, dit-il. Ou elle coopère avec nous, ou on la fait expulser.

Devant son ton plein de réprobation, l'Américain précisa :

— Vous savez comme moi que cette fille détient la clef de toute cette histoire. Elle sait le rôle que chacun a joué et elle en a joué un elle-même. Et surtout, elle connaît le lien entre les Russes et le Père Hubertus. Et sait pourquoi ces derniers voulaient le liquider...

Il se tut, faisant cliquer distraitement son Zippo avant de le glisser dans son étui en cuir accroché à la ceinture. Malko, *in petto*, dut reconnaître que l'idée du chef de station était intéressante. C'est vrai que ce genre de chantage était contraire à son éthique, mais Loretta Obinski était loin d'être une sainte. Au fond, c'était un juste retour des choses. Elle avait fait chanter, on la faisait chanter...

— Bien, dit-il. Je vais voir Loretta Obinski.

*
* *

De la terrasse de sa chambre, Malko aperçut le maillot lamé argent. Loretta Obinski était à la piscine du *Hilton*, seule. Lorsqu'elle le vit arriver, elle lui adressa un signe plus que discret avant de se replonger dans le catalogue de l'architecte d'intérieur Claude Dalle, et il dut aller s'asseoir près de sa chaise longue pour qu'elle lève la tête.

— Alors, toujours seul ? lança-t-elle ironiquement. Votre copine noire vous a plaqué ?

Malko n'avait pas le cœur à plaisanter.

— Loretta, dit-il, j'ai à vous parler de choses sérieuses.

— Vous voulez me demander en mariage ? Toto essaie déjà de m'acheter avec des meubles, dit-elle en montrant le catalogue.

Derrière sa gouaille, il sentait quand même l'angoisse. Elle venait d'allumer nerveusement une Gauloise blonde dont elle souffla la fumée au nez de Malko.

— Non, dit ce dernier, je voudrais évoquer votre passé...

Loretta Obinski eut un rire un peu grinçant.

— Si vous voulez la liste de mes amants, cela va prendre du temps.

— Non, je parle de l'époque où vous étiez un agent du STB, à Prague. Où vous « tamponniez » les hommes d'affaires étrangers pour ensuite les faire chanter.

La jeune femme demeura impassible. Seul signe de stress, elle remonta très haut sur son bras sa Breitling Callistino au cadran mandarine.

— Qui vous a raconté ces fadaises ? fit-elle enfin. Et d'abord qui êtes-vous ?

— Je pense que vous vous en doutez, dit Malko, mais je vais vous le préciser. Je travaille pour la Central Intelligence Agency. Vous étiez l'agent 325, continua-t-il, et votre officier traitant était le capitaine Havel. C'était *aussi* votre amant.

Loretta Obinski ôta ses lunettes noires. Ses yeux bleus étaient devenus deux morceaux de cobalt, les coins de sa bouche s'étaient abaissés en une grimace mauvaise.

— Et alors ? cracha-t-elle, il fallait survivre ! Tout cela est loin, très loin. Havel doit être à la retraite depuis longtemps, le STB n'existe plus, la Tchécoslovaquie n'existe plus. C'est pour coucher avec moi que vous me racontez tout cela. Pourquoi pas ? Allons-y !

Malko arrêta le geste qu'elle esquissait.

— Ne dites pas de bêtises, Loretta. Vous avez couché avec moi sur commande, j'en suis certain. Sur l'ordre des Russes.

— Des Russes ? Je n'ai jamais connu de Russe.

— A l'époque, non. Mais ils vous ont retrouvée. Et eux aussi, ont des dossiers, sinon, vous n'auriez pas accepté de travailler pour eux.

— Quel dossier ?

— L'affaire Lorenzi.

Loretta marqua le coup. Ses traits se tirèrent. Elle resta silencieuse quelques instants, puis héla le barman.

— Apportez-moi une coupe de Taittinger, bien glacé, ordonna-t-elle.

Son regard se reporta ensuite sur Malko. Avec une expression désespérée.

— Quel genre de salaud êtes-vous ? demanda-t-elle d'une voix égale. Vous ne valez pas mieux que ceux du STB.

Sans un mot de plus, son champagne bu, elle se leva et plongea dans la piscine. Malko l'admira : elle nageait vite, avec grâce. Il ne se sentait pas bien. C'était le côté immonde de son métier. Loretta Obinski n'était pas pire qu'une autre. A une époque de sa vie, elle avait choisi la facilité et cela l'avait rattrapée. Elle émergea de la piscine, superbe, et vint s'égoutter, aspergeant Malko d'un geste espiègle, avant de commander une autre coupe de Taittinger. Elle semblait avoir repris son sang-froid.

— Alors, dit-elle d'un ton presque léger, que voulez-vous de moi ? A part mon corps, dont vous n'avez pas assez profité.

De nouveau, elle le draguait.

— Un *deal*, fit Malko. Parlons franc. Ce sont les Italiens qui vous veulent du mal. Ils voudraient vous expulser, à cause de cette vieille histoire. Nous sommes les seuls à pouvoir les en empêcher.

— Contre quoi ?

— Je veux tout savoir sur le drame du Vatican. Quel rôle vous avez joué, celui du Père Hubertus, et surtout celui des Russes. Moyennant quoi, vous n'aurez plus aucun problème ni avec les Italiens, ni avec nous. Seulement, ne me racontez pas d'histoires, je sais déjà beaucoup de choses.

D'un geste machinal, Loretta vida sa coupe de champagne, puis rappela le garçon. Lorsqu'il arriva, Malko lui dit :

— Apportez la bouteille.

L'Italien revint avec la bouteille de Taittinger entamée dans un seau à glace. Loretta se servit aussitôt avant de lancer d'un ton amer :

— Et bien entendu, je n'aurai pas *non plus* de problème avec les gens de Moscou...

Malko ne répondit pas et c'est elle qui continua, penchée vers lui :

— Vous savez ce qui va se passer ? Un jour, je sortirai de chez moi et un camion débouchera... On ne le retrouvera jamais. Mais vous serez loin depuis longtemps.

— Je sais, reconnut Malko. Nous sommes *tous* pris dans un engrenage. Mais je peux faire en sorte que vous soyez sous la protection du SISMI. Nous avons de bons rapports avec eux.

Elle haussa les épaules.

— On dirait que vous ne connaissez pas les *autres*. Ils n'oublient jamais. C'est comme dans la Mafia : il faut faire des exemples, sinon, il n'y a pas de discipline.

Le silence retomba entre eux. A peine sa coupe vide, elle la remplissait et la buvait en deux gorgées. Au fond de ses yeux bleus, il sentait un désarroi immense et s'en voulait à mort. Seulement, il y avait trois cadavres et un agent du SVR dans le Vatican, prêt à nuire. Tout à coup, Loretta leva les yeux.

— Je ne savais pas que Stephan allait mourir, dit-elle. Je

pensais que c'était une manip plus vicieuse, plus tordue. Je n'ai compris qu'après, mais c'était trop tard.

Malko songea tout à coup à une solution qui éviterait le chantage.

— Loretta, dit-il, savez-vous qui est « Werder » ?
— « Werder » ? Non. Qui est-ce ?
— Vous ne lisez pas les journaux ?
— Non.
— « Werder » est un agent du KGB, et maintenant du SVR, au Vatican. C'est pour le protéger que toute cette affaire a été montée. C'est lui que nous voulons. Vous n'avez aucune idée ?

Elle secoua lentement la tête.
— Non.

Elle disait la vérité. Seuls les Russes savaient qui était « Werder ». C'est pour cela qu'ils le défendaient autant. On tournait en rond. Loretta Obinski lança, amusée :
— Tiens, voilà Toto...

Malko tourna la tête. L'amant génois de Loretta s'approchait d'eux, l'air furieux... La jeune femme sourit à Malko.
— Ça vous ennuie qu'on continue cette conversation tout à l'heure ? Dans votre chambre...
— Pas du tout.

Il se leva et les deux hommes se croisèrent. Malko savait que Loretta ne chercherait pas à fuir. Il allait seulement la laisser réfléchir.

Si elle craquait, tout était résolu.

*
* *

Il n'y avait plus grand monde à la piscine. Loretta se baignait et buvait alternativement. De sa terrasse, Malko avait pu voir arriver une seconde bouteille de Taittinger... Enfin, il la vit se lever et prendre ses affaires, laissant son amant italien sur sa chaise longue.

Elle titubait très légèrement lorsqu'elle disparut dans le couloir menant au fitness club et aux ascenseurs. Deux minutes plus tard, on frappait à sa porte. Loretta n'avait plus ses lunettes noires et une lueur insolente brillait dans ses yeux bleus.

— C'est Toto qui a payé les deux bouteilles de Taittinger ! annonça-t-elle en pouffant. Parce qu'il pense que je vais aller me faire sauter dans sa chambre ! Il aura une mauvaise surprise.

Malko réalisa qu'elle était totalement pétée...

Jetant son sac Vuitton sur le lit, elle fonça sur la terrasse. Dès qu'il la vit, le Génois sauta de sa chaise longue comme s'il avait été piqué par une punaise, et fit de grands gestes dans sa direction. Loretta se retourna et tendit les bras à Malko.

— Venez !

Quand il s'approcha d'elle, elle l'enlaça aussitôt, écrasant sa bouche contre la sienne, collant son bassin à son ventre. Une vraie chatte en chaleur. Le Génois ne pouvait pas ne pas voir. Elle ne décolla sa bouche que pour dire à Malko, d'un ton joyeux :

— Je veux que tu me baises là, tout de suite...

Elle n'avait pas terminé sa phrase que son portable sonna. Elle alla le prendre dans son sac et répondit d'une voix suave :

— *Pronto, amore !*[1]

Malko ne comprit pas la réponse mais d'après le ton, ce n'étaient pas des mots d'amour... Tranquillement, Loretta fit glisser les bretelles de son maillot, libérant sa magnifique poitrine qu'elle colla au torse nu de Malko. Avant de lancer dans le « telefonino » :

— *Mi amore*, tu m'as dit que tu étais un peu voyeur, non ? Eh bien, tu vas me voir baiser. J'espère que tu n'es pas trop loin... Tu vois, il maltraite mes seins, ajouta-t-elle aussitôt. Tu sais comme ça m'excite...

Elle avait pété les plombs. Devant l'hésitation de Malko, elle colla sa bouche à son oreille et dit d'un ton impératif :

---

1. Allô, mon amour ?

— Baise-moi ! Sinon, il n'y a plus de *deal*. J'ai envie de m'amuser un peu avec ce connard... Caresse ma poitrine.

Il obéit. Aussitôt, elle susurra dans le récepteur :

— Il a les mains fortes et douces, *mi amore*. Je sens mes seins qui durcissent. Je vais le prendre dans ma bouche pour qu'il bande bien...

Un grognement sourd sortit du « telefonino », suivi d'une bordée d'insultes.

Joignant le geste à la parole, Loretta venait de s'accroupir et de prendre le sexe de Malko dans sa bouche. Le Génois ne devait pas perdre une miette du spectacle... La fellation dura juste ce qu'il faut pour que Malko soit dur comme un manche de pioche, cette situation de folie finissant par être *très* érotique.

Une voix sortit du portable.

— Redescends tout de suite, *zozzona !*

Il avait hurlé si fort que Malko avait entendu. Tranquillement, Loretta acheva de faire glisser son maillot, libérant son ventre. Elle se frotta un peu à Malko, comme pour s'assurer de son érection, puis se retourna, cambrée à outrance, appuyée à la rambarde, le téléphone toujours en main. De la même voix innocente, elle annonça :

— Maurizio, tu es toujours là ?

— *Zozzona !* hurla l'Italien. Chienne ! Tu me le paieras.

Debout, son portable collé à l'oreille, il gesticulait comme un furieux. Avec dextérité, Loretta prit le sexe de Malko et l'attira en elle. Il dut forcer car elle n'était pas vraiment excitée. Mais c'était quand même délicieux. Automatiquement, il la prit aux hanches, s'enfonçant aussi loin qu'il le pouvait. Loretta se cabra encore plus et lâcha dans le « telefonino » :

— Il me baise, Maurizio, je sens sa queue au fond de mon ventre. Il me défonce, il est énorme...

Peu à peu, elle s'était lubrifiée et Malko trouvait son chemin plus facilement. Il ne comprenait pas comment le Génois n'avait pas encore raccroché. Ecartelée sur la terrasse, Loretta se laissait violer. Soudain, elle lança à Maurizio :

— *Amore*, maintenant, *nel culo*, ce que je t'ai toujours refusé...

Elle arracha Malko d'elle d'un habile tour de reins, glissa sa main entre leurs deux corps, plaçant l'extrémité du membre raidi contre l'ouverture de ses reins et poussa en arrière. C'est elle qui s'empala, avec une grimace de douleur et de plaisir mélangés. Malko, d'un coup de reins, acheva de l'investir.

En bas, Maurizio jeta violemment son portable à terre, après une dernière insulte, et quitta la piscine. Loretta accéléra la houle de ses hanches, visiblement pressée de faire jouir Malko, et ensuite se retourna. Aussitôt, son expression frappa Malko. Son regard était mort, ses traits empreints d'une immense tristesse.

— Qu'est-ce qui t'a pris ? demanda Malko.

Elle eut un sourire venimeux.

— Il se croyait tout permis, ce gros porc, persuadé d'être un don Juan ! Au moins, je suis sûre qu'il ne m'oubliera *jamais.*

Elle ramassa son maillot et le remit.

— Je vais réfléchir à ta proposition, dit-elle. Je pense que je vais accepter. Viens me retrouver ce soir, à partir de neuf heures, dans l'appartement du Trastevere. Je te donnerai ma réponse.

*
* *

— Passez me voir à la boutique, susurra la voix douce du Père Olizo.

Il raccrocha avant que Malko puisse poser une question.

Loretta était partie depuis une heure. Le téléphone avait déjà sonné deux fois. Des coups de fil blancs. Probablement le Génois, mijotant son infortune. Malko reprit la route du Borgo. Maintenant, il savait où se garer dans le dédale des ruelles sans trottoir. La secrétaire blonde l'accueillit d'un sourire entendu.

— Le *Padre* est dans son bureau, annonça-t-elle.

Le Père Olizo fumait un cigare, les pieds sur son bureau, caressant discrètement sa belle barbe soyeuse. Il accueillit Malko avec un sourire ravi.

— Je savais bien que mon ami libraire allait réagir, lança-t-il. Il était vexé comme un pou, mais il s'est bien rattrapé depuis. Tenez.

Il tendit à Malko un rectangle de bristol blanc sur lequel étaient écrits quelques mots : « Sophia Petrov, directrice des émissions bulgares de Radio-Vatican ».

— C'est la maîtresse du Père Gonzales y Vilaverde ? demanda Malko.

— Absolument. Une très jolie femme, paraît-il. D'après les rumeurs, il en serait fou.

— Cela ne lui cause pas de problèmes ?

Le religieux eut un geste onctueux.

— Tant qu'il n'y a pas de scandale...

Malko empocha la carte, dissimulant sa joie. La dernière pièce du puzzle venait de se mettre en place. Le lien entre l'homme qu'il soupçonnait d'être « Werder » et les Russes. Les Bulgares avaient toujours été leurs plus fidèles partisans. C'était culturel.

— On sait quelque chose sur cette Sophia Petrov ? demanda-t-il.

— Elle est à Rome depuis longtemps. Elle est arrivée très jeune, elle s'était enfuie de son pays, comme beaucoup d'autres. Et elle était catholique... Radio-Vatican émettait à l'intention des pays communistes et il leur fallait des autochtones.

— Elle habite où ?

— Je ne sais pas, mais cela ne sera pas difficile à trouver. Elle doit avoir un appartement. Cela m'étonnerait que *Monsignor* Gonzales y Vilaverde fasse l'amour dans une voiture ou dans un parc, comme les Italiens. Ici, on ne va pas à l'hôtel.

— Merci, dit Malko.

Il se retrouva sous les arcades de la place Saint-Pierre. C'était une bonne journée. Il jeta un coup d'œil aux aiguilles lumineuses surdimensionnées de son chrono Breitling B-1. Dans deux heures, il compléterait son puzzle grâce à Loretta Obinski.

Son instinct lui disait qu'elle allait accepter son offre.

*
* *

Loretta Obinski était dans un état second. Elle était repassée chez elle puis avait gagné son studio, où elle avait continué à boire. Vodka et champagne. Dès la seconde où Malko lui avait parlé du dossier Lorenzi, elle avait pris sa décision. Il n'y avait pas de bonne solution. Si elle était obligée de quitter l'Italie, elle perdait tout : son ex-mari ne l'entretenait que si elle demeurait à Rome. Et si elle restait, bonjour l'angoisse. Elle était trop fatiguée pour affronter cela. Alors, il restait une troisième solution, la meilleure.

Elle vérifia la fenêtre qu'elle avait calfeutrée avec du coton, puis descendit l'escalier raide, pour faire de même avec la porte. Elle gagna ensuite la cuisine. Posément, elle ouvrit toutes les arrivées de gaz, vérifiant que le gaz s'échappait bien. Puis elle regagna sa salle de bains où elle avait fait couler un bain. Sa tête commençait à tourner. La dose massive de Rohypnol commençait à faire son effet... Elle se déshabilla soigneusement, plia ses vêtements sur le lit et entra dans la baignoire. Il lui fallut un peu de temps pour régler la température de l'eau à sa convenance.

Délicieusement tiède.

Elle laissa sa tête reposer sur le bord de la baignoire, puis, sans regarder, prit à tâtons une lame de rasoir. Plongeant son poignet gauche dans l'eau tiède, elle se trancha la veine. Cela lui causa à peine un picotement désagréable... Changeant de main, elle fit de même pour la main droite. Puis laissa tomber la lame au fond de la baignoire. La musique de Vivaldi en sourdine la berçait agréablement. Elle savait qu'elle ne resterait plus beaucoup de temps consciente.

Pour la première fois depuis longtemps, elle était en paix. Elle avait raté beaucoup de choses dans sa vie, mais ne raterait pas son suicide. Entre le poison, le rasoir et le gaz, cela marcherait. Le gaz était un ultime clin d'œil. C'est l'agent de la CIA, le dernier homme avec qui elle avait fait l'amour, qui allait appuyer sur la sonnette. Dans deux heures... D'ici là, le petit appartement aurait eu le temps de se transformer en bombe. Il suffirait de l'étincelle de la sonnette pour le faire sauter avec l'immeuble, et en prime, cet agent de la CIA. Au moins, il ne la prendrait pas pour une imbécile...

Ravie, elle ferma les yeux et se laissa aller dans l'eau tiède en train de se teinter de rouge.

Elle partait vraiment sur un bon souvenir. Elle qui n'avait pas joui depuis si longtemps avait eu un orgasme. Bizarre. Peut-être le fait d'être observée. Ou de se dire que c'était la dernière fois.

Elle ne le saurait jamais et son dernier amant ne profiterait pas longtemps de son souvenir.

CHAPITRE XV

Malko tournait depuis dix minutes dans les ruelles du Trastevere, à la recherche d'une place. Il avait déjà repéré le 4X4 Subaru noir de Loretta Obinski, garé de guingois sur une petite place, à trente mètres de l'entrée de son appartement. Hélas, cela semblait la seule place libre à un kilomètre à la ronde. Il jeta un coup d'œil à son poignet. Sa Breitling B-1 n'indiquait que huit heures cinquante. Il décida de faire un tour de plus, avant de retourner se garer le long du Tibre, à des kilomètres.

Au même moment, une petite Fiat Uno le doubla et alla tranquillement s'immobiliser sur un emplacement réservé aux Grands Invalides de guerre, quasiment en face de l'appartement de Loretta Obinski ! Malko, par scrupule, n'avait pas voulu le prendre. Le conducteur de la Fiat descendit, verrouilla sa portière et traversa la rue en biais. Un homme d'une cinquantaine d'années, les cheveux gris, courts, l'air d'un fonctionnaire, en costume.

Malko allait redémarrer lorsqu'il le vit s'approcher de la porte de l'appartement de Loretta Obinski. Une brutale coulée d'adrénaline secoua ses artères. L'inconnu s'était retourné, regardant autour de lui comme s'il craignait d'être surveillé. Il n'avait pas l'air d'un Italien. Le pouls à 150, Malko arracha son portable de son holster, l'ouvrit et composa fiévreusement le numéro de celui de Loretta. C'était clair : il avait été suivi. L'homme qu'il avait devant lui était probablement un agent du SVR venant s'assurer que Loretta ne parlerait pas...

Il n'avait pas terminé de taper le numéro que l'inconnu appuya sur la sonnette.

Instantanément, une flamme rouge jaillit de la porte, accompagnée d'une explosion assourdissante. L'immeuble se désintégra en une fraction de seconde, projetant des débris et de la poussière sur toute la place. Sous le souffle, toutes les vitres alentour volèrent en éclats et la lourde Mercedes fut balayée comme un fétu de paille, projetée contre un mur. Sonné, Malko mit quelques secondes à réaliser. Il ne restait de l'appartement de Loretta qu'un gros tas de gravats en train de brûler dans une fumée noire.

Tout s'était écroulé.

L'homme qui avait appuyé sur la sonnette avait été grillé instantanément comme un poulet et projeté à plusieurs mètres. Malko aperçut son corps recroquevillé en train de se consumer.

Des gens sortaient de partout, affolés. Malko émergea de la Mercedes et se dirigea vers le brasier. Il n'arrivait pas encore à réaliser : s'il avait pris cette place, quelques minutes plus tôt, c'est lui qui aurait été déchiqueté et brûlé. Cet inconnu lui avait involontairement sauvé la vie. Il se mêla aux badauds qui s'agglutinaient à distance respectueuse du brasier.

Personne ne pouvait avoir survécu dans cet enfer. A tout hasard, il composa le numéro de portable de Loretta, et obtint sa messagerie. La jeune femme devait se trouver à l'intérieur. Qui avait déclenché l'explosion ? L'odeur de gaz qui se mêlait à celle de brûlé lui donna la réponse. Loretta était partie en beauté, sur une dernière pirouette.

Les pompiers arrivèrent, déployèrent leurs lances dans une mêlée confuse. Puis ce fut une voiture de *carabinieri* et enfin, une ambulance.

De l'homme qui avait sonné, il ne restait qu'un amas noirâtre sur lequel les pompiers s'empressèrent de jeter une bâche.

*
* *

Plus d'une heure après, sous les lueurs des projecteurs, les pompiers dégagèrent un cadavre noirci et méconnaissable, découvert dans les ruines de la petite maison. Malko, après avoir prévenu Rick Peretti, avait voulu rester là. Lui seul savait qu'il s'agissait de Loretta Obinski. L'homme qui lui avait involontairement sauvé la vie avait été emporté depuis un moment et on était en train de charger ce qui restait de sa Fiat Uno sur une dépanneuse.

Malko s'éloigna enfin, perturbé. Il se savait responsable du suicide de Loretta. Elle avait choisi de ne pas choisir, entre deux mauvaises solutions.

Ce qu'on appelle en langage policier une bavure.

Il regagna sa voiture, encore choqué. Désormais, il avait encore plus à cœur de retrouver « Werder », l'homme à cause de qui tout cela arrivait.

Il ne lui restait plus qu'un élément pour continuer son enquête : la maîtresse supposée de *Monsignor* Arturo Gonzales y Vilaverde, le protecteur du Père Hubertus, l'homme qu'il soupçonnait d'être « Werder ». S'il débouchait sur une impasse, son enquête serait terminée et le mystérieux « Werder » continuerait à sévir au Saint-Siège, pour le compte du SVR russe.

*
* *

Le colonel Boris Solomatine fut réveillé à une heure du matin, à son domicile, par l'officier de permanence de l'ambassade russe. La police italienne avait pu identifier le mort du vicolo del Bologne : Valeri Korsakov, officiellement chauffeur à l'ambassade de Russie.

En quelques instants, le *rezident* du SVR fut totalement réveillé. Assaillant son subordonné de questions, il l'expédia à la morgue de Rome et ne sut qu'à trois heures du matin que les Italiens n'avaient rien trouvé de compromettant sur lui et qu'on attribuait sa mort à un malencontreux hasard. Les *carabinieri*, grâce aux voisins, avaient identifié l'occupante de l'appartement qui, de toute évidence, avait voulu mettre fin à ses jours en s'asphyxiant au gaz. Ils pensaient que Valeri Korsakov, qui passait devant la maison juste à ce moment-là, avait été tué accidentellement.

Le colonel Solomatine se rendormit à cinq heures, rassuré. Le seul élément dangereux pouvant faire rebondir l'enquête venait de disparaître. C'est lui qui avait donné l'ordre à Valeri Korsakov de surveiller l'agent de la CIA afin d'éviter tout contact avec Loretta Obinski. Il ignorerait toujours ce qui s'était passé exactement. Korsakov avait dû vouloir mettre Loretta Obinski en garde contre une trahison. Maintenant, il ne restait plus que le Père Hubertus, mais il ne savait rien d'important. En plus, sa qualité de religieux le protégeait de la police italienne. Le triple meurtre avait eu lieu dans l'enceinte vaticane, et le Saint-Siège n'allait sûrement pas ouvrir sa porte à la Questure romaine.

C'était le point final à une opération complexe qui se terminait au mieux pour le Service. Boris Nicolaïevitch Eltsine serait satisfait : il conservait sa « taupe » au Vatican.

*
* *

— Valeri Korsakov faisait partie de la *rezidentura* de Rome, annonça Rick Peretti. Nous l'avions repéré depuis longtemps. Il allait probablement liquider Loretta Obinski. Après vous avoir suivi.

— En tout cas, il m'a sauvé la vie, remarqua Malko. Je ne saurai jamais si Loretta a voulu se venger de moi ou si elle s'en moquait, tout simplement...

— Cela n'a plus qu'un intérêt académique, conclut l'Américain. Que nous reste-t-il pour coincer « Werder » ?

— Ceci, dit Malko : le nom de la maîtresse de *Monsignor* Arturo Gonzales y Vilaverde, le protecteur du *Padre* Hubertus. Il s'agit d'une Bulgare, venue du froid il y a bien longtemps, officiellement « défectrice ». Catholique, ce qui est rarissime en Bulgarie.

— Donc, elle est venue longtemps avant le *Monsignor*.

— Bien sûr, mais cela ne veut rien dire. Le KGB a pu utiliser quelqu'un déjà sur place, profiter d'une opportunité.

— Que savez-vous de cet Arturo Gonzales y Vilaverde ?

— Pas grand-chose, sinon qu'il est laid, intelligent, et protégé par Monseigneur Galuzzi. Et qu'il travaille au service du chiffre. C'est-à-dire qu'il a accès à *tous* les documents secrets du Saint-Siège. Des comptes rendus des audiences papales privées aux télégrammes échangés avec les nonciatures... Bref, tout ce qui concerne la diplomatie secrète du Vatican. C'est la « taupe » idéale.

— C'est incroyable, si c'est lui, que personne ne s'en soit aperçu, soupira l'Américain. Ils n'ont donc pas de contre-espionnage ?

Malko ne put résister à un petit coup de patte.

— Il a fallu, je crois, sept ans d'enquête au sein de la *Company* pour démasquer Aldrich Ames, qui avait dénoncé aux Russes une trentaine d'agents de la CIA.

Rick Peretti plongea du nez sur son bureau. Bien placé pour savoir que les espions les meilleurs sont souvent ceux qui sont les plus visibles. En théorie.

— Lui ne vient pas de l'Est, remarqua-t-il. Le KGB n'a pas beaucoup travaillé en Espagne.

— Exact, reconnut Malko. Mais tout le monde ne trahit pas pour les mêmes raisons. Il y a eu la première vague des faux transfuges qui étaient de vrais communistes. Ou des « défecteurs » tenus par les menaces sur leurs familles restées dans leur pays. Et aussi, les gens comme Aldrich Ames, qui ont trahi simplement pour de l'argent.

— Ce *Monsignor* en a ?

— Je n'en sais rien, avoua Malko. Mais je ne pense pas — s'il s'agit de lui — que ce soit sa motivation. Au Vatican, ceux qui aiment l'argent peuvent facilement en trouver. Il coule à flots.

— Alors, que reste-t-il ?

Malko sourit.

— Un des plus vieux motifs du monde : l'amour. Souvenez-vous du nombre de secrétaires, en Allemagne ou ailleurs, qui ont trahi pour l'amour d'un don Juan qui faisait semblant d'être amoureux. Le coiffeur de l'OTAN[1] a séduit toutes celles qu'il voulait. Ensuite, il n'y a plus qu'à entretenir la flamme. En fournissant ce qu'on demande.

Rick Peretti jouait avec son Zippo, les yeux dans le vague, écoutant la démonstration de Malko.

— Qu'allez-vous faire maintenant ? Loretta Obinski disparue, il n'y a plus aucun témoin *extérieur* au Vatican qui puisse nous aider. Nous n'avons aucune preuve concrète d'une implication du SVR dans cette opération. Même si nous *savons*. Si je vais trouver mon ami Monseigneur Jackson pour lui dire que *Monsignor* Arturo Gonzales y Vilaverde est « Werder », il me rira au nez. Et surtout, cela reviendra aux oreilles de l'intéressé, qui ne bougera plus une oreille. Il reste le *Padre* Hubertus...

— Pour l'instant, avoua Malko, je suis au point mort avec lui. Il m'a dit une partie de la vérité. La mort de Loretta Obinski lui causera peut-être un choc salutaire. Mais j'en doute. Ce que je crains, c'est qu'il ne sache plus *rien*. Il a tué les trois personnes, mais il ignore qu'il a été manipulé. C'est un pur, un soldat de Dieu. Il n'est motivé ni par l'argent, ni par la politique, ni par les femmes. Il n'a qu'un seul but : servir l'Eglise. Ce qui implique que « Werder » est un religieux. Qui a « habillé » son crime politique en crime au nom de la foi.

Le chef de station de la CIA était perplexe.

— Tout cela n'est pas décisif ! conclut-il. Grâce à vos efforts, nous avons appris beaucoup de choses, mais il manque le principal. Et désormais, la vérité se trouve derrière les murs du Vatican. Auprès duquel le Kremlin de Staline était un modèle de transparence...

— Radio-Vatican est moins cadenassé, avança Malko. Grâce à votre *asset*, le Père Olizo, j'y ai maintenant un contact. Je vais l'utiliser.

---

1. Voir SAS n° 129, *La Manipulation Yggdrasil*.

*
* *

Malko sortit de chez le fleuriste le cœur serré. En téléphonant chez Loretta Obinski, il avait trouvé la date du service religieux à la mémoire de la jeune femme et le nom de l'église où il se déroulait. Au moins, elle aurait quelques fleurs.

Il gagna à pied le Centre catholique russe et trouva le Père Olizo dans son attitude habituelle, les pieds sur son bureau, plongé dans une conversation mystérieuse. Dès qu'il eut terminé, Malko lui expliqua ce qu'il voulait.

— Aucun problème ! affirma le Père Olizo. J'appelle le Père Georgio. Il va être ravi de payer son dîner de cette façon. Mais remettez votre tenue de Révérend Helmut.

Il appela aussitôt Radio-Vatican. La conversation avec le Père Georgio fut très brève.

— Le Père Georgio sera ravi de vous faire visiter Radio-Vatican, annonça-t-il avec un clin d'œil. Vous n'avez plus qu'à vous mettre en tenue... Vous savez où c'est ?

— Non.

— Juste en bas de la via della Conciliazione. L'entrée est sur le Lungotevere.

Malko repassa au *Hilton*, se changea en prêtre, arborant sa petite croix en argent au revers de son veston.

Des sculptures modernes ornaient le hall austère de Radio-Vatican. La tenue de Malko lui évita toute question et un huissier lui annonça que le Père Georgio l'attendait au premier. Toujours aussi squelettique, ce dernier l'accueillit en haut de l'escalier avec chaleur.

— *Caro Reverendo*, c'est un honneur de vous recevoir ici ! Vous nous avez traités royalement l'autre soir... Venez.

Malko le suivit dans un bureau dépouillé, vieillot, au très haut plafond, dont la fenêtre donnait sur le Tibre. Le Père Georgio lui apprit qu'il était responsable des émissions à destination de tous les pays d'Europe. Il était intarissable sur Radio-Vatican. Calé sur une chaise inconfortable, Malko voyait le temps passer, sans résultat concret... D'un geste habituel, il baissa les yeux sur son poignet et s'aperçut avec horreur, que, lorsqu'il s'était transformé à nouveau en prêtre pour son entrevue avec le Père Giorgio, il avait oublié d'ôter sa Breitling B-1, peu compatible avec son état supposé.

Son coup d'œil n'avait pas échappé au jésuite qui remarqua, légèrement caustique :

— Vous avez une fort belle montre, *caro Reverendo*. Un achat romain ?

— Non, non, affirma Malko. Un bijoutier que je connais a voulu à tout prix me la prêter. Pour me tenter, bien sûr... Je vais la lui rendre tout à l'heure.

— Il faut toujours résister à la tentation, *caro Reverendo*, conclut sentencieusement le jésuite, en se levant. Venez visiter mon domaine. Ici, au premier, nous abritons tous les responsables d'émission.

Ils sortirent dans l'immense couloir où s'ouvraient une vingtaine de portes. Au-dessus de chacune d'elles, il y avait un écriteau indiquant le pays destinataire des émissions. Malko repéra la Bulgarie, tout au fond du couloir. Il touchait au but.

CHAPITRE XVI

— Voici mon domaine : toute l'Europe, annonça fièrement le Père Georgio. Commençons par l'Albanie. Bien que ce soit un pays musulman, nous avons deux heures par jour d'émission à leur intention.

Il poussa la porte, faisant découvrir à Malko une petite pièce où un bonhomme qui ressemblait à un cafard, penché sur des dossiers, se leva précipitamment et adressa un sourire obséquieux au jésuite. Il avait un bras tordu et l'air terrifié.

— Notre ami Costaman a été torturé par la police politique albanaise avant de pouvoir s'échapper de son pays, expliqua le Père Georgio. C'était un des rares chrétiens de Tirana.

La pièce sentait le renfermé et la cire rance. Le « cafard » se rassit. Le panneau suivant indiquait « BULGARIE ». Malko prit un air dégagé tandis que le Père Georgio poussait la porte.

— Ah, il n'y a personne ! s'exclama-t-il.

Malko réprima un juron, déplacé en ce lieu presque sacré et encore plus dans la bouche du Révérend Helmut. Il n'était pas près de pouvoir revenir à Radio-Vatican avec un prétexte plausible. Le Père Georgio allait refermer la porte lorsqu'ils entendirent un claquement de talons derrière eux.

— Père Georgio, vous me cherchiez ? J'étais au studio, au quatrième.

Ils se retournèrent ensemble et Malko comprit en une

fraction de seconde pourquoi *Monsignor* Arturo Gonzales y Vilaverde avait succombé au péché de chair...

— Je vous présente le Révérend Helmut, du diocèse de Vienne, en visite à Rome, annonça le jésuite. Sophia Petrov a franchi le rideau de fer il y a bien longtemps, et ne nous a plus quittés depuis. Son italien est presque meilleur que le mien.

— Oh, mon Père !

Sophia Petrov baissa modestement des yeux bleu porcelaine où flottait une lueur sulfureuse. Pour un œil non averti, elle était plutôt fade, avec ses dents plantées de travers, ses yeux pas maquillés, ses cheveux vaguement frisés. Son tailleur de toile bleue, dont la jupe couvrait ses chevilles, n'arrivait pas à dissimuler une énorme poitrine, comprimée par un sage chemisier. Mais plus que son physique, il émanait d'elle des ondes sexuelles, peut-être non perceptibles à un homme de Dieu, mais qui transperçaient chaque cellule du corps de Malko.

Il y avait écrit sur son front, en invisibles lettres de feu : « Baisez-moi, mon Dieu ! » Ses yeux se baissèrent et elle dit d'une voix timide :

— Je dois préparer mon émission, Père Georgio. Vous vouliez me demander quelque chose ?

— Non, non, fit le jésuite, je fais seulement visiter nos modestes installations au Révérend Helmut.

La Bulgare se glissa entre eux, la poitrine vers Malko. Ce dernier sauta sur l'occasion.

— Vous avez plusieurs heures de programme par jour ?

— Vingt-quatre heures sur vingt-quatre. Mais les employés de cet étage s'en vont à sept heures, répondit le Père Georgio, sauf ceux des studios, au quatrième. Nous y allons...

Malko écouta d'une oreille distraite les explications de la fin de la visite. Lorsqu'il quitta le Père Georgio, il était sept heures moins le quart. Il regagna la Mercedes transformée en four et réfléchit. Son instinct le poussait à attaquer tout de suite Sophia Petrov. Sous sa couverture de prêtre, avec le risque limité qu'elle en parle à son amant, *Monsignor*

Arturo. Mais s'il se lançait dans une filature aléatoire, cela pouvait durer très longtemps.

Son choix n'était pas arrêté lorsque la Bulgare émergea de Radio-Vatican et se dirigea vers l'arrêt d'autobus situé un peu plus loin. Comme elle allait passer devant la Mercedes, Malko se planta au milieu du trottoir, plongé dans l'étude d'un plan de Rome. Quelqu'un le bouscula et il leva les yeux.

— *Mi scusi !* fit Sophia Petrov, quelques secondes avant de le reconnaître. Ah, vous êtes le visiteur du Père Georgio. Est-ce que je peux vous aider ?

— Tout à fait, mademoiselle, répondit Malko.

Elle montra ses dents en désordre dans un sourire pointu.

— Vous êtes perdu, *Reverendo ?*

Malko sourit humblement.

— Cette ville est si grande, à côté de Vienne ! Je voulais aller me promener du côté du Colisée... Je n'arrive pas à trouver l'itinéraire.

— Rome est plein de sens interdits, expliqua Sophia Petrov, voulez-vous que je vous mette sur la voie ? C'est dans ma direction.

— Cela ne vous dérange pas trop ?

— Pas du tout. Où est votre voiture ?

— Ici, dit-il en désignant la Mercedes, et il lui ouvrit la portière.

Elle s'installa avec respect sur les coussins de cuir et soupira :

— Elle est magnifique ! Même les évêques n'en ont pas d'aussi belles.

— C'est ma congrégation qui l'a mise à ma disposition, fit Malko avec une grande modestie. J'ai un peu honte, mais ils ont prétendu qu'ils n'en avaient pas d'autre.

Ils franchirent le Tibre et Sophia Petrov le guida dans le dédale du centre historique. Elle le fit stopper au coin de la via del Corso et de la via Petra.

— Voilà, j'habite dans cette petite rue. Si vous continuez tout droit via del Corso, vous arrivez piazza Venezia.

Ensuite, il y a le Forum romain et plus loin les thermes de Caracalla.

C'était le moment de frapper. Malko tourna vers elle un regard timide et concupiscent à la fois.

— Vous devez connaître Rome merveilleusement ! soupira-t-il.

— Bien sûr, depuis le temps...

— Je suis confus de vous demander ce service, mais si vous n'avez rien de mieux à faire, pourriez-vous me servir de guide encore une heure ? Ensuite, nous pourrions dîner dans un endroit simple.

— C'est que...

— Je ne reste guère de temps à Rome, insista humblement Malko. Je voudrais tout voir.

Sophia Petrov se décida après quelques instants de réflexion.

— Bien, *Reverendo* Helmut. Dans ce cas, attendez-moi ici quelques instants. Je passe chez moi.

Elle sauta de la Mercedes et s'engagea dans la via Petra. Malko soupira intérieurement. Il se rapprochait de ce qu'on appelle en publicité le « cœur de la cible ». Mais il tirait un fil au bout duquel il pouvait y avoir une grenade...

Lorsque Sophia Petrov réapparut, elle était transformée. Le triste tailleur avait fait place à une robe en vichy rose, au décolleté carré découvrant les trois quarts d'une grosse poitrine ronde d'un blanc laiteux, striée de veines bleues. La robe s'arrêtait assez haut pour découvrir un peu des cuisses. Sophia avait souligné de noir ses yeux bleus et soigneusement peint sa bouche. Une solide touche de parfum achevait la métamorphose. Malko lui glissa un regard hypocrite.

— J'espère que ce n'est pas pour moi que vous vous êtes changée. Vous étiez très bien ainsi.

Sophia soupira.

— *Reverendo*, l'atmosphère là-bas est un peu pesante. J'aime bien ne pas garder mes vêtements de travail... Commençons par la piazza Venezia.

Malko redémarra. Un tel changement n'était peut-être pas complètement innocent. Si elle était la maîtresse d'un *Mon-*

signor, un *missi dominici* étranger pouvait ne pas lui déplaire.

*
* *

— C'est là ! Le parking est devant.

Un panneau indiquait *Il Casale*. Ils roulaient depuis un moment sur la via Flaminia, en direction de Naples. Malko n'en pouvait plus des monuments archéologiques. Sophia Petrov avait pris son rôle très au sérieux. C'est elle qui avait suggéré ce restaurant un peu à l'écart de la ville. La tonnelle était suspendue entre ciel et terre, au flanc d'une falaise couverte de pins, la cuisine creusée dans le roc. Une guinguette sympathique. A peine étaient-ils entrés qu'on leur apporta une carafe de vin blanc. Personne ne semblait choqué de voir un homme en tenue ecclésiastique avec une blonde pulpeuse.

Assoiffés, ils vidèrent la carafe en quelques minutes. Cela se buvait comme de l'eau.

— Vous êtes content de votre visite, *Reverendo* Helmut ? demanda Sophia Petrov.

— Je ne sais pas comment vous remercier ! Je prierai beaucoup pour vous...

Là, il se dit qu'il en faisait peut-être un peu trop... Il lui sembla que Sophia Petrov lui jetait un drôle de coup d'œil. Dépassant un peu de la robe, il entrevit la bordure de dentelle noire d'un soutien-gorge qui pointait sournoisement.

— Allons nous servir au buffet, suggéra Sophia Petrov.

Lorsqu'ils revinrent, Malko eut une idée de génie. Croisant les mains et baissant les yeux, il murmura une vague prière, sous l'œil attendri de Sophia Petrov.

— Je recommande toujours mon repas à Dieu, expliqua-t-il.

— Vous faites bien, *Reverendo* Helmut !

Le repas se passa en bavardages sans conséquence. La nuit était tombée et le restaurant s'était rempli. Malko demanda, avec une retenue de bon ton :

— Vous êtes mariée ?

— Non. Je n'ai pas encore trouvé l'âme sœur, fit Sophia Petrov. Et puis, dans le milieu que je fréquente, il n'y a pas beaucoup d'occasions...

Ils rirent ensemble. Après le café, Malko commanda des digestifs. Sophia Petrov paraissait ravie de profiter de cette sortie. Serrant son verre de cognac Otard XO entre ses doigts, elle demanda :

— Et vous, *Reverendo* Helmut, vous n'avez jamais eu de vie...avant d'être prêtre ?

Malko baissa les yeux.

— Si, je n'ai été ordonné qu'assez tard. Cela a été parfois difficile. Mais notre Sainte-Mère l'Eglise exige de nous des sacrifices pour affermir notre foi. Célibataire, on se consacre mieux à sa tâche... Cela doit être exaltant de prêcher la parole de Dieu dans des pays athées.

Elle fit la moue.

— Oui, bien sûr.

— Cet endroit est ravissant, dit-il pour changer de conversation. Vous y venez souvent ?

— Parfois. Du haut de la falaise, on voit toutes les lumières de Rome.

— Mais par où grimpe-t-on ?

— Il suffit de suivre l'escalier qui mène aux toilettes et de continuer. Vous voulez voir ?

Après avoir réglé l'addition, Malko suivit Sophia le long d'un escalier rustique aux marches de bois qui débouchait sur un terre-plein. De là, partait un sentier abrupt, à flanc de colline, qui zigzaguait au milieu des sapins. Bientôt, ils furent à une cinquantaine de mètres au-dessus du restaurant. Sophia s'arrêta et se retourna :

— Regardez le paysage !

Toutes les lumières de la ville se découvraient, sur des kilomètres de profondeur.

C'était féérique.

Tout à coup, Sophia Petrov poussa un cri, oscilla, puis bascula en arrière, droit dans les bras de Malko ! Il sentit son corps tiède pivoter et s'appuyer au sien, tandis qu'il la retenait instinctivement pour l'empêcher de tomber plus bas. Elle leva la tête vers lui et dit d'une voix lourde de sous-entendus.

— On est bien ici...
— Oui, la vue est magnifique, approuva Malko.

Il ignorait comment un *vrai* prêtre aurait réagi.

Sophia Petrov était accrochée à lui comme à une bouée de sauvetage, mais son attitude était sans équivoque. Il sentait son ventre se presser contre le sien, et elle lui mettait ses seins sous le nez.

— On est si tranquilles, remarqua-t-elle d'une voix un peu rauque.

Elle bougea imperceptiblement ses hanches et Malko sentit son désir s'éveiller. Il fallait à tout prix préserver sa couverture.

— *Signorina* Sophia, dit-il, vous me troublez. Ce n'est pas bien.

Au lieu de répondre, Sophia plaqua brusquement une main possessive contre le ventre de Malko, éprouvant son érection.

— Apparemment, *Reverendo* Helmut, ce n'est pas si mal... Allez, il faut vous laisser aller.

Elle se détacha de lui, le prit par la main pour l'entraîner entre les sapins. Arrivée à une clairière au sol légèrement en pente, Sophia Petrov, sans lâcher la main de Malko, se laissa tomber sur le sol, l'entraînant à sa suite. Il n'eut pas le temps de protester : elle était déjà allongée sur lui, sa bouche sur la sienne, se frottant à lui comme une chatte en chaleur.

Il aurait fallu la force d'âme d'un cardinal pour résister. La Bulgare était déchaînée. Elle se redressa, fouilla habilement dans les vêtements de Malko jusqu'à ce qu'elle parvienne à le dénuder. Elle se souleva alors, écarta d'une main sa culotte et, de l'autre, guida la virilité de Malko vers son sexe, pour s'empaler dessus avec un soupir d'aise.

Presque aussitôt, elle se mit à le chevaucher comme un jockey lancé dans un galop d'enfer. Penchée en avant, la bouche ouverte, elle ondulait à toute vitesse d'avant en arrière.

A cette allure, Malko ne tint pas longtemps. Il explosa au moment où Sophia Petrov s'immobilisait avec un cri aigu. Elle resta ainsi empalée un bon moment encore, reprenant son souffle, puis dit avec un sourire salace :

— *Grazie mille, bambino Jesus !*[1]

Malko se rajusta. Dans son rôle, il valait mieux garder le silence. Ils se relevèrent ensemble et soudain il sursauta, en entendant des bruits bizarres non loin d'eux.

— Qu'est-ce que...

Sophia le rassura aussitôt.

— Ne vous en faites pas, c'est samedi, nous ne sommes pas les seuls. A Rome, on baise dehors ou dans les voitures...

— Je crois qu'il faudrait rentrer, suggéra Malko, parfait dans son rôle de prêtre venant d'écorner son vœu de chasteté.

— Si vous voulez, fit Sophia Petrov.

Ils redescendirent jusqu'au restaurant, puis au parking.

*
* *

A cette heure, on circulait nettement mieux dans Rome. Malko ne mit qu'une vingtaine de minutes pour retrouver la via Petra. Sur les indications de Sophia, il s'arrêta en face du numéro 7, un petit immeuble noirâtre de trois étages. Sophia Petrov avait repris une attitude digne.

— Merci pour tout, *Reverendo* Helmut.

— J'ai un peu honte de ce que j'ai fait...

— N'ayez pas honte, corrigea cyniquement Sophia Petrov. Il n'y a pas de mal à se faire du bien. Vous en serez quitte pour vous confesser. Ici, à Rome, ce ne sont pas les confesseurs qui manquent. Allez, *ciao !*

Elle sortit de la Mercedes en balançant ses hanches et ne

1. Merci beaucoup, petit Jésus !

se retourna pas. Malko la regarda entrer dans l'immeuble, vit qu'il n'y avait pas de code et s'éloigna.

Il avait désormais assez d'éléments pour tendre un piège à celui qu'il soupçonnait d'être « Werder ». A cause de qui les morts s'accumulaient. Six déjà, si on comptait Gina.

*
* *

Nue sur son lit, Sophia Petrov regardait une cassette vidéo sans intérêt en repensant à sa soirée. Ce prêtre autrichien était arrivé à pic dans sa vie pour lui apporter un peu de distraction. Son ventre en était encore brûlant. Le téléphone sonna.

— *Cara mia*, chuchota une voix connue. Que fais-tu ?
— Je pense à toi, répondit la Bulgare d'une voix dolente.
— J'ai hâte de te retrouver, soupira son interlocuteur.
— Moi aussi, répondit Sophia Petrov, en pensant au prêtre viennois qui l'avait si bien fait jouir.
— Quand est-ce que je te vois ?
Sa voix se fit plus douce.
— Cela dépend de toi.
— Tu es dure. Je vais essayer de venir après-demain.

*
* *

— Maintenant, conclut Malko, nous avons tous les éléments pour coincer le Père Arturo Gonzales y Vilaverde, s'il s'agit bien de « Werder »...

Le bureau de Rick Peretti était inondé de soleil, comme un présage favorable.

— Attention, précisa l'Américain, nous ne pouvons pas compter sur les Italiens. Le Père Gonzales est étranger et travaille au Vatican. Même s'il fourgue des documents secrets par camions aux Popovs, le SISMI s'en tape. Il s'agit d'un pays étranger...

— Je sais, dit Malko. J'ai réfléchi à cela depuis hier soir. Voilà ce que je préconise...

CHAPITRE XVII

Monsignor Arturo Gonzales y Vilaverde, une grosse serviette de cuir usagée à bout de bras, franchit à pied la Porte Sainte-Anne, salué respectueusement par le Garde suisse qui le connaissait et n'ignorait pas ses importantes fonctions. Le Vatican était un microcosme où tout le monde savait tout sur tout le monde. Enfin, presque tout...

Au lieu de tourner à gauche pour aller prendre un bus piazza del Risorgimento et regagner la congrégation des Légionnaires du Christ où il habitait, il prit à droite. Vêtu d'un costume noir bien coupé, avec un polo assorti et des chaussures à lacets, il passait complètement inaperçu.

Après avoir contourné la place Saint-Pierre, il descendit la via della Conciliazione. Il avait l'habitude d'acheter à un kiosque au coin de la via Pie X les journaux espagnols. Il marchait d'un pas pressé car le kiosque fermait à sept heures trente.

Il jeta en passant un coup d'œil dans la vitrine d'un magasin de bondieuseries. Avec son crâne chauve, son nez d'usurier, ses lunettes et son menton fuyant, il ne déchaînait pas les passions. Et encore, de loin, on ne pouvait soupçonner son haleine fétide et son sexe minuscule. Aussi, Sophia Petrov était-elle devenue le soleil de sa vie.

A Madrid et dans les nonciatures où il avait été en poste, il allait se défouler chez les prostituées. Il n'avait jamais osé faire de même à Rome... Heureusement qu'il avait rencontré Sophia. Parfois, lorsqu'il croisait le regard du Saint-

Père, il avait envie de tomber à genoux, de demander publiquement pardon de ses horribles péchés.

Il prenait des vies et des âmes.

Sa plus grande victime avait été le Père Hubertus, dont il avait fait un assassin, suivant les ordres méticuleux de Sophia Petrov. Qui, elle-même, prenait ses ordres plus haut. Sans sa peur panique de voir ses turpitudes exposées, Ludwig Hofenberg, son épouse et Stephan Martigny seraient encore vivants. Tout avait commencé par une confidence de son « patron », Monseigneur Gianfranco Galuzzi.

Ce dernier, en tant que responsable de la « Sapinière », avait reçu un envoyé spécial du gouvernement allemand qui lui avait appris que l'homme que le pape s'apprêtait à nommer commandant de la garde pontificale avait été un espion de l'Allemagne de l'Est.

En soi, c'était déjà fâcheux, mais cela pouvait se régler en famille. Il suffisait de ne pas lui donner d'avancement et de le laisser faire valoir ses droits à la retraite.

Seulement, à partir de là, un enchaînement implacable s'était mis en route. Au départ, lorsque le cardinal Galuzzi l'avait mis au courant de la trahison de Ludwig Hofenberg, *Monsignor* Arturo Gonzales y Vilaverde avait été plutôt soulagé d'apprendre qu'il n'était pas le seul à trahir. Ensuite, les choses avaient évolué comme dans un cauchemar. Secrètement, Monseigneur Galuzzi avait convoqué le présumé coupable. Le lieutenant-colonel Hofenberg s'était alors défendu comme un beau diable, jurant qu'il était innocent mais qu'il soupçonnait un prélat bien plus haut placé que lui d'être l'espion dénoncé par les Allemands. Et qu'il révélerait son nom, si on lui faisait des ennuis...

Lorsque Monseigneur Galuzzi avait rapporté cette conversation au prélat espagnol, Arturo Gonzales y Vilaverde avait cru être frappé par la foudre.

En effet, un soir qu'il était en train de faire des photocopies à une heure indue dans un bureau du troisième étage, le lieutenant-colonel Hofenberg avait surgi. Il avait été convoqué dans un bureau voisin et s'était trompé de porte.

L'attitude embarrassée et la vague explication bredouillée

par *Monsignor* espagnol n'avaient pu qu'éveiller les soupçons de l'officier de la Garde Suisse. Arturo Gonzales y Vilaverde voyait encore son regard acéré se promener sur les documents marqués du sceau « Segredo Pontificio ». Ils n'avaient pas échangé un mot. *Monsignor* Arturo n'en avait pas dormi de la nuit et puis, comme rien de fâcheux ne s'était produit, il avait oublié l'incident. Jusqu'à sa conversation récente avec Monseigneur Galuzzi.

Cette fois, il était persuadé d'être celui que le futur commandant de la Garde Suisse s'apprêtait à dénoncer...

Affolé, il s'en était immédiatement ouvert à Sophia Petrov. Celle-ci l'avait rassuré, les choses allaient se tasser. Mais les choses ne s'étaient pas tassées. A cause de la volonté de pardon du Saint-Père. A la demande de Monseigneur Galuzzi, le pape avait reçu Ludwig Hofenberg en tête à tête. Personne ne savait ce qu'ils s'étaient dit, mais le pape avait ensuite fait part à Monseigneur Sodano, le Cardinal Secrétaire d'Etat, de sa volonté : le lieutenant-colonel Ludwig Hofenberg serait nommé commandant de la Garde Suisse. Cela lui ressemblait. Il avait pardonné publiquement à Ali Agça, un homme qui avait voulu le tuer. Donc, il ne pouvait que pardonner à un traître.

Avec habileté, Monseigneur Galuzzi avait fait traîner les choses, tenant au courant son secrétaire, Arturo Gonzales y Vilaverde, en qui il avait toute confiance. Ce dernier voyait la foudre se rapprocher tous les jours. Paralysé comme un lapin devant un cobra.

C'est Sophia Petrov, à qui il s'ouvrait de ses tortures, qui lui avait distillé peu à peu une solution. Une solution démoniaque, qu'il avait mise au point au long de plusieurs mois, grâce à la complicité inconsciente de Monseigneur Galuzzi. Peu à peu, sur les instructions de Sophia Petrov, il avait signalé la conduite suspecte d'un jeune Garde suisse, Stephan Martigny, qui ternissait l'image de ce corps historique en buvant, en sortant avec des femmes, en étant sans cesse en retard. Il tenait ses informations du Père Hubertus, chargé par lui de surveiller les Gardes suisses.

Bien entendu, Monseigneur Galuzzi l'avait cru sur parole ! Il avait convoqué le lieutenant-colonel Hofenberg pour lui faire part de son désir de pousser discrètement cette brebis galeuse hors de la Garde Suisse. Le meilleur moyen d'éviter le scandale était de l'en dégoûter en lui rendant la vie très dure.

Voilà comment une avalanche de punitions imméritées s'était abattue sur le malheureux Stephan Martigny ! C'est encore *Monsignor* Arturo qui avait suggéré de priver le jeune homme de sa « Benemerenti », la médaille qu'il devait recevoir après deux ans de service. Grâce aux confidences du Père Hubertus, il savait l'importance de cette distinction pour le jeune Garde suisse. Ludwig Hofenberg, qui attendait sa nomination de commandant et ne voulait surtout pas déplaire à la Curie, avait obéi avec zèle...

A partir de ce moment, la machine infernale était lancée.

Monsignor Arturo Gonzales y Vilaverde savait que Stephan Martigny allait réagir brutalement. Il suffisait d'encadrer son action.

Ce plan avait été conçu par le colonel Boris Solomatine, qui possédait tous les éléments du dossier et tirait habilement les ficelles de ses pantins : Sophia Petrov, *Monsignor* Arturo Gonzales y Vilaverde, répertorié sous le nom de code « Werder », Loretta Obinski. Eux-mêmes manipulant d'autres marionnettes : le Père Hubertus et Stephan Martigny. Le but était d'amener le jeune Garde suisse à abattre son chef. Balayant ses scrupules, persuadé que sa sécurité était à ce prix, *Monsignor* Arturo avait diaboliquement manipulé le Père Hubertus, s'ouvrant à lui de ses angoisses au sujet du scandale imminent, si Ludwig Hofenberg était nommé commandant de la Garde. Les Services allemands, furieux, mettraient alors leurs menaces à exécution, révélant la qualité d'espion du nouveau chef de la Garde Suisse, nommé par le pape.

Un épouvantable scandale.

Naïf, le Père Hubertus gobait tout. Peu à peu, une évidence s'était imposée à lui. La seule façon d'éviter ce coup porté au Vatican était de supprimer Ludwig Hofenberg.

En même temps, le Père Hubertus recevait les confidences de Stephan Martigny, de plus en plus excédé par les brimades injustifiées du lieutenant-colonel Hofenberg... Le jour où le jeune Garde suisse avait confié au Père Hubertus qu'il le tuerait s'il n'avait pas sa « Benemerenti », ce dernier avait entrevu une solution qui sauvait l'honneur du Vatican et lui évitait, à lui, de terminer ses jours en prison. Soldat du Christ exalté, il avait malgré tout encore l'instinct de conservation, ignorant sa mise en condition machiavélique par son directeur de conscience, *Monsignor* Arturo Gonzales y Vilaverde. Qui, pour conserver son statut et Sophia Petrov, était prêt à tout.

Pensant qu'il était le seul à vouloir supprimer Ludwig Hofenberg, il ne s'était jamais ouvert explicitement de son projet à *Monsignor* Arturo Gonzales y Vilaverde, persuadé que son directeur de conscience se considérait devant un problème sans solution.

Le Père Hubertus était certain que s'il avait proposé ouvertement à *Monsignor* Arturo de supprimer Ludwig Hofenberg, ce dernier se serait récrié. Mais, mis en condition, il s'était persuadé qu'une élimination de Ludwig Hofenberg était le vœu secret du *Monsignor*. Le jour où ce dernier lui avait dit qu'il faudrait que la colère de Dieu frappe le coupable comme la foudre, le Père Hubertus avait interprété cette remarque comme un message clair. C'est *lui* qui devait être l'instrument de cette vengeance divine.

Aussi, lorsque Loretta Obinski, dont il ne connaissait pas encore le véritable rôle, l'avait appelé pour le prévenir que Stephan Martigny sortait de chez elle avec l'intention d'aller menacer de son arme Ludwig Hofenberg, le Père Hubertus y avait vu la bénédiction divine de son funeste projet.

Ignorant évidemment que c'était Loretta qui avait mis en condition le jeune homme...

Après le drame, le soulagement manifesté par *Monsignor* Arturo Gonzales y Vilaverde avait fait chaud au cœur du Père Hubertus.

Ensuite, *Monsignor* Arturo Gonzales y Vilaverde avait repris sa vie routinière, l'âme en paix. Au Vatican dès huit heures, n'en partant qu'à deux heures pour aller déjeuner chez les Légionnaires du Christ, puis retour à cinq heures pour une seconde session de travail, qui se terminait parfois fort tard.

Soit parce que Monseigneur Galuzzi le retenait, soit parce qu'il faisait secrètement des photocopies pour Sophia Petrov. Il n'avait aucun mal à se procurer les documents : c'est lui qui était chargé de leur répartition pour le Service du Chiffre.

Sa vie était réglée comme du papier à musique. De la via Aurelia au Vatican et retour. Sauf, une fois par semaine, une escapade via Petra, où il débarquait avec une enveloppe pleine de photocopies, condition exigée par Sophia Petrov pour apaiser sa fringale sexuelle. Ensuite, il reprenait sa vie de fourmi travailleuse à la Curie, hautement appréciée de son patron Monseigneur Galuzzi.

Son histoire avec Sophia Petrov avait commencé de façon très simple. Un soir, il avait été invité à un cocktail de Radio-Vatican, parmi beaucoup d'autres prélats. Sophia Petrov lui avait demandé s'il pouvait lui fournir quelques informations pour son émission quotidienne. Ils avaient fini par se voir régulièrement. Le magnétisme sexuel de la Bulgare et l'état de manque de *Monsignor* Arturo avaient fait le reste. Un jour, il avait eu l'imprudence d'accepter de prendre le thé chez elle. Sophia l'avait reçu dans une tenue nettement moins modeste que celle portée par elle à Radio-Vatican.

Le prélat avait résisté une heure avant de se jeter sur elle...

Il y avait eu ensuite une période exquise où elle lui ouvrait ses cuisses sans rien demander en échange. Puis, le couperet était tombé. Elle lui avait avoué travailler pour l'Agence bulgare d'Information, en sus de Radio-Vatican, pour se faire un peu d'argent. On lui demandait des informations... Il en avait fourni. D'abord, sans importance, ensuite, de plus en plus secrètes.

C'est ainsi que *Monsignor* Arturo Gonzales y Vilaverde

s'était installé depuis des années dans le péché, la trahison et un bien-être secret, que les événements des dernières semaines avaient bousculés. Dieu merci, le calme revenait. Bientôt, tout ne serait plus qu'un mauvais souvenir.

Le Père Hubertus lui avait demandé d'être envoyé en terre de mission, très loin de Rome. Il en avait parlé à Monseigneur Galuzzi qui avait promis d'accéder bientôt à son vœu.

Monsignor Arturo arriva à son kiosque à journaux. L'employé lui tendit son *ABC* avec un sourire amical.

— Beaucoup de travail, *Monsignor* ?

— Toujours ! répondit le Père Arturo, reprenant sa route vers son nid d'amour, sa lourde serviette pleine de secrets à bout de bras.

*
* *

Sophia Petrov tendit sa jambe droite et accrocha le fin bas de nylon noir à sa jarretelle, le lissant ensuite et vérifiant qu'il était bien horizontal sur la cuisse. *Monsignor* Arturo Gonzales y Vilaverde était un esthète un peu maniaque, fou de dessous féminins et plutôt fétichiste. Ce qui allait très bien à Sophia. Issue d'un milieu simple, elle avait toujours été fascinée par la soie, les beaux vêtements et le luxe. L'érotisme aussi. Elle lisait tous les bons textes sur ce sujet, s'en inspirait parfois.

La vie était un vrai bonheur, car elle joignait l'agréable à l'utile. Lorsque les Services bulgares lui avaient proposé de passer à l'Ouest, après avoir découvert qu'elle parlait italien, on était en pleine Guerre Froide. La vie en Bulgarie était d'une tristesse abominable et on manquait de tout à Sofia. Elle savait qu'en Italie, cela ne serait pas facile, mais les Services bulgares lui avaient assigné un but précis : trouver un job le plus près possible du Vatican. Elle avait franchi le rideau de fer, passant d'abord en Yougoslavie et, de là, en Autriche. A Vienne, elle s'était présentée à la structure d'accueil du Père Olizo. Ce dernier lui avait trouvé assez facilement un job à Radio-Vatican.

Rien ne s'était passé durant trois ans. Mais, contrairement à ce qu'il croyait, ce n'était pas le hasard qui avait mené *Monsignor* Arturo jusqu'à elle. Le KGB avait demandé à l'époque, via Ludwig Hofenberg, la liste des gens susceptibles d'avoir accès à certains documents secrets du Vatican. Le capitaine de la Garde Suisse l'avait transmise. Ensuite, le KGB avait examiné chacun des cas et procédé à une enquête. La plupart des « cibles » s'étaient révélées inaccessibles ou trop difficiles. Mais la *rezidentura* de Madrid avait fourni des éléments intéressants sur le Père Arturo, connu des grands bordels de la capitale madrilène. Sa fragilité repérée, il n'y avait plus qu'à frapper. Trois mois plus tard, Sophia Petrov le « tamponnait » à une soirée à Radio-Vatican où il avait été invité. Il n'avait résisté ensuite que dix-sept jours...

Le Service lui payait ses dessous, la réglant chichement, mais elle n'en demandait pas plus. Elle connaissait les règles du jeu. Le SVR était encore moins riche que le KGB et elle aimait bien travailler pour les Russes, ses « frères ». Une fois tous les deux ans, elle partait dans son pays voir sa famille et, de là, discrètement, se rendait à Moscou, où elle était reçue au siège du SVR, félicitée et traitée royalement pendant une semaine. On l'avait même décorée...

Elle se regarda dans la glace. Ses cheveux blonds courts et ses yeux bleus tranchaient avec le noir de la guêpière, d'où émergeait son buisson blond. Et sa poitrine ronde se détachait avec encore plus de vigueur sur son corps plutôt frêle. De temps en temps, elle s'offrait un jeune amant qu'elle n'amenait jamais chez elle. Comme ce prêtre autrichien qui lui avait offert un petit orgasme aux étoiles bien agréable...

Le coup de sonnette la fit sursauter. C'était l'heure. Elle alla ouvrir, en guêpière.

Monsignor Arturo Gonzales y Vilaverde se tenait derrière la porte, la tête un peu baissée, l'air d'un représentant de commerce, avec sa grosse serviette. Lorsqu'il se redressa,

elle vit son regard luisant de concupiscence. Il tendit la main vers son ventre, mais elle esquiva.
— Un peu de patience, *Monsignor*.
— Ne m'appelle pas ainsi ! protesta-t-il.

Il ouvrit sa serviette et en sortit une *talata filetata* soigneusement pliée. Il la déplia et la tendit à Sophia Petrov qui l'enfila et commença à la boutonner par-dessus sa guêpière, la laissant ouverte en haut et en bas.

Monsignor Arturo la contemplait, les yeux humides, les mains moites. C'était son petit fantasme favori. Lorsqu'elle eut terminé d'agrafer les innombrables petits boutons ronds, il s'approcha, la gorge déjà sèche, et glissa la main entre ses cuisses, écartant les pans de la soutane. Sophia l'interrompit d'une voix impitoyable.
— Tu ne m'as rien apporté ?

Rageusement, il se retourna, plongea la main dans la serviette et en sortit une grosse enveloppe qu'il jeta sur le guéridon, avant de revenir aussitôt vers elle.
— Allonge-toi sur le ventre ! ordonna-t-il.

Sophia Petrov obéit. Aussitôt, il tira des liens de soie de la serviette et lui attacha d'abord les poignets aux montants de cuivre du lit à l'ancienne, puis les chevilles, à ceux du bas, la maintenant ainsi écartelée. Il vint ensuite se placer à la tête du lit, et Sophia Petrov releva la tête, s'appuyant aux barreaux de cuivre. Avec un regard salace, elle lança :
— *Monsignor*, donnez-moi la Sainte Communion.

C'était la phrase clef qu'Arturo Gonzales y Vilaverde attendait. Fébrilement, il se défit, exhibant son sexe minuscule, pourtant déjà en érection. De la main gauche, il saisit les cheveux blonds de Sophia pour lui relever davantage la tête et de la droite, il lui enfourna son petit membre dans la bouche.

*
* *

Marcello Boncompagni, le « telefonino » collé à l'oreille, essayait d'entendre, en dépit du grondement de la circulation.

— Il est là ! annonça-t-il. Depuis vingt minutes environ.
— Bravo ! dit Malko, soulagé. J'arrive.
— Vite, j'ai faim.

La planque avait commencé trois jours plus tôt. Heureusement, grâce aux horaires fixes de Sophia Petrov, Marcello pouvait vaquer à ses occupations dans la journée. Ensuite, Malko, lui et un adjoint de Rick Peretti se relayaient jusqu'à deux heures du matin. Malko, de son côté, avait suivi une fois *Monsignor* Arturo jusqu'à son domicile, chez les Légionnaires du Christ, au 177 de la via Aurelia. Il n'était pas ressorti. Comme il y avait un concierge, il ne pouvait s'esquiver tard sans attirer l'attention.

Il fallut à peine un quart d'heure à Malko pour descendre du *Hilton*. Marcello trépignait.

— Je vais manger une pizza et je reviens, promit-il.

L'idée de la planque était très simple. Si *Monsignor* Arturo était « Werder », il transmettait les documents volés en allant voir sa maîtresse. Ensuite, Sophia Petrov devait utiliser un autre mode d'acheminement. Une intervention de la police italienne était hors de question, il fallait donc guetter une occasion de les prendre en flagrant délit.

Malko regarda la porte du petit immeuble de la via Petra. En ce moment, *Monsignor* Arturo devait assouvir ses fantasmes...

*
* *

Nu comme un ver, son sexe ridiculement menu fiché dans la bouche de sa maîtresse, *Monsignor* Arturo Gonzales y Vilaverde était en train de défaire fébrilement les boutons du haut de la soutane portée par sa maîtresse. Il glissa ensuite les mains à l'intérieur, s'emparant des seins ronds de Sophia et les malaxant comme un fou, enfonçant ses ongles dans la chair.

C'était si bon qu'il se sentit partir et se retira vivement. D'une voix étranglée, il lança à Sophia :

— Je vais te violer ! Te déchirer ! Malheureuse pécheresse !

Il sauta sur le lit, releva le bas de la soutane, découvrant les fesses rondes offertes par la guêpière. Celle-ci et la soutane formaient une mosaïque sulfureuse. Arturo Gonzales, les yeux hors de la tête, s'allongea sur la Bulgare. Se guidant d'une main, il pointa l'extrémité de son sexe sur l'ouverture de ses reins et se laissa tomber. Il se planta verticalement au milieu des fesses de sa maîtresse qui poussa un hurlement parfaitement simulé.

— *Farabutto !*[1] Tu me déchires !

En réalité, elle l'avait à peine senti. Mais son cri décupla le plaisir du *Monsignor*. En appui sur les avant-bras comme s'il faisait des tractions, il se mit à s'agiter à toute vitesse, rythmant son coït d'interjections ordurières.

— Salope ! Je t'encule, je te viole ! Je me sers de toi...

Finalement, il se laissa choir sur elle, saisit ses seins à pleines mains et jouit avec un cri de souris, enfoncé aussi loin qu'il le pouvait dans ses reins. Le cerveau vidé, apaisé, heureux. Son regard tomba sur la grosse enveloppe Kraft pleine de photocopies qu'il avait apportée et il se dit que ce n'était pas cher payé pour un plaisir aussi violent.

*
* *

— Il s'en va.

Malko baissa les yeux sur le cadran de sa Breitling B-1. Ses displays lumineux indiquaient que *Monsignor* Arturo était resté exactement une heure et quinze minutes chez sa maîtresse. Il venait d'en sortir, rasant les murs. Il rentrait via Aurelia, son devoir accompli.

— Qu'est-ce qu'on fait ? demanda Marcello. On le suit ?
— Non, dit Malko. C'est elle qui est intéressante. Attendons.

Il n'était encore que huit heures quarante-cinq. Normale-

---

[1] Salaud !

ment, si Sophia Petrov avait reçu des documents, elle allait les transmettre le plus rapidement possible.

Une demi-heure s'écoula avant qu'elle n'apparaisse. En pantalon, un grand sac à la main. Elle partit à pied à travers le dédale des ruelles du centre.

— Suivez-la d'assez près, dit Malko à Marcello. Moi, je reste à bonne distance.

Dans très peu de temps, il saurait si *Monsignor* Arturo Gonzales y Vilaverde était « Werder ».

CHAPITRE XVIII

Sophia Petrov marchait d'un bon pas. Elle s'engagea sur le pont Vittorio Emmanuele II, en direction de la via della Conciliazione. La Mercedes suivait, marchant au pas, précédée de la mobylette de Marcello Boncompagni. Malko ne comprenait plus : la jeune femme se dirigeait vers le Vatican et la place Saint-Pierre. Elle remonta le trottoir de gauche de la grande avenue, contournant les tables en terrasse du café *Colombus*. Vingt mètres plus loin, elle disparut.

Elle était entrée dans l'hôtel !

Malko adressa un signe impérieux à Marcello Boncompagni. L'Italien avait compris. Il posa sa machine et disparut à son tour dans le *Colombus*. Celui-ci se trouvait dans un vieux bâtiment noirâtre du XVIIIe siècle et ne comportait que deux étages. Evidemment, des fenêtres en façade, on voyait la place Saint-Pierre. Aussi était-il bourré de touristes toute l'année.

Malko, garé dans la contre-allée, surveillait l'hôtel. Quelques minutes s'écoulèrent puis Sophia Petrov réapparut, pour repartir d'où elle venait ! Elle avait tout juste eu le temps de monter dans une chambre.

Marcello Boncompagni ressortit quelques instants plus tard et rejoignit Malko.

— Elle est allée aux toilettes, annonça-t-il.
— C'est tout ?

— Oui, quand je suis arrivé, elle en venait. Elle n'a pas eu le temps d'aller ailleurs.

— Allons voir.

A cette heure-là, il pouvait laisser la voiture quelques minutes sans se la faire enlever. Ils passèrent devant la réception, tournant ensuite à droite vers le jardin et la salle à manger. Les toilettes se trouvaient au fond, une porte pour les hommes, une pour les femmes. Malko s'engouffra dans celles des femmes. La visite fut vite faite. Il n'y avait rien, pas la moindre cachette ! Il regarda même dans le réservoir d'eau, sans rien trouver.

Déçu, il ressortit.

— Marcello, vous êtes sûr qu'elle n'est pas allée ailleurs ?

— Certain.

A côté de la sortie, se trouvait un petit salon avec le bar. Vide. Pas un client. Le barman leur adressa un sourire engageant. Malko ne savait plus que penser. Sophia Petrov n'était pas sortie de chez elle à neuf heures du soir pour venir aux toilettes de l'hôtel *Colombus* ! A moins qu'elle n'ait laissé le paquet à la réception. Dans ce cas, il n'y avait rien à faire. Mais c'était bizarre...

Il allait repartir quand, tout à coup, il eut une illumination.

— Attendez ! dit-il à Marcello.

Il revint sur ses pas et pénétra dans le WC réservé aux hommes. Il étouffa aussitôt un juron de satisfaction. Là où, dans les toilettes dames, il n'y avait qu'un mur lisse, s'ouvrait une sorte de niche prolongée par un conduit rectangulaire semblable à une cheminée !

Il se hissa sur le siège et plongea la main dans le conduit. Ses doigts rencontrèrent aussitôt les contours d'une enveloppe appuyée à un petit rebord vertical et invisible de l'extérieur.

Une boîte aux lettres morte particulièrement astucieuse, accessible pratiquement tout le temps, à l'abri des intempéries et indétectable ! L'astuce pour Sophia Petrov avait été d'utiliser les toilettes hommes. Une précaution supplémentaire...

L'enveloppe à la main, Malko hésita quelques instants. Elle semblait contenir une cinquantaine de feuillets, d'après son poids. Maintenant qu'il connaissait le moyen de transmission, il était tenté de la laisser en place.

Pourtant, il ressortit avec. Marcello Boncompagni poussa une exclamation de surprise.

— Vous l'avez trouvée où ?

— Filons ! dit Malko, nous ignorons qui va la récupérer et quand...

Ils se retrouvèrent sur le trottoir de la via della Conciliazione. Comme il y avait une table libre dans le café, ils s'y installèrent. Autant essayer de savoir qui allait récupérer l'enveloppe.

— Qu'allez-vous en faire ? demanda le *stringer* de la CIA.

— Je ne sais pas encore. Cela dépend de son contenu.

Il était euphorique. A 99 pour cent, il était sûr d'avoir identifié « Werder », la mystérieuse taupe du KGB, puis du SVR, au Vatican. L'homme qui transmettait ses informations depuis des années.

— Pourquoi ne l'avez-vous pas laissée là-bas ? demanda l'Italien. Ils vont s'apercevoir de ce qui se passe...

— Pour deux raisons, répliqua Malko. D'abord, nous ignorons la fréquence de transmission de ces documents. Il peut s'écouler un mois entre deux livraisons. Ensuite, je veux justement qu'ils se posent des questions. C'est en donnant un coup de pied dans la fourmilière qu'on obtient un résultat. J'ai hâte de voir ce que contient cette enveloppe.

Ils restèrent à la terrasse encore un moment, mais il y avait trop d'animation pour qu'ils puissent repérer la personne qui venait chercher le pli. A dix heures, ils levèrent le camp.

*
* *

— C'est incroyable ! soupira Rick Peretti. Voilà le compte rendu de la réunion du Saint-Père avec Yasser Arafat, il y a dix jours ! Quand je pense que nous ne l'avons même pas.

Il était en train de feuilleter la liasse de documents trouvés dans l'enveloppe.

Il y avait de tout : des communications à la nonciature de Bagdad, d'autres venant d'Amérique Latine, concernant un différend grave entre le Pérou et le Chili. Des propositions de nominations d'évêques, un protocole secret entre l'Eglise orthodoxe et les églises uniates. Des notes annotées par le pape, donnant son opinion.

Rien que du politique. Evidemment, il n'y avait pas les plans du dernier missile américain. Mais tous ces secrets politiques constituaient pour un gouvernement une formidable banque de données, permettant de calibrer les réactions ou au contraire d'échafauder des opérations de déstabilisation.

— Comment a-t-il eu tout cela ? soupira l'Américain. Ce sont les documents les plus secrets sortis du Vatican.

— *Monsignor* Arturo Gonzales y Vilaverde travaille au chiffre, expliqua Malko. Donc, il a accès à tous les documents destinés aux archives secrètes. Il suffit de les photocopier.

Rick Peretti fixa Malko, pensif.

— Qu'est-ce qu'on fait maintenant ?

— Qu'est-ce qu'on *peut* faire ? corrigea Malko. N'oubliez pas que le Vatican a l'habitude de laver son linge sale en famille. Si vous allez voir votre ami Monseigneur Jackson avec ces documents, il risque de faire la politique de l'autruche. Ensuite, au mieux, *Monsignor* Arturo Gonzales y Vilaverde sera réexpédié dans son Espagne natale. Et personne n'entendra parler de rien.

— C'est une solution...

— Ce n'est pas la mienne, trancha avec une certaine sécheresse Malko. Je pense qu'il vaut mieux déstabiliser « Werder ». Et remettre les pendules à l'heure. Faire sauter tout le réseau.

— Qu'allez-vous faire ?
— Voir le Padre Hubertus, le plus vite possible. Avec ces documents.

*
* *

Le colonel Boris Solomatine lisait, les sourcils froncés, la note de son adjoint lui apprenant que le relevé de la boîte aux lettres morte de l'hôtel *Colombus* n'avait rien donné... Il était surpris. Il connaissait le rythme des visites du *Monsignor* espagnol à Sophia Petrov. Or, à chaque visite correspondait une remise de documents... Il élimina très vite de son esprit l'hypothèse de « l'accident », c'est-à-dire la perte ou la découverte par une tierce personne.

En temps normal, il y aurait pensé, mais là, il se savait surveillé par un Service adverse. Donc, le pire était à envisager. Mais comment les Américains avaient-ils pu accéder à cette boîte aux lettres morte ? Le maillon faible était la Bulgare, en qui il avait pourtant toute confiance. Il fallait activer la procédure d'urgence.

*
* *

Le Père Hubertus était sur répondeur. Malko avait laissé les précieux documents dans le coffre de la CIA, à l'ambassade américaine. Il savait disposer d'un peu de temps. Ses adversaires ne pouvaient pas réagir en quelques heures...

Il refit pour la centième fois le numéro du Père Hubertus et, enfin, entendit la voix du prêtre.

— *Pronto, chi parla ?*
— Père Hubertus, c'est moi, annonça Malko.
— Je ne veux plus jamais vous parler ! s'écria le religieux. D'ailleurs, je ne fais déjà plus partie de ce monde. Laissez-moi en paix...

Il avait raccroché. Malko rappela, mais il s'était remis sur répondeur. Cette fois, il lui laissa un message bref :

« Père Hubertus, rappelez-moi. J'ai la preuve que vous avez été manipulé. Vous n'avez pas servi les intérêts de l'Eglise, mais ceux d'une puissance étrangère, ennemie de l'Eglise. »

Stricto sensu, c'était vrai, même du SVR. Si le KGB servait le communisme, ennemi numéro un de l'Eglise, le SVR travaillait pour la Russie, puissance orthodoxe. Or, les Orthodoxes avaient de très mauvaises relations avec les Eglises uniates, c'est-à-dire soumises à Rome. Il pria pour que le *Padre* Hubertus ne soit pas trop aveugle et qu'il rappelle. C'était un élément fondamental de sa stratégie.

Sinon, il aurait recours à une autre démarche : une visite à Monseigneur Jackson, l'ami de la CIA. Hélas, cela n'aurait pas le même impact.

*
* *

Sophia Petrov s'arrêta net, l'estomac noué. Un œillet était glissé dans la fente de sa boîte aux lettres. Le message pour contacter d'urgence son « traitant », en un lieu et à une heure convenus d'avance. Elle s'imposa d'entrer dans son appartement, vérifiant s'il n'avait pas été fouillé. Elle écouta son répondeur : juste un court message de *Monsignor* Arturo la remerciant pour l'excellente soirée de la veille.

Elle posa son sac et réfléchit. Que pouvait-il se passer ? Elle attendit une heure, essaya de se calmer en buvant une large rasade de sa bouteille de Defender « Success » et repartit en bus pour la Stazione Termini.

Son « traitant » du SVR, qui ne risquait pourtant que l'expulsion, utilisait les mêmes précautions que s'il était dans un pays hostile. Tout le long du trajet, elle retourna dans sa tête les hypothèses, sans trouver. C'est en pénétrant dans la salle d'attente des premières, à la Stazione Termini, qu'elle eut un choc.

L'homme au front dégarni et aux lunettes fumées qui lisait le *Corriere della Sera*, une valise à ses pieds, était le colonel Boris Solomatine, le *rezident* du SVR à Rome. Un homme qu'elle n'avait rencontré que dans le train Rome-Innsbrück et à Moscou !

Il se leva, prit sa valise et se dirigea vers les quais. Il monta dans un train en partance pour Naples, quarante-cinq minutes plus tard. Sophia l'y suivit. Ils s'installèrent dans un compartiment vide. Le Russe ne perdit pas de temps.

— Il n'y avait rien à l'hôtel *Colombus*, dit-il en russe.

Sophia Petrov eut un choc au cœur.

— Rien ! Mais c'est impossible ! J'ai déposé l'enveloppe hier soir vers neuf heures. A l'endroit habituel.

— Vous n'avez rien vu de suspect ?

— Non. Je suis repartie aussitôt.

Il la scrutait de ses yeux froids, ne voyant sur ses traits tendus qu'un affolement normal. Sophia Petrov était un agent sûr et il ne l'imaginait pas trahir. Elle aurait, de toute façon, procédé autrement. Lui aussi réfléchissait. Si un autre Service avait voulu s'emparer des documents, il était facile de les subtiliser, de les photocopier et de les remettre en place.

Le *rezident* du SVR insista :

— Personne ne vous a vue placer cette enveloppe ?

— Personne : la porte était fermée, il n'y a pas d'autre ouverture.

— Donc, on vous a suivie, et, en vous voyant entrer dans l'hôtel, on a deviné la suite...

Sophia Petrov serrait ses doigts à les briser.

— Mais qui a pu me suivre ? Je n'ai rien vu d'anormal, rien fait de particulier.

Le colonel Solomatine regarda sa montre. Il leur restait une demi-heure avant le départ du train. Il *devait* y avoir une explication.

— Dites-moi *tout* ce que vous avez fait d'inhabituel au cours des derniers jours.

— Mais rien, commença Sophia Petrov, sincèrement indignée.

Elle s'arrêta aussitôt, repensant au père autrichien qui avait été son fugitif amant. Le colonel Solomatine s'aperçut de son trouble et lança d'une voix glaciale :

— Ne mentez pas. Dites-moi *tout*.

— J'ai rencontré un prêtre autrichien de passage à Rome, commença-t-elle d'une voix hésitante, mais cela n'a sûrement aucun rapport.

Glacé de fureur, le colonel Solomatine écouta le récit de la brève rencontre. Ainsi, la CIA avait découvert son réseau clandestin et était sur la piste de « Werder ». Comment ? Il n'en avait pas la moindre idée. Il ne pouvait accuser le Père Hubertus, qui ignorait l'existence de Sophia Petrov. Peut-être, tout simplement, était-on remonté de ce dernier au *Monsignor* espagnol. Cela n'avait plus qu'un intérêt académique.

— Le soi-disant prêtre que vous avez rencontré est un des meilleurs agents de la Centrale Intelligence Agency, laissa-t-il tomber froidement. Un de nos ennemis les plus impitoyables. Il vous a « tamponnée ».

Sophia Petrov sentit ses jambes se dérober sous elle. Le *rezident* du SVR continua :

— Que lui avez-vous confié ?

— Mais rien ! s'insurgea-t-elle. Nous avons seulement dîné et...

— Vous l'avez emmené chez vous ?

— Non, non.

— Mais il sait où vous habitez...

— Oui, il m'a déposée.

Le Russe se leva.

— Bien. Rentrez chez vous. Avez-vous un moyen de contacter *Monsignor* Arturo ?

— Oui. Je laisse un message au concierge de la via Aurelia.

— Laissez-lui un message. Dites-lui de ne pas téléphoner et de venir vous voir le plus vite possible.

— Mais si je suis surveillée...

Il haussa les épaules.

— Cela n'a plus d'importance. Ils savent tout de votre relation avec *Monsignor* Arturo. Il faut le prévenir qu'il ne fasse plus *rien*. Ne lui dites pas la vérité, il risquerait de s'affoler. Faites-lui croire que, pour des raisons que vous ignorez, on ne veut plus de documents pour le moment. Soyez gentille avec lui.

— D'accord, promit Sophia Petrov. Et moi ? ajouta-t-elle timidement.

Le colonel Solomatine s'extirpa un sourire presque chaleureux.

— Vous continuez votre travail comme si de rien n'était. Vous ne risquez rien. Même si *Monsignor* Arturo s'amusait à bavarder, je ne pense pas que le SISMI s'intéresserait à vous. Nous allons essayer de franchir ce mauvais pas.

— Et si ce soi-disant prêtre autrichien me recontacte ?

— Soyez normale. Comme si vous ne soupçonniez rien. Mais prévenez-moi aussitôt par la procédure d'urgence. Sinon, vous continuez à communiquer par les moyens habituels. Ne remettez jamais les pieds à l'hôtel *Colombus*, bien entendu.

— Bien sûr, dit-elle d'une voix faible.

— Sortez la première, ordonna le colonel. A bientôt.

Sophia Petrov se retrouva sur le quai, étourdie. Elle s'était tellement habituée à ce que tout fonctionne sans problème qu'elle avait oublié le danger de son second métier. Marchant comme une automate sur le quai, elle gagna la station de taxis. Elle n'avait pas le courage d'attendre le bus...

Le chauffeur, un Sicilien enjoué et dragueur, ne cessa de lui parler durant tout le trajet. Elle l'aurait tué. Enfin seule dans son appartement, elle écouta son répondeur sans trouver de message, s'aperçut que sa bouteille de Defender était vide et redescendit en acheter une neuve. Elle se sentait toute nue. Et très inquiète pour son avenir. Elle se voyait mal retourner vivre dans la Bulgarie natale. Même débarrassée du communisme, ce n'était pas vraiment le pays de cocagne.

*
* *

Le colonel Solomatine fumait son habituel Coiba en dégustant lentement un cognac. Il gardait toujours une bouteille d'Otard XO à côté de sa boîte de Coibas. Ses deux péchés mignons.

Il n'avait pas encore regagné son appartement, à l'intérieur de l'ambassade. Hésitant sur le message qu'il devait envoyer au Centre. Dans un cas similaire, les ordres étaient de rendre compte *immédiatement*. Et de laisser Moscou décider de la marche à suivre.

Cependant, il s'était tellement investi dans l'affaire « Werder » qu'il n'arrivait pas à croire qu'elle fût terminée. Une source pareille, on en trouvait une tous les dix ans. C'était comparable à Aldrich Ames... Il se mit à échafauder toutes les combinaisons de rattrapage possibles, butant toujours sur le même problème : la CIA avait identifié « Werder ». Donc, *Monsignor* Arturo Gonzales y Vilaverde, quel que soit son potentiel, était grillé.

A vie.

Il ne restait plus qu'une chose à préserver : le Service. Les Italiens n'apprécieraient pas que le SVR se soit infiltré au Vatican, à partir de la *rezidentura* romaine, et avec la participation d'un agent vivant sur le territoire italien.

Il eut une pensée amère pour l'agent de la CIA qui venait de démanteler le réseau « Werder ». Ce serait une bonne chose qu'il ne l'emporte pas au paradis. A condition de faire porter le chapeau à quelqu'un d'autre. Les relations entre le SVR et la CIA ne permettaient pas un règlement de comptes ouvert.

Après avoir écrasé ce qui restait de son Coiba dans le cendrier, il remit la bouteille de cognac Otard XO sous clef et regagna son appartement, sa décision prise.

Il allait tenter de couper tout lien possible entre le SVR et ses « marionnettes ». Afin d'éviter qu'une bataille perdue ne se transforme en déroute.

Il décida d'attendre quarante-huit heures avant de prévenir le Centre, ce qui lui donnait le temps de faire le ménage car, s'il avertissait Moscou à ce stade, il connaissait d'avance les ordres : on « démonte » et on ne touche plus à rien.

Bien sûr, s'il prenait sur lui de ne rien dire immédiatement, il risquait un blâme sévère, accompagné d'une mise à la retraite anticipée.

Quelle importance : c'était son dernier poste et il aurait, de toute façon, ses deux étoiles de général. Avec, au moins, la certitude d'avoir tout essayé.

CHAPITRE XIX

Malko, face à Rome inondée de soleil, essayait de se mettre à la place de ses adversaires, en prenant son breakfast sur la terrasse du *Hilton*. Trente-six heures s'étaient écoulées depuis qu'il avait subtilisé les documents à l'hôtel *Columbus*. Donc, le SVR savait à quoi s'en tenir. Rick Peretti savait que le *rezident* romain était le colonel Solomatine, jadis grand ami de Markus Wolf, un professionnel retors et féroce.

Comment pouvait-il réagir ?

S'attaquer à « Werder » lui-même était délicat. L'élimination d'un religieux en plein Rome pouvait fortement déplaire aux Italiens. De plus, *Monsignor* Arturo Gonzales y Vilaverde, même s'il se mettait à table, ne pouvait mener qu'à ce qu'il connaissait : Sophia Petrov. Donc, le SVR ne serait pas directement impliqué.

Le pivot était désormais la Bulgare.

Ou bien elle allait disparaître discrètement, hypothèse la plus probable, pour couper toute piste, ou bien...

Il sauta de sa chaise. Il fallait la récupérer, coûte que coûte ! C'était la seule façon de coincer « Werder ». Il en savait assez pour qu'elle l'écoute. A cette heure, elle devait se trouver à Radio-Vatican. Cinq minutes plus tard, il dévalait la via Trionfale. Il eut du mal à trouver une place et se gara finalement sur un arrêt de bus. Il régnait une fraîcheur délicieuse dans le hall du grand immeuble. Il avait remis sa

« tenue » de prêtre, et l'employé de la réception l'accueillit avec un sourire.

— Avec qui avez-vous rendez-vous, *Reverendo* ?

— Je viens voir la responsable des émissions bulgares, dit Malko. Le *Padre* Georgio m'a pris un rendez-vous avec elle. La *signora* Sophia Petrov.

— Mais je viens justement de lui envoyer un visiteur. Pouvez-vous patienter quelques instants ?

Le pouls de Malko grimpa brutalement. Sans raison objective, simplement le fruit de quelques années d'expérience. Avec son sourire le plus saint, il lança à l'employé de la réception :

— Dans ce cas, je vais bavarder quelques instants avec le *Padre* Georgio. Prévenez-le que j'arrive.

Il montait déjà l'escalier quatre à quatre. Pourtant, le *Padre* Georgio surgit de son bureau au moment où il atteignait le palier du premier.

— Je ne vous attendais pas, *Reverendo* Helmut, fit-il, je n'ai pas beaucoup de temps à vous consacrer...

Malko eut un sourire.

— Je vous prie de m'excuser, *Padre* Georgio, mais je dois voir d'urgence la *signora* Sophia Petrov.

Le directeur des programmes européens tomba des nues.

— Sophia Petrov ! Que se passe-t-il ? Il y a une mauvaise nouvelle ?

— Il pourrait y en avoir une, lança Malko en fonçant dans le couloir.

Il réalisa, un peu tard, qu'il n'était pas armé. Il aperçut un homme en face de la porte de la section bulgare. Un prêtre en soutane, un bréviaire à la main. Malko ralentit brutalement, furieux contre lui-même. Par moments, son métier le rendait paranoïaque. Il n'avait plus qu'à attendre que Sophia Petrov en ait terminé avec son visiteur...

Il continua, comme s'il se dirigeait vers un autre bureau. Passant devant la porte juste au moment où elle s'ouvrait, il aperçut alors fugitivement les cheveux blonds de Sophia Petrov, et entendit son exclamation effrayée.

— Qu'est-ce que...

Malko n'en entendit pas plus. Le prêtre venait de repousser Sophia Petrev à l'intérieur d'une bourrade. Il n'avait pas aperçu Malko. Ce dernier le vit tout à coup enfoncer l'index *dans* le bréviaire et comprit. A son tour, d'une violente bourrade, il bouscula l'inconnu en avant, juste au moment où ce dernier brandissait son bréviaire comme un exorciste brandit un crucifix à la face du Diable ! Sophia Petrov poussa un cri aigu, il y eut un « plouf » étouffé et un sous-verre accroché au mur vola en éclats.

Le « prêtre » se retourna d'un bloc. Malko vit un visage brutal, des yeux enfoncés à l'expression glaciale, un nez épaté. Pas vraiment l'image de la sainteté... Le faux prêtre ne perdit pas son sang-froid. Pivotant, il leva à nouveau son bréviaire. Malko aperçut une ouverture ronde dans la tranche, à quelques centimètres de sa tête. D'un revers du poignet, il balaya le bréviaire au moment où celui-ci émettait un nouveau « plouf ». Instantanément, il sentit une brûlure au-dessus de son oreille.

Figé quelques fractions de secondes, il ne put réagir quand le faux prêtre, désarmé, lui envoya un violent coup de coude dans l'estomac qui le plia en deux. D'un bond, son agresseur franchit la porte demeurée ouverte et disparut dans le couloir. Malko tâta sa tempe et en ramena du sang. Il entendit, comme dans un songe, une voix derrière lui.

— *Reverendo* Helmut, vous êtes blessé !

Le *Padre* Georgio venait de surgir, affolé. Sophia Petrov, retombée sur sa chaise, était blanche comme un linge. Malko, sans répondre, se baissa et ramassa le bréviaire. Un gros livre à la tranche dorée, avec une épaisse couverture marron dans laquelle était percé un trou assez grand pour glisser un doigt. Les pages intérieures avaient été en partie découpées pour loger un petit revolver prolongé d'un mini-silencieux. Du calibre 22. Suffisant pour tuer.

— Qu'est-ce qui s'est passé ? insista le Père Georgio.

Les yeux écarquillés, il fixait le bréviaire évidé et l'arme qu'il contenait. Dépassé. Malko sortit son mouchoir et tamponna sa tempe en sang. A quelques millimètres près, il était mort.

— C'est une longue histoire, *Padre* Georgio, dit-il. Une très longue et très triste histoire, que je n'ai pas le temps de vous raconter maintenant. Le prêtre que vous avez vu s'enfuir n'était pas un prêtre, mais un assassin. Je suis arrivé à temps.

— Mais qui êtes-vous ?

— Cela aussi, je vous l'expliquerai. Maintenant, je dois m'en aller. J'emmène la *signora* Petrov. Elle est en danger.

— Ici ? s'étrangla le *Padre* Georgio.

Malko lui adressa son sourire le plus rassurant.

— *Padre* Georgio, je vous demande de ne parler de rien à votre hiérarchie. Sophia, venez !

Statufiée, la Bulgare se leva et prit son sac. Quand Malko lui saisit le bras, il sentit qu'elle tremblait. Le bréviaire refermé ressemblait à n'importe quel bréviaire. Le Père Georgio les regarda s'éloigner sans dire un mot. En bon jésuite, il réagissait avec intelligence. Sophia Petrov ne retrouva la parole que dans la chaleur moite du Lungotevere.

— Où m'emmenez-vous ?

— A l'ambassade américaine, dit Malko. Pour l'instant, c'est l'endroit le plus sûr de Rome pour vous.

*
* *

Rick Peretti avait sorti le petit revolver du bréviaire et l'examinait à l'aide d'une grosse loupe lumineuse. Sophia Petrov s'était déjà resservie deux fois d'une bouteille de Defender « Success » mise à sa disposition par le chef de station, mais ses mains tremblaient encore.

Le visage fermé, les épaules rentrées, comme pour protéger sa grosse poitrine dissimulée par ses vêtements vagues, elle restait muette. L'Américain reposa l'arme.

— Aucune marque, dit-il. C'est une fabrication « maison ». Calibre 22. Je n'en avais encore jamais vu de ce type. Cinq cartouches avec une faible charge. Cela ne fait presque aucun bruit, mais tue parfaitement. Nos amis du SVR perpétuent la bonne tradition.

— A une minute près, conclut Malko, on aurait trouvé la *signora* Petrov une balle dans la tête dans son bureau, sans aucune piste. Je ne pensais pas qu'ils réagiraient si vite. Et je ne comprends pas pourquoi.

— Moi, je comprends ! lança soudain Sophia Petrov d'une voix âcre. Ce salaud a eu peur. Parce que je l'ai rencontré, face à face.

— Qui ?

— Le colonel Boris Solomatine. Leur chef. Si j'avais été russe, il n'aurait pas agi comme ça.

Ses yeux bleus flamboyaient de fureur. Elle tira une cigarette de son sac, que Malko lui alluma avec son Zippo armorié.

Dès son arrivée via Veneto, le médecin de l'ambassade lui avait posé un pansement qui lui couvrait une partie de l'oreille et tout le côté du crâne. La balle de 22 avait creusé un petit sillon jusqu'à l'os, en séton.

— Sophia, dit Malko, je crois que vous êtes édifiée. Ils ont voulu vous éliminer et ils risquent de recommencer. Parce qu'ils pensent pouvoir encore limiter les dégâts. Vous ne serez en sécurité qu'une fois les choses réglées. Et « Werder » mis hors de course.

Elle fronça les sourcils.

— Qui est « Werder » ?

— *Monsignor* Arturo Gonzales y Vilaverde, l'homme que vous « traitez » depuis des années. C'est son nom de code.

Elle baissa la tête sans répondre. Malko échangea un coup d'œil avec le chef de station de la CIA et continua :

— Nous n'avons rien contre vous, en dépit du rôle que vous avez certainement joué dans la mort de Stephan Martigny, de Ludwig Hofenberg et de sa femme. Nous voulons simplement régler cette affaire. Si vous nous y aidez, vous n'aurez aucun problème.

— Que dois-je faire ? demanda Sophia Petrov après une brève hésitation.

Encore une qui était douée pour la survie. Malko croisa son regard et y lut une sorte de complicité.

— Je vais vous l'expliquer, dit-il.

*
* *

Le *Padre* Hubertus se figea en reconnaissant Malko installé dans le bureau de Monseigneur Jackson. Ce dernier lui adressa un sourire amical.

— *Padre* Hubertus, notre ami a demandé à vous rencontrer pour une affaire qui ne me concerne pas. Je vais vous laisser. Ne m'en veuillez pas de cette petite surprise.

Il se leva et sortit du bureau nu, fermant joyeusement la porte. Le *Padre* Hubertus, l'air traqué, regarda autour de lui, comme s'il voulait fuir. Malko avait fait demander ce service à Rick Peretti, le *Padre* Hubertus continuant à ne pas répondre à ses messages. Il lui désigna le fauteuil en face de lui.

— Asseyez-vous, je n'en ai pas pour longtemps.

— Que me voulez-vous encore ? Je vous ai déjà tout dit !

— Presque tout, corrigea Malko d'une voix douce, mais *moi*, j'ai beaucoup de choses à vous dire. Avant d'être un criminel, vous êtes une victime. Vous avez été honteusement manipulé par un homme sans scrupules qui a joué de votre naïveté, de votre exaltation et de votre désir de servir le Saint-Siège. Un homme qui ne pensait qu'à se protéger, pour continuer une vie aux antipodes de la vôtre.

— Qui ? demanda le *Padre* Hubertus dans un croassement.

Il connaissait déjà la réponse.

— *Monsignor* Arturo Gonzales y Vilaverde, dit Malko. C'est *lui*, le véritable espion du Vatican. Et c'est pour se protéger qu'il vous a poussé à tuer trois personnes.

Le *Padre* Hubertus semblait avoir reçu un bloc de béton sur la tête. Il était livide.

— Je ne vous crois pas, fit-il d'une voix sans conviction. De toute façon, j'ai pris cette décision tout seul.

— Après avoir été mis en condition, dit Malko. Ecoutez-nous. Je peux vous prouver tout ce que je dis.

*
* *

Monsignor Arturo Gonzales y Vilaverde se hâtait dans la via della Conciliazione, le cœur en fête. La veille, il avait trouvé un mot de Sophia Petrov, chez le concierge de la via Aurelia, lui demandant de l'appeler à une cabine publique qu'ils utilisaient parfois. Tordu d'angoisse, il y avait couru et la voix de sa maîtresse l'avait tout de suite rassuré.

— J'ai eu un problème technique avec ce que tu m'as apporté l'autre jour, avait-elle dit. Je les ai détruits. Peux-tu revenir demain, avec les mêmes ? On passera en même temps un moment agréable.

— A demain ! avait simplement dit *Monsignor* Arturo.

Par chance, les documents qu'il avait photocopiés pour Sophia Petrov n'avaient pas encore été avalés par les archives. Il était arrivé ce matin-là plus tôt que d'habitude, s'attirant les félicitations de son patron. Maintenant, il se hâtait vers ses minutes de bonheur, sa serviette d'accessoires à la main. Il acheta au passage le *Corriere della Sera* et s'offrit un taxi pour arriver plus vite.

Quand Sophia Petrov lui ouvrit, moulée dans la guêpière qu'il aimait tant, il crut défaillir de bonheur. Elle lui sembla encore plus belle que d'habitude. Elle le laissa caresser ses seins, mettre la main entre ses cuisses, une lueur étrange dans ses yeux bleus impénétrables. Sans un mot, il ouvrit la serviette et lui tendit la tenue noire bordée de rouge, puis la grande ceinture. Il l'observa tandis qu'elle s'habillait avec une lenteur calculée. C'était déjà la moitié du plaisir que de voir cette femme superbe se plier à son caprice sexuel. Il souffla :

— Aujourd'hui, j'ai apporté une cravache.

Sophia Petrov abaissa sur lui un regard lourd.

— C'est une bonne idée !

Elle s'allongea sur le lit pour qu'il puisse l'attacher et sursauta à peine quand la cravache la cingla pour la première fois. Au fond, elle ne détestait pas. *Monsignor* Arturo ôta ses lunettes pour être plus à l'aise. Son ventre s'embrasait. Il se défit fébrilement, exhibant sa modeste érection et, lâchant la cravache, fit le tour du lit pour sa fellation habituelle.

Cette séance supplémentaire le ravissait. Car Sophia Petrov ne l'acceptait dans son lit qu'avec son « petit cadeau ». Il n'avait même pas eu la curiosité de lui demander comment elle avait détruit accidentellement les documents de sa visite précédente.

*
* *

— Je pense que c'est le moment, dit Malko après avoir appuyé sur la couronne pour allumer le display lumineux de sa Breitling B-1.

Monsignor Arturo Gonzales y Vilaverde était là depuis vingt-sept minutes exactement et la trotteuse de la B-1 égrenait ses dernières secondes de bonheur. Malko dut faire le tour de la Mercedes pour ouvrir la portière au Père Hubertus qui semblait scotché sur son siège. Le religieux n'avait pas dit un mot depuis le moment où Malko était venu le chercher Porte Sainte-Anne. Il avait passé les deux heures précédentes abîmé en prières dans la petite chapelle, demandant à Dieu de lui donner la force d'affronter la vérité. Bien sûr, il savait que Malko ne mentait pas, mais il avait besoin d'être convaincu dans sa chair.

Malko passa le premier. Dans sa ceinture, il portait un Beretta 92 prêté par Rick Peretti, une balle dans le canon. Depuis l'incident de Radio-Vatican, il se méfiait.

Les Russes n'avaient pas réagi, conscients que le revolver ne mènerait nulle part et que le Vatican avait horreur du scandale.

Malko dut presque pousser le *Padre* Hubertus dans l'escalier. Ce dernier le regarda mettre la clef dans la serrure, hagard. La porte s'ouvrit silencieusement sur une petite entrée donnant directement sur la chambre.

Les mâchoires du *Padre* Hubertus se serrèrent et il eut un vertige. Son confesseur, son maître à penser, l'homme qu'il admirait le plus, était à genoux sur le lit, derrière une femme vêtue d'une façon bizarre, moitié guêpière, moitié soutane. Nu comme un ver, une minuscule érection visant la croupe de sa partenaire allongée sur le ventre, les quatre membres entravés.

CHAPITRE XX

Pendant quelques secondes, tout se figea. Au moment où il allait violer la croupe de Sophia Petrov, le prélat espagnol aperçut les intrus. Il eut une fraction de seconde de grâce. Le temps que son cerveau fasse le tri entre ses diverses sensations. C'est la voix de Sophia Petrov qui le fit redescendre sur terre.

— *Caro mio*, je t'avais promis une surprise.

Avec un cri rauque, Arturo Gonzales y Vilaverde sauta du lit. Privé de ses lunettes, il clignait des yeux comme une chouette. Affolé, il les chercha à tâtons. Ses rares cheveux en désordre, son sexe minuscule rapetissant à vue d'œil, son corps blafard et chétif entièrement exposé, il ne distinguait que des formes indistinctes. Son cœur cognait dans sa poitrine. Il n'arrivait pas à penser, saisi par une terreur sans nom. Même dans ses cauchemars les plus affreux, il n'avait jamais rêvé une scène semblable.

Quand il eut rechaussé ses lunettes, il reconnut le *Padre* Hubertus, et regretta de les avoir remises.

Le *Padre* Hubertus était blanc comme un cierge, statufié. Son regard allait du lit à son confesseur. Ses lèvres bougeaient, mais n'émettaient aucun son. Malko avait pitié de lui. Tout à coup, avec une sorte de cri sauvage, il se rua en avant et ses mains se refermèrent sur le cou décharné de *Monsignor* Arturo Gonzales y Vilaverde, en train de lutter pour remettre son caleçon.

— *Diabolo ! Stronzo ! Farabutto !* Soyez maudit !

Il était comme fou. Malko se précipita pour séparer les deux hommes et parvint à arracher le *Padre* Hubertus à sa victime.

— Calmez-vous ! lui lança-t-il. Ce n'est pas fini.

— Détachez-moi ! supplia Sophia Petrov.

Monsignor Arturo Gonzales y Vilaverde se rhabillait frénétiquement, sans regarder nulle part. Malko défit les liens des poignets de Sophia qui, aussitôt, libéra ses jambes, se débarrassant de la soutane bordée de rouge aux trois quarts déboutonnée, pour apparaître dans toute sa splendeur, en guêpière. Le *Padre* Hubertus la fixait, horrifié.

— Qui est cette femme ?

— Cela n'a pas d'importance, expliqua Malko.

Le prélat espagnol était à peu près rajusté. Attrapant sa serviette, il bondit en direction de la porte. Il n'avait pas ouvert la bouche. Malko s'interposa, sortant le Beretta 92 de sa ceinture.

— Ouvrez votre serviette ! ordonna-t-il. *Après* seulement, vous pourrez partir.

Il avait bien recommandé à Sophia Petrov de ne pas réclamer les documents tout de suite. Il croisa le regard de lapin affolé du *Monsignor*. Son menton semblait avoir disparu, son nez occupait toute la place. Il demeurait paralysé. Malko lui prit la serviette des mains et la posa sur le lit. Il remit alors son pistolet dans sa ceinture et ouvrit la serviette. Elle ne contenait qu'une grande enveloppe marron qu'il tendit au Père Hubertus.

Ce dernier la prit du bout des doigts comme si elle allait le mordre. Il l'ouvrit et en sortit les documents. Avec un couinement de chien écrasé, *Monsignor* Arturo Gonzales y Vilaverde fonça vers la porte. Au passage, Sophia Petrov lui jeta la soutane roulée en boule.

— Tiens, cela pourra encore te servir !

Il faillit tomber, mais parvint à franchir la porte. On entendit ses pas dévaler l'escalier. Il n'était pas près de revenir... Le *Padre* Hubertus était plongé dans l'examen des documents et Sophia Petrov avait disparu dans la salle de bains. Le silence se prolongea plusieurs minutes, puis le *Padre* Hubertus leva la tête et croassa :

— *Maintenant*, je vous crois !

— Je devine ce que vous ressentez, dit Malko. Désormais, vous êtes seul avec votre conscience. Je crois que la leçon a été suffisante pour *Monsignor* Arturo Gonzales y Vilaverde. Il n'est pas près de recommencer...

— Vous voulez dire qu'il ne lui arrivera *rien* ?

Malko approuva de la tête.

— Nous n'avons aucun pouvoir de police en Italie. Et encore moins au Vatican. Disons que nous ferons discrètement savoir à qui de droit ce qu'il en est. Mais je pense que c'est une affaire intérieure au Saint-Siège. Ils prendront les mesures qui s'imposent. Vous me comprenez. Vous-même, n'avez-vous pas supprimé trois personnes pour épargner un scandale au Vatican ?

Le *Padre* Hubertus ne répondit pas, tétanisé. Puis, les documents dérobés s'échappèrent de ses doigts.

— Je peux m'en aller ? demanda-t-il d'une voix blanche.

— Vous êtes libre, dit Malko.

Ce n'était pas à lui de rendre la justice. Sa mission était terminée. Il avait démasqué « Werder » et l'avait mis hors d'état de nuire.

Le *Padre* Hubertus, sans un mot, gagna la porte et la claqua. *Lui* allait avoir du mal à vivre. Malko ramassa les papiers épars pour les remettre dans la serviette. Il les rendrait à Monseigneur Jackson avec quelques explications, et l'affaire serait terminée pour la CIA.

— Vous partez déjà ?

Il se retourna. Sophia Petrov lui faisait face, remaquillée, parfumée, toujours en guêpière. Elle s'approcha de lui, provocante comme Dalila, ses yeux bleus innocents remplis d'une lueur trouble. Ses seins sautaient à la figure de Malko.

— Je n'aime pas m'habiller pour rien, dit-elle, vous m'avez sauvé la vie, hier. Je n'ai pas d'argent pour vous remercier, je n'ai que mon corps.

Comme Malko ne répondait pas, gêné, elle noua ses bras autour de son cou, appuya son ventre au sien et murmura :
— C'est plus confortable que sur le talus.

Le miroir collé au pied du lit renvoya à Malko l'image de cette superbe femme en guêpière et il se dit qu'il ne fallait jamais refuser les bonnes choses que la vie vous apporte. Car la vie est une histoire qui n'a pas de happy-end. Pour personne. Il posa les mains sur la croupe ronde et ferme. Aussitôt, Sophia Petrov lui adressa un sourire complice.

Déjà, elle le massait habilement. En un clin d'œil, Malko eut une érection magnifique. Agenouillée devant lui, la Bulgare lui administrait une fellation digne d'un antipape. Il en oubliait sa blessure à la tête. Il était bien, cette récréation était merveilleuse. Il se retira de la bouche accueillante, et d'elle-même, Sophia Petrov s'agenouilla sur le lit. Il n'eut guère de mal à la violer, les mains agrippées à la chair élastique de ses hanches.

*
* *

— J'ai pris rendez-vous avec Monseigneur Jackson, annonça Rick Peretti. Il vous attend cet après-midi à trois heures... Mais il ne sait pas ce que vous allez lui dire.

La surprise risquait d'être rude... Malko était rentré au *Hilton* après son intermède avec Sophia Petrov, emmenant la jeune femme avec lui, au cas où le SVR aurait voulu récidiver. Il se demandait ce qui était advenu de *Monsignor* Arturo Gonzales y Vilaverde. Ce dernier avait dû passer une mauvaise nuit... Il était contraint de retourner travailler au Vatican, ce qu'il avait dû faire la peur au ventre. Malko était sans illusion. Son entrevue avec Monseigneur Jackson ne déclencherait pas de cataclysme. On n'aimait pas le scandale, au Saint-Siège. Le *Monsignor* espagnol serait vraisemblablement renvoyé en Espagne avec des félicitations, et probablement un avertissement discret de son évêque.

Quant au *Padre* Hubertus, il continuerait sa route, déchiré entre ses remords et ses devoirs envers l'Eglise.

La *vraie* victime, c'était lui.

Les autres avaient perdu la vie, et lui, beaucoup plus que cela. Il était mort, mais personne ne s'en apercevait.

— Sophia Petrov désirerait aller passer quelques mois aux Etats-Unis, dit Malko, cela doit pouvoir s'arranger. Elle va demander une année sabbatique à Radio-Vatican.

— Pas de problème, assura l'Américain. Nous réglerons cela avec votre départ de Rome.

*
* *

Le *Padre* Hubertus franchit à pied la porte Sainte-Anne, salué par les deux Gardes suisses, et ensuite par les gendarmes. Il s'arrêta à leur guérite vitrée pour préciser où il allait : au troisième étage de la Curie, voir Son Eminence le Cardinal Galuzzi. Comme il était connu, personne ne vérifia. Il grimpa d'un pas allègre l'allée menant à la cour du Belvédère, tourna ensuite à gauche, franchit une voûte et se retrouva dans la cour de Damas.

Plusieurs personnes attendaient au pied de l'ascenseur qui menait également aux appartements du pape, dont un cardinal qu'il connaissait et dont il alla baiser la bague. Ils échangèrent quelques propos aimables en attendant l'ascenseur. Le *Padre* Hubertus s'arrêtait au second. Il retrouva, le cœur serré, l'immense couloir au haut plafond qui desservait tous les bureaux du secrétaire général et du substitut, les deux hommes les plus puissants du Vatican, après le pape.

Dans la foulée, il poussa la porte du secrétariat de *Monsignor* Arturo Gonzales y Vilaverde. Deux religieux étaient affairés sur un ordinateur et levèrent la tête.

— *Monsignor* Arturo vient d'arriver, dit l'un d'eux. Voulez-vous que je vous annonce, *Padre* Hubertus ?

Ils étaient habitués à le voir. Le *Padre* Hubertus leur offrit un visage lisse en répondant :

— Je vais lui faire une surprise. Il n'a pas de visiteur ?
— Non, non, *Padre* Hubertus.

La gorge nouée, le religieux poussa la haute porte. *Monsignor* Arturo Gonzales y Vilaverde était à son bureau, en train d'écrire. Bien coiffé, appliqué, tel un bon petit bureaucrate. Il leva la tête et posa précipitamment son stylo, blêmissant.

— *Padre* Hubertus ! Je...

Le *Padre* Hubertus posa sa serviette et s'avança vers le bureau. Il se sentait dédoublé, glacé, ailleurs. Un autre. Le prélat espagnol s'était levé lui aussi, et son regard chavirait. Il ouvrit la bouche, la referma, la rouvrit, pour coasser :

— *Padre* Hubertus, il faut que je vous explique...
— Vous êtes le Diable ! fit le *Padre* Hubertus d'une voix contenue. On ne discute pas avec le Diable. *Vade retro !*

Ses yeux jetaient des éclairs, mais il se sentait incroyablement calme. En paix avec lui-même. Il continua à avancer et, au passage, saisit un lourd chandelier qui servait de décoration au bureau. Un cadeau d'une congrégation. Il l'avait souvent remarqué, c'était un très bel objet du XVIIe siècle. Si lourd que, d'habitude, il arrivait à peine à le soulever. Là, il l'arracha sans mal du bureau et marcha sur *Monsignor* Arturo Gonzales y Vilaverde, coincé entre le bureau et la fenêtre.

— Va rejoindre ton maître ! cria-t-il, avant d'abattre le chandelier de toutes ses forces.

La lourde base lestée de plomb frappa *Monsignor* Arturo sur le côté du crâne, faisant sauter ses lunettes. Il chercha à se protéger, les mains devant son visage, hurlant d'une voix aiguë.

— *Padre* Hubertus, arrêtez ! Vous êtes fou ! Ah !

Tenant le chandelier à deux mains, le *Padre* Hubertus venait de l'abattre de toutes ses forces sur la tête du prélat espagnol. Cette fois, le crâne éclata littéralement. *Monsignor* Arturo Gonzales y Vilaverde poussa un hurlement d'agonie et s'effondra, au moment où les deux prêtres du bureau voisin surgissaient, attirés par les hurlements. Ils ne purent empêcher le *Padre* Hubertus de continuer à frapper, comme un automate, achevant de transformer la tête du prélat espagnol en une bouillie d'os, de matières cervicales et de sang. Enfin, le *Padre* Hubertus se redressa, jeta le chandelier maculé de sang, fit le signe de la croix et lança d'une voix de stentor :

— Le Diable est mort !

Il avait une telle expression que les deux prêtres, terrifiés, firent eux aussi le signe de croix, avant de l'immobiliser avec douceur. Par terre, *Monsignor* Arturo Gonzales y Vilaverde ressemblait à un petit tas de chiffons noirs.

Les gens affluaient dans le bureau. Monseigneur Galuzzi, appelé, surgit enfin et se figea devant le spectacle d'horreur. Lui aussi se signa avant d'appeler les pompiers du Vatican.

*
* *

Monseigneur Jackson ne semblait pas dans son assiette. Avant même que Malko ouvre la bouche, il l'avertit :

— Un drame horrible s'est produit ce matin à la Curie. Le *Padre* Hubertus a assassiné avec une sauvagerie inouïe *Monsignor* Arturo Gonzales y Vilaverde. Un religieux espagnol d'une grande piété, très travailleur, qui était par ailleurs son confesseur ! C'est vraiment une *annus horribili* pour le Vatican. Encore un drame incompréhensible.

— Je pense pouvoir vous l'expliquer, dit Malko d'une voix bouleversée.

Il n'aurait pas pensé que le *Padre* Hubertus réagirait ainsi. Mais comment prévoir les actes d'un homme qui avait déjà abattu trois personnes, simplement pour éviter un scandale à l'Eglise ?

Monseigneur Jackson demeura silencieux longtemps après qu'il eut terminé. Les documents remis par Malko sur les genoux, il restait plongé dans une profonde réflexion. Il releva enfin la tête.

— Puis-je vous demander un peu de patience ? Je voudrais rendre compte à quelqu'un de tout ceci.

— Je vous en prie, dit Malko.

Il demeura seul presque une heure. Monseigneur Jackson réapparut enfin, impavible.

— Son Eminence Monseigneur Sabatini souhaiterait vous rencontrer, annonça-t-il.

— Qui est Monseigneur Sabatini ?

Il parut choqué que Malko ne connaisse pas le prélat.

— C'est le Secrétaire d'Etat de la Curie. Il vous fait une immense faveur ; d'habitude, il ne reçoit jamais de laïques.

Malko eut envie de lui dire qu'il ne demandait aucune faveur, mais il avait mieux à faire.

— Je vous suis, dit-il.

Ils sortirent, gagnant la cour du Belvédère, longeant la bibliothèque du Vatican et les archives secrètes pillées par *Monsignor* Arturo Gonzales y Vilaverde... Un prêtre attendait dans le hall et les prit en charge. Ils passèrent sous une voûte, montèrent une rampe, passant devant un Garde suisse. Ils montèrent ensuite un escalier étroit. Monseigneur Jackson s'effaça pour laisser Malko pénétrer dans une entrée exiguë, puis une pièce tapissée de rouge cardinal, dont l'unique fenêtre donnait sur les jardins du Vatican. Une table supportait un vieux téléviseur et les meubles étaient banals, tapissés eux aussi de velours rouge.

Un religieux attendait, installé dans un fauteuil. Plutôt gras, la *talate filetata* impeccable, sous une calotte rouge. Un triple menton, des yeux intelligents derrière des lunettes à monture dorée. Il tendit son anneau à baiser à Malko qui s'inclina. Il avait très peu de cheveux, qui dépassaient à peine de sa calotte. La soixantaine. Il fit signe à Malko de s'asseoir tandis que Monseigneur Jackson demeurait debout.

— Monseigneur Jackson m'a mis au courant de cette épouvantable affaire, commença-t-il d'une voix cassée. Je tiens tout d'abord à vous remercier pour le rôle positif que vous y avez joué.

— Je vous en prie, dit Malko.

— J'ai voulu vous rencontrer pour vous adresser une demande expresse, continua-t-il.

— Oui ?

— Pouvez-vous vous engager à ce que ni vous, ni les gens pour qui vous avez agi — des amis de Monseigneur Jackson, semble-t-il — ne soufflent jamais mot de cette succession d'événements dramatiques ?

Malko retint un sourire.

— Je pense pouvoir m'y engager, Eminence. Sans la moindre restriction.

Le substitut inclina la tête comme s'il approuvait intérieurement cette attitude.

— L'Eglise vous en remercie, dit-il. Nous ne devons pas prêter le flanc à nos ennemis. Nous essaierons d'être plus vigilants à l'avenir.

Il se leva, signifiant la fin de l'entretien. Malko ne put s'empêcher de poser la question qui lui brûlait les lèvres.

— Que va-t-il arriver au Père Hubertus ?

Monseigneur Sabatini hocha la tête.

— Le *Padre* Hubertus est un homme très perturbé. Il a besoin d'un long repos. L'Eglise va le prendre en charge et tenter de soigner son âme et son corps. Mais je pense qu'il a toujours la foi et, lorsqu'on a la foi, on peut être sauvé. *Adesso, tutto a posto*[1], conclut-il en italien.

Il disparut dans un froissement de soutane. Malko le regarda s'éloigner dans le couloir. Un fantôme rouge et noir, réceptacle de tant de secrets. Il se demanda soudain si le pape était au courant de tout ce qui se passait au Vatican.

— Je vous raccompagne, dit Monseigneur Jackson d'une voix étranglée par l'émotion.

*
* *

La salle de presse du Vatican, au 6 via della Conciliazione, était bourrée à craquer. Depuis la veille, des rumeurs couraient sur une mort bizarre survenue au Vatican et le porte-parole du Saint-Siège, Joaquim Navarro-Vals, tenait une conférence de presse. Il arriva, tiré à quatre épingles

---

1. Maintenant, tout est en ordre.

comme toujours, s'approcha du micro et commença à lire un texte d'une voix monocorde.

— J'ai la douleur de vous informer que *Monsignor* Arturo Gonzales y Vilaverde, Légionnaire du Christ, travaillant au Vatican depuis plus de quinze ans, a mis fin à ses jours dans une crise dépressive. Ses supérieurs attribuent cette dépression à une trop grosse charge de travail. Le corps sera renvoyé en Espagne afin qu'il soit enterré auprès de sa famille. Cependant, une messe sera célébrée par le Cardinal Secrétaire d'Etat Angelo Sodano, cet après-midi à dix-sept heures, dans la cathédrale de la basilique patriarcale du Vatican.

Il donna son communiqué officiel à distribuer et s'éclipsa, sans répondre aux questions.

Malko échangea un regard avec Marcello Boncompagni. Décidément, le Vatican enterrait ses secrets aussi bien que ses morts.

NOUVEAU !

Un prêtre et une jeune journaliste
se livrent à un combat sans merci
pour délivrer le monde de

L'empire des SECTES

Chez votre libraire
le N° 7 :

**LE GOUROU
SANS VISAGE**

NOUVEAU

Un prêtre et une jeune journaliste
se lancent d'un combat sans merci
pour delivrer le monde de

L'empire des
Sectes

Chez votre libraire
le N° 7 :

LE GOUROU
SANS VISAGE

*Achevé d'imprimer en septembre 1998
sur les presses de l'Imprimerie Bussière
à Saint-Amand (Cher)*

Malko Productions — 46, avenue Foch — 75116 Paris

— N° d'imp. 1893. —
Dépôt légal : octobre 1998

Imprimé en France